근대의 세 번역가

서재필 · 최남선 · 김억

지은이 김욱동(金旭東, Wook Dong Kim)은 한국외국어대학 영문과 및 동 대학원을 졸업한 뒤 미국 미시시피대학교에서 영문학 석사학위를, 뉴욕주립대학교에서 영문학 박사학위를 받았다. 포스트모더니즘을 비롯한 서구이론을 국내 학계에 소개하는 한편 이러한 이론을 도입하여 한국문학과 문화현상을 새롭게 해석하여 주목을 받아 왔다. 현재 서강대학교 인문대학 명예교수이며 한국외국어대학교 통번역과 교수로 재직 중이다. 저서로 『이문열』, 『은유와 환유』, 『탈춤의 미학』, 『문학 생태학을 위하여』, 『'광장'을 읽는 일곱 가지 방법』, 『문학을 위한 변명』 등 30여 권이 있다.

근대의 세 번역가
서재필 · 최남선 · 김억

초판 1쇄 발행 2010년 5월 30일
초판 2쇄 발행 2011년 5월 30일
지은이 김욱동 **펴낸이** 박성모 **펴낸곳** 소명출판 **출판등록** 제13-522호
주소 서울시 서초구 서초동 1621-18 란빌딩 1층
전화 02-585-7840 **팩스** 02-585-7848 **전자우편** somyong@korea.com **홈페이지** www.somyong.co.kr

값 19,000원
ISBN 978-89-5626-471-4 93810

번역 없이는 세계 역사도 없다.
세계 문명의 발흥을 보라.

—유진 첸 에오양(歐陽楨)

근대의 세 번역가

서재필 · 최남선 · 김억

Three Translators in the Early Modern Korea

김욱동 지음

소명출판

책을 쓰는 것은 마치 정원수를 키우는 것과 같아서 한 책을 쓰고 나면 그 과정에서 계속 곁가지가 나와서 자란다. 지금 펴내는 이 책도 『번역과 한국의 근대』라는 책에서 자라난 곁가지라고 할 수 있다. 지난 몇 년 동안 번역에 관심을 기울여 온 나는 근대 계몽기에 어떻게 번역이 이루어졌는지, 또 번역이 근대화에 어떠한 영향을 끼쳤는지 등을 연구해 왔다. 그 동안의 연구 결과가 바로 『번역과 한국의 근대』(소명출판)라는 책이다. 나는 이 책에서 한국의 근대를 '중역한 근대'로 규정지으면서 중역과 번역을 통하여 근대화를 이룩한 과정을 살폈다.

그런데 이 책을 집필하면서 다루고 싶었지만 막상 저서의 주제에서 조금 벗어나는 탓에 옆에 미루어놓은 주제가 있었다. 바로 초기 번역사에서 굵직한 획을 그은 세 번역가, 즉 송재(松齋) 서재필(徐載弼)과 육당(六堂) 최남선(崔南善), 그리고 안서(岸曙) 김억(金億)에 관한 글이 바로 그것이다. 물론 서재필을 번역가로 부르는 데에는 적잖이 무리가 따른다. 그러나 그는 문명개화를 부르짖는 과정에서 번역의 중요성을 역설한 대표적인 인물임에는 틀림없다. 신문화 운동의 일환으로 최남선은 비록 중역의 형식을 빌려서나마 외국문학 작품을 한글로 번역하는 데 온힘을 쏟았다. 그리고 한국에서 번역은 김억에 이르러 중역의 젖을 떼고 비로소 기점 텍스트에서 직접 목표 텍스트로 옮기기 시작하였다. 다시 말해서 한국에서 번역은 김억에서부터 이유식을 시작하였던 것이다.

한국 번역사에서 서재필과 최남선 그리고 김억이 차지하고 있는 위치는 자못 크다. 역사의 시대 구분에 빗대어 말한다면 서재필은 고대에 해당하고, 최남선은 중세에 해당하며, 김억은 근대에 해당한다고 할 수 있다. 그러나 고대 없이 중세가 있을 수 없고 중세 없이 근대가 있을 수 없듯이 이 세 번역가는 한국 번역사에서 하나같이 소중한 인물이다. 이 책에서 나는 근대 계몽기에서 1920년대 초엽에 걸쳐 활약한 세 번역가로 주제를 한정하였다. 좀더 구체적으로 말해서 서재필이 『독립신문』을 창간하여 문명개화를 부르짖은 1890년대 말엽부터 김억이 한국 최초의 번역 시집인 『오뇌의 무도』를 출간한 1921년까지 세 번역가를 중심으로 번역의 과정과 번역을 둘러싼 문제를 다루었다.

이렇게 시기와 주제를 한정하다 보니 1920년대 말엽에 한국 번역사를 화려하게 장식한 외국문학연구회의 활동을 미처 다루지 못하였다. 바로 이 점이 이 책을 출간하면서 가장 아쉬웠던 점이다. 1926년 가을 일본에서 외국문학을 전공하는 유학생들이 결성한 외국문학연구회는 그 이듬해 기관지『해외문학』을 간행하여 한국에서 번역 수준을 한 단계 올려놓는 데 크게 이바지하였다. 나는 한국 번역사에서 가히 획기적이라고 할 외국문학연구회의 활동은 따로 단행본에서 다룰 예정이다. 그렇다면 앞으로 집필할 그 책은『근대의 세 번역가』의 가지에서 뻗어 나온 곁가지라고 할 수 있을 것이다.

『번역과 한국의 근대』와 마찬가지로 나는 이 책을 쓰면서도 어느 누구보다도 김병철(金秉喆) 교수님한테서 진 빚이 많다. 생각해 보면 볼수록 교수님께서 그 동안 한국 번역사 연구에 쌓으신 업적이 무척 크다. 황무지와 다름없던 이 분야에서 그야말로 개척자요 선구자로서 중요한 역할을 하셨다. 이 두 책을 집필하는 동안 나는 교수님께서 쓰신 두 책『한국근대번역문학사연구』(1975)와『한국근대서양문학이입사연구』(1980 · 1982)를 언제나 책상머리 맡에 놓아두고 필요할 때마다 펼쳐 보곤 하였다. 선생님의 책은 말하자면 나에게 사전과 같은 구실을 하였던 셈이다.

『번역과 한국의 근대』와 마찬가지로 이 책에서도 삽화나 사진을 실어 활자 매체의 한계를 조금이라도 극복하려고 하였다. 오늘날과 같은 '이미지의 왕국'에서 활자 매체에만 고집하는 것은 가히 시대착오적이라고 할 만하다. 활자 매체의 메시지와 관련하여 이미지의 의미를 해석하는 것도 넓은 의미에서 보면 번역이라고 하여도 크게 틀리지 않다. 또한 이 무렵에 출간된 번역서를 비롯한 관련 삽화나 사진을 보면서 백여 년 전의 문화적 취향이나 유행 또는 수준 등을 가늠해 볼 수도 있을 것이다. 그리하여 나는 이 책에 20세기 초엽 번역이나 번역가와 관련한 자료를 될 수 있으면 많이 삽입하려고 노력하였다.

전 지구적으로 경제 위기를 겪고 있는 요즈음처럼 책을 출간하기 어려운 때도 없을 것이다. 독자들은 좀처럼 책을 읽으려고 하지 않는다. 젊은 세대로 내려가면 갈수록 활자 매체보다는 영상 매체에 온 정신이 팔려 있다. 그러다 보니 출판사는 웬만한 용기를 내지 않고서는 책을 출간하기를 꺼린다. 그런데도 이 책의 출간을 선뜻 허락하신 소명출판의 박성모 사장님께 깊은 감사드린다. 또한 이 책이 햇빛을 보기까지 여러모로 애써 주신 편집부 여러분께도 고마움을 표한다.

2010년 봄
이문동 국제학사에서
김욱동

문명개화와 번역

일본의 대표적인 계몽 사상가며 교육가며 저술가인 후쿠자와 유키치[福澤諭吉]는 한국과 중국에서는 제국주의 침략을 부르짖은 탈아입구론(脫亞入歐論)의 이론가로 따가운 눈총을 받고 있지만 일본에서는 '근대화의 아버지'로 높이 평가받는다. 더구나 그를 프랑스의 대표적인 계몽 사상가에 빗대어 '일본의 볼테르'로 일컫는 사람도 없지 않다. 근대의 집을 우뚝 세운 탄탄한 토대라고 할 계몽주의는 글자 그대로 중세의 어둠과 미몽의 터널에서 빠져나와 빛의 세계로 나온 것을 뜻한다. 이렇게 어둠의 세계에서 빛의 세계로 이행하는 데 견인차 역할을 한 사상가가 바로 볼테르이다. 유럽에서 볼테르가 한

미국 워싱턴 주한 총영사관 앞에 세운 송재 서재필의 동
상. 그에게는 언제나 '최초'라는 수식어가 따라다닌다.

역할을 일본에서 떠맡은 사상가가 바로 후쿠자와라는 것이다. 그만큼 그가 계몽 사상가로 일본의 문명개화와 근대화에 끼친 영향은 무척 크다.

근대 계몽기에 유길준(兪吉濬)·박영효(朴泳孝)·김옥균(金玉均)을 비롯한 한국의 지식인들과 선각자들이 후쿠자와한테서 진 빚은 생각보다 훨씬 많다. 그들은 하나같이 일본을 모델로 삼아 서구 문명의 빛을 받아들여 중세의 어둠을 몰아내려고 하였다. 심지어 김옥균 같은 친일적 급진 개화파와는 노선을 달리하는 중도 개화파 민영익(閔泳翊)도 1882년 조미수호통상조약(朝美修好通商條約)이 체결되고 특명전권 사절의 자격으로 미국을 방문한 뒤 유럽을 거쳐 귀국하였을 때 "나는 어둠 속에서 태어나서 밝은 빛을 보고 이제 다시 어둠 속으로 돌아왔다"[1]고 밝힌 것으로 전해진다. 미국에 체류하는 동안 그는 산업 박람회와 산업 시설, 학교, 병원, 전신국, 우체국, 해군기지 등을 시찰하였고, 이러한 과학 문명을 보고 그가 받은 충격은 자못 컸다.

---

1) George M. McCune and John A. Harrison, ed, *Korean-American Relations : Documents Pertaining to the Far Eastern Diplomacy of the United States. Vol.I. The Initial Period, 1883 ~1886* (Berkeley : University of California Press), 1951 p.7.

후쿠자와가 '일본의 볼테르'라고 한다면 송재(松齋) 서재필(徐載弼, Philip Jaisohn)은 가히 '한국의 볼테르'라고 할 만하다. 실제로 개화사 연구에 굵직한 획을 그은 이광린(李光麟)과 언론인 송건호(宋建鎬)는 서재필을 '한국의 볼테르'로 부른 적이 있다.2) 두말할 나위 없이 서재필은 전근대적 중세 사상을 근대적 단계로 끌어올리는 데 누구보다도 앞장선 선각자였기 때문이다. 아직도 중세적인 어둠에 사로잡혀 있는 조국에 문명의 빛을 밝히는 데 그는 후쿠자와한테서 직접 또는 간접으로 큰 영향을 받는다. 서재필은 무엇보다도 후쿠자와를 통하여 서구 근대정신을 호흡하였다. 후쿠자와의 문명개화론은 서재필 사상의 뿌리였고, 이 뿌리에서 싹이 트고 줄기가 뻗어 그의 민족주의와 민주주의 그리고 더 나아가 세계주의의 나무가 자라났던 것이다.

1. 『독립신문』의 창간과 한글

서재필이 개화기 선각자로서 이룩한 업적이 한두 가지가 아니지만 그 가운데에서도 1896년 한국에서 최초의 민간 신문이라고 할 『독립신문』을 창간한 일은 첫 손가락에 꼽힌다. 이 신문이 창간된 4월 7일을 '신문의 날'로 제정하여 지키는 것을 보아도 한국 언론사에서 이 신문이 차지하는 위치를 쉽게 가늠해 볼 수 있다. 더구나 서재필이

---

2) 이광린, 『한국 개화사상 연구』, 서울 : 일조각, 1979, 93면; 송건호, 『송재 서재필 : 위대한 한국인』, 서울 : 태극출판사, 1970, 183~186면.

이 신문에서 처음으로 국문(한글)을 사용하였다는 것은 그야말로 획기적인 일이었다. 물론 『독립신문』보다 10년 앞서 1886년에 『한성주보(漢城週報)』가 일찍이 국한문과 국문으로 기사를 썼고, 『독립신문』보다 1년 앞서 1895년에는 일본인이 발행하는 『한성신보(漢城新報)』가 국한문혼용과 일본어로 기사를 편집하였다. 그러나 전자는 관보의 성격이 짙고, 후자 또한 일본 외무성의 보조금

한국 근대화에 크게 이바지한 한국 최초의 민간 신문인 『독립신문』. 서재필은 이 신문 논설을 통하여 번역의 중요성을 역설하였다.

을 받아 서울에서 발행하던 신문으로 『독립신문』에는 여러모로 크게 미치지 못하였다.

이렇게 한민족의 얼과 혼이 담긴 한글에 깊은 흥미를 느끼고 관심을 기울인 서재필은 『독립신문』 창간호에서 빈칸 띄어쓰기를 하여야 한다고 주장하면서 몸소 실행에 옮기기도 하였다. 이와 관련하여 그는 창간호 논설에서 "모도 언문으로 쓰기는 남녀 상하귀천이 모도 보게 홈이요 또 귀절을 쩨어쓰기는 알어보기 쉽도록 홈이라"3) 하고 천명한다. 언해(諺解)나 고전소설에서 볼 수 있듯이 띄어쓰기는 갑오개혁(甲午改革) 이전에는 좀처럼 사용되지 않았다. 갑오개혁 뒤에야 비로소 점을 찍는 권점(圈點)이나 동그라미를 그리는 권환(圈環) 같은 방식으로 띄어

---

3) 논설, 『독립신문』 창간호, 1896. 4. 7.

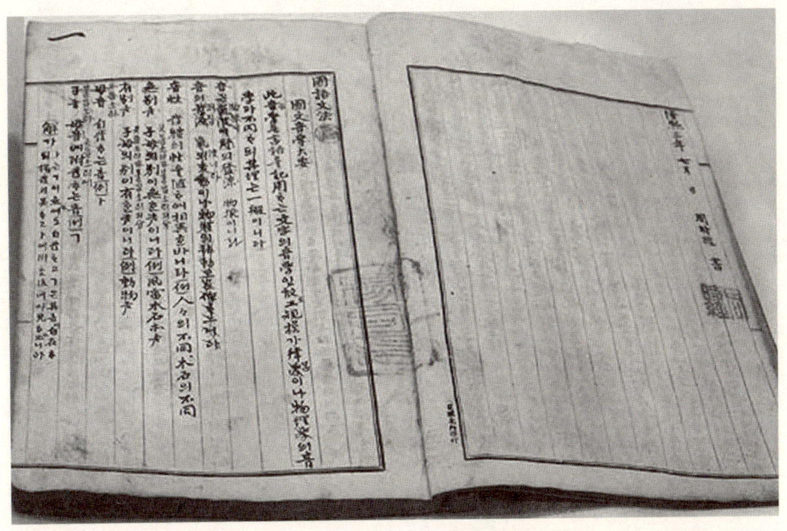

주시경이 육필로 집필한 『국어문법』의 첫 장. 서재필을 도와 『독립신문』을 발행하면서 한글 발전에 크게 이바지하였다.

쓰기를 하였다. 그러나 서재필은 이 신문에서 처음으로 빈칸 띄어쓰기를 채택함으로써 한글 띄어쓰기에 굵직한 획을 그었다.

이기문(李基文)이 지적하듯이 서재필이 빈칸 띄어쓰기를 사용한 것은 그가 미국에서 교육을 받으면서 영어를 비롯한 서양 언어의 맞춤법에서 영향을 받았기 때문이다.[4] 이보다 조금 앞서 영국 외교관 제임스 스코트는 『언문말』(1887)에서, 미국 장로교 선교사 호러스 G. 언더우드(한국 이름 : 元杜尤)는 『한영문법(韓英文法)』(1890)에서 빈칸 띄어쓰기를 사용한 예를 볼 수 있다. 한글 전용과 빈칸 띄어쓰기 못지않게 서재필은 언문일치를 이루었다는 점에서도 높이 평가받을 만하다. 세계 역사를 보면 말하듯이 글을 쓰고 말을 듣듯이 글을 읽는다는 것은 근대 국가의 성립과도 깊이 연관되어 있다. 이 점과 관련하여 이기문은 "한글은 세종대왕이 창제하고 그 뒤에 조금씩 뿌리를

---

4) 이기문, 「현대적 관점에서 본 한글」, 『새국어 생활』 제6권 제2호, 1996년 여름, 9~10면.

내려왔지만, 이것을 진정한 민족의 문자로 만든 개혁 운동의 첫 봉화를 올린 것은 서재필이었다"5)고 평가한다.

더구나 서재필은 이렇게 한글에 깊은 관심을 보였을 뿐만 아니라 더 나아가 번역에 대해서도 적잖이 관심을 기울였다. 다만 학자들이 그의 한글 표기와 띄어쓰기 주장에만 주목해 온 나머지 번역을 둘러싼 문제는 그 동안 전혀 관심을 받지 못하였을 뿐이다. 서재필이 직접 한글로 쓴 논설을 비롯한 글을 좀더 꼼꼼히 읽어 보면 그는 곳곳에서 한글 표기와 띄어쓰기 못지않게 번역의 중요성을 역설하였음이 드러난다. 또한 그의 번역에 관한 언급에서는 그 나름대로 중요한 번역 이론을 전개하고 있음을 알 수 있다. 어떤 의미에서 서재필은 근대 계몽기에 한국인으로서는 처음으로 번역의 중요성을 간파하였을 뿐만 아니라 번역 방법론을 제시한 한국 최초의 번역 이론가라고 하여도 크게 틀리지 않을 것이다.

2. 번역가로서의 준비 과정

서재필은 흔히 군인이나 무관 또는 혁명가로 알려져 있지만 무관보다는 문관으로 관직의 첫걸음을 내딛었다. 잘 알려진 것처럼 그는

---

5) 이기문, 「『독립신문』과 한글 문화」, 『서재필과 한국 민주주의』(현종민 편), 서울 : 대한교과서주식회사, 1990, 46~66면. 이 무렵 서재필이 이렇게 한글을 사용하고 빈칸 띄어쓰기를 시도한 데에는 그를 도와 『독립신문』을 만든 주시경(周時經)의 역할이 적지 않았을 것이다. 이 신문의 직제로 볼 때 서재필이 사장 겸 주필, 국문판 조필에 주시경, 출입 기자 두 명으로 되어 있었다. 주시경은 처음에는 회계 겸 교보원 일을 보다가 뒤에 총무 겸 교보원 일을 보았다.

어린 시절부터 한학 실력이 아주 뛰어난 것으로 알려져 있다. 일곱 살 때부터 이조참판을 지내던 외삼촌 김성근(金聲根)의 집에서 과거 준비를 하면서 『천자문(千字文)』은 말할 것도 없고 『동몽선습(童蒙先習)』, 『사기(史記)』, 『사서삼경(四書三經)』 등을 모두 마쳤다. 열여덟 살의 젊은 나이로 고종(高宗) 19년(1882)에 있은 별시에서 문과에 급제할 만큼 그의 한학 실력은 탁월하였다. 과거에 급제한 뒤 그가 맡은 직책은 교서관(校書館) 부정자(副正字)로 정자(正字)를 보좌하여 전

젊은 시절의 서재필에게 큰 영향을 끼친 김옥균. 김옥균이 주동이 되어 개화파 세력들은 갑신정변을 꾀한다.

적(典籍)과 경서를 인쇄하고 문장의 교정을 담당하는 것이었다. 이러한 직책은 뒷날 그가 번역에 관심을 기울이는 데 간접적이나마 도움이 되었음에 틀림없다.

서재필이 번역을 비롯한 서구 문물에 처음 관심을 기울인 것은 개화파 인물들과 교유하던 중 1883년 김옥균의 권유로 일본으로 유학을 떠나면서부터였다. 일본에 건너가 후쿠자와 유키치가 설립한 게이오의숙[慶應義塾]에서 여섯 달 동안 집중적으로 일본어를 배웠다. 물론 서재필은 이 학교에서 단순히 일본어만 습득한 것이 아니라 비록 짧은 시간이나마 서양 학문을 폭넓게 배우기도 하였다. 이미 앞에서 밝혔듯이 후쿠자와는 서양 세력을 배척하기보다는 현실적으로 접근하여 그들의 장점과 문물을 받아들여 일본에서 근대화를 이룩하는 데 온힘을 쏟은 전형적인 문명개화론자였다. 1868년 그가 서구

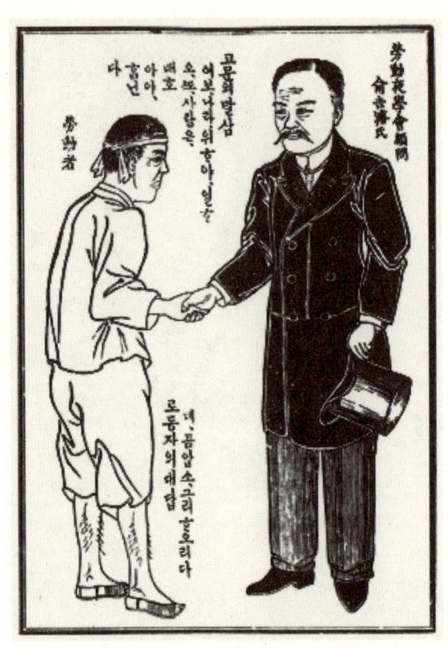

잡지 『노동야학』에 실린 만화. 유길준이 한 노동자를 만나 "여보, 나라를 위하여 일하오" 하고 말하자, 노동자는 "예, 그리하오리다" 하고 대답한다.

식 학교 게이오의숙을 설립한 것도 근대화를 앞당기기 위한 수단에 지나지 않았다.

번역과 관련하여 서재필이 후쿠자와한테서 받은 영향은 무척 크다. 유길준과 박영효와 김옥균처럼 비록 직접 영향을 받지는 못하였어도 서재필도 일본의 이 대표적인 개화 사상가한테서 진 빚이 적지 않다. 후쿠자와는 서양의 저서를 많이 번역하였을 뿐만 아니라 그가 집필한 많은 저서도 독창적인 저술이라기보다는 서구의 책을 번안하거나 번역해 놓은 것에 가까웠다. 이처럼 후쿠자와는 누구보다도 메이지[明治] 시대 일본 근대화의 동력으로 번역에 크게 의존하였다. 뒷날 서재필이 서구 문헌을 번역하여 출간할 것을 부르짖은 것도 그한테서 받은 영향으로 볼 수 있다.

더구나 후쿠자와는 서양어의 용어나 개념을 일본어로 번역하는 과정에서도 크게 이바지하였다. 예를 들어 '자유', '민권', '권리', '사회' 같은 전문 용어에서 '문명', '개화', '경제', '경쟁', '저작권' 같은 일상어에 이르기까지 그는 서양어 용어를 처음으로 한자로 번역해 놓았다. 이러한 용어들은 지금까지도 일본은 말할 것도 없고 한국과 중국 등 동아시아 여러 국가에서 널리 사용하고 있다. 어떤 의

민영익 일행이 미국사행을 끝내고 한자리에 모인 개화파의 주역들. 뒷줄 중앙이 유길준이고, 앞줄에 앨범을 들고 있는 사람이 서광범.

미에서 메이지 시대는 곧 번역의 시대요, 번역은 바로 일본 근대화의 동력이라고 하여도 크게 틀리지 않다. 이러한 과정에서 핵심적인 역할을 한 인물 중의 한 사람이 바로 후쿠자와였던 것이다.

게이오의숙에서 기초 교육을 받은 뒤 서재필은 역시 근대식 군사학교라고 할 토야마(戶山) 육군학교에 정식으로 입학하여 8개월 동안 기초적인 군사학을 익혔다. 이 학교에서 주로 군사 교육을 받았지만 그는 서구 문물을 배우고 익히는 데에도 게을리 하지 않았다. 박영준

(朴榮濬)이 자세히 밝히고 있듯이 이 학교는 정예 사관을 길러내는 육군사관학교와는 달라서 위관급 장교를 재교육하는 기관으로 오늘날의 육군보병학교 비슷한 성격을 띠고 있었다.6) 이 무렵 입학한 열네 명의 한국 학생 중에서 유일하게 서재필만이 사관 훈련을 받았고 나머지는 하사관 훈련을 받았다. 이 무렵 기록을 보면 서재필은 일본의 근대화 과정을 하나도 놓치지 않고 꼼꼼히 눈여겨보려고 하였다.

그러나 서재필이 좀더 번역에 관심을 기울이기 시작한 것은 그로부터 몇 년 뒤 갑신정변(甲申政變)이 삼일천하로 실패한 뒤 일본에 망명하였을 때이다. 이 무렵 요코하마[橫浜]에 머물고 있던 그는 어떤 식으로든지 생계를 유지하기 위하여 일을 하여야 하였다. 평소 서예를 잘 하던 서광범(徐光範)과 박영효는 글씨를 써서 팔아 생계를 유지하였고, 서재필은 일본에서 활약하는 미국 감리교 선교사요 일본 주재 미국 성서공회 총무인 헨리 루미스에게 한국어를 가르쳐 생계를 유지하고 있었다. 세 달 동안 이 일로 서재필이 받은 돈은 90엔(円)으로 이 돈을 절약하여 미국으로 망명할 때 뱃삯으로 썼다. 이 무렵 성서를 한국어로 번역하는 일에 특별한 관심을 기울이고 있던 루미스는 한국어를 배울 사람을 찾던 중 서재필을 만나게 되었던 것이다.

루미스는 절친한 친구이며 역시 일본에서 선교 활동을 하고 있던 조지 녹스 선교사한테서 이수정(李樹廷)이 한글로 성경을 번역하고 싶어한다는 사실을 알게 되었다.7) 녹스는 바로 1883년 일본에서 이

---

6) 박영준, 「서재필과 일본 군사유학」, 『서재필과 그 시대』(서재필 기념회 편), 서울 : 서재필 기념회, 2003, 84~85면. 이하 『서재필과 그 시대』로만 표기함.

7) 이수정은 임오군란(壬午軍亂) 때 명성황후를 구해준 공로를 인정받아 1882년 9월 김옥균 · 민영익 · 박영효의 사절단 수행원 자격으로 일본에 건너갔다. 그러나 다른 사절단이

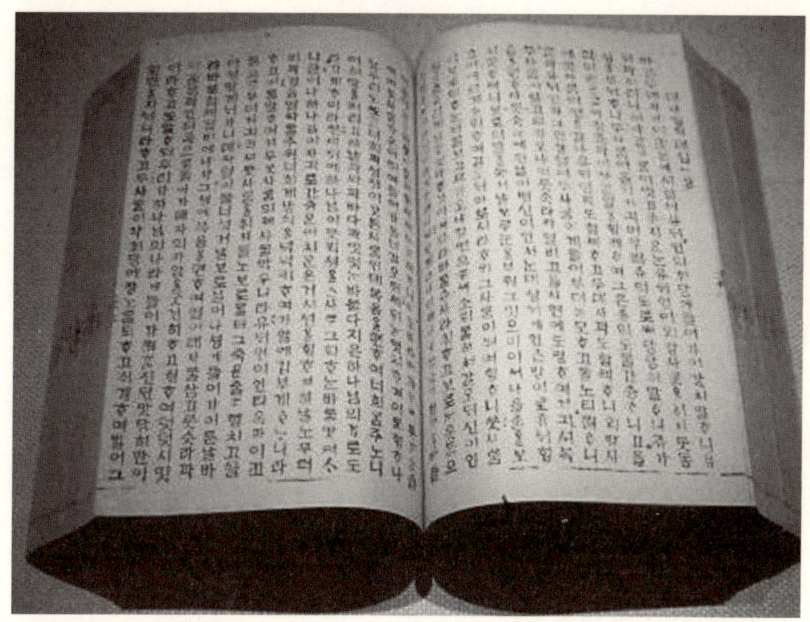

헨리 루미스의 청을 받고 이수정이 번역한 성서. 이수정은 성경의 자국어 번역이 선교 사업의 기본이라고 인식하였다.

수정에게 세례를 준 선교사였다. 루미스가 이수정에게 한글 성경 번역을 의뢰하자 그는 주저하지 않고 그의 제의를 받아들여 곧바로 번역 작업에 착수하였다. 그로부터 1년 뒤인 1883년 이수정은 토를 단 한문 성경 4복음서와 「사도행전」을 출간하게 된다. 또한 1885년에는 『신약 마가전 복음셔언해』를 출간하기도 하였다. 이해 호러스 언더우드가 헨리 아펜젤러 선교사와 함께 일본을 거쳐 한국에 들어올 때 그들에게 한국어를 가르쳐 준 사람도 바로 이수정이었다. 특히 언더우드가 한국에 들어올 때 이수정이 일본에서 번역한 『마가전 복음셔언해』를 가지고 왔다는 사실은 한국 기독교사에 상징적인 사건

귀국한 뒤에서도 일본 농학자 쯔다센[律田仙] 밑에서 농업 기술을 전수받겠다는 이유로 계속 일본에 남았다. 그러나 그가 일본에 남은 실제 이유는 기독교에 대한 관심 때문이었다.

이었다. 이 무렵 루미스에게 한국어를 가르치던 서재필은 이러한 일련의 과정을 지켜보면서 번역의 중요성을 새삼 깨닫기 시작하였다.

그 뒤 서재필이 번역과 본격적으로 인연을 맺게 된 것은 1889년, 그러니까 그의 나이 스물다섯 살 때이다. 일본 정부가 이런저런 이유로 갑신정변 주역들의 신변을 보호해 주지 않자 그는 박영효·서광범·변수(邊燧) 등과 함께 다시 미국으로 망명을 떠났다. 샌프란시스코에 도착한 서재필은 그곳에서 다행스럽게도 자선 사업가 존 홀렌백을 만난다. 서재필은 그의 도움으로 펜실베이니아 주 해리힐먼 아카데미를 졸업한 뒤 라피예트 대학에 입학 허가를 받았다. 그러나 홀렌백은 라피예트를 졸업한 뒤 프린스턴 신학교에서 신학을 공부하고 난 뒤 한국에서 선교사로 활동할 것을 제안하였다. 만약 그러한 제안을 받아들이지 않으면 더 이상 재정적으로 후원해 줄 수 없다는 것이다. 아직도 역적의 신분 상태에 놓여 있던 서재필로서는 홀렌백의 제안을 거절할 수밖에 없었다. 더 이상 그로부터 재정적 후원을 받을 수 없게 되자 서재필은 일자리를 찾아 미국의 수도 워싱턴으로 떠났다.

워싱턴에서 서재필이 찾은 일자리가 바로 육군 군의감(軍醫監) 도서관의 사서였다. 이 도서관이 미국 정부 기관이기 때문에 그는 공무원 시험을 통과하여야 하였다. 이때 중국어 시험에는 한역 신약성서 「누가복음」 10장을 영어로 번역하는 것이었고, 일본어 시험에는 일역 신약성서 「요한복음」 15장을 영어로 번역하는 것이었다. 미국에 도착한 뒤부터 성경을 "매일같이 읽고 외우던" 서재필은 쉽게 이 시험을 통과할 수 있었다. 해방 뒤 서재필이 귀국하였을 대 그 구술을 자료로 서재필의 자서전을 집필한 김도태(金道泰)에 따르면 "한문은 어렸을 때에 이미 시전(詩傳), 서전(書典), 주역(周易) 등을 배워 과거까지 급제하였은즉 말할 것도 없거니와, 일본어도 동경 토야마학교 시대에 보통 글로는 못 보는 것이 없었기 때문에 자신이 만만하던 차에, 더구나 문제가 그것이매 [그개] 채용될 것은 벌써 의심할 여지가 없었다"[8]고 한다.

몇 년 동안 군의감 도서관에서 서재필이 맡은 일은 중국과 일본에서 들여온 의학서와 잡지를 분류하고 정리하여 카탈로그로 만드는 일이었다.[9] 이 무렵 이 도서관에는 한문과 일본어로 출간한 의학 서적을 무려 5천여 권이나 구입해 놓고 있었다. 비록 서양 의학이 발달하였다고는 하지만 미국 학자들은 동양 의학서에도 적잖이 관심을 기울이고 있었기 때문이다. 그러나 서양 학자들은 번역을 통하지 않고서는 동양의 의학을 이해할 수 없었다. 말하자면 영어로 번역되지 않은 동양의 의학 서적은 아무리 훌륭한 내용이 들어 있어도 그림의 떡이요 병풍의 닭과 크게 다름없었던 것이다.

이 군의감 도서관에서 서재필이 이 방대한 동양 의학서를 영어로 번역한 것은 물론 아니다. 그는 사서일 뿐 번역사가 아니었기 때문

---

8) 김도태, 『서재필 박사 자서전』, 서울 : 을유문화사, 1972, 189면. 김도태가 집필하였으면서도 '자서전'이라고 제목을 붙인 것은 그 일부 내용을 서재필의 구술에 의존하고 있기 때문이다. 위 내용도 서재필 자신이 김도태에 직접 밝힌 내용일 것이다. 송건호는 김도태의 기록을 거의 그대로 옮겨 놓다시피 한다. 송건호, 『송재 서재필』(위대한 한국인 3), 서울 : 태극출판사, 1972, 142~143면.

9) 이 무렵 서재필과 함께 미국에 망명 온 서광범이 워싱턴에서 서재필과 비슷한 일에 종사하고 있었다는 사실이 흥미롭다. 호러스 언더우드 선교사의 형 존 언더우드의 도움으로 뉴저지 주 럿거스 대학에 다니던 서광범은 1988년 워싱턴으로 옮겨와 스미소니언박물관 민족학부에서 번역 일을 맡으면서 연방정부 교육국의 도서관에서 일하고 있었다. 이정식, 『구한말의 개혁·독립투사 서재필』, 서울 : 서울대 출판부, 2003, 110~111면.

이다. 심재기(沈在箕)는 이 무렵 서재필의 이력과 관련하여 "1891년 미 육군 군의 총감부에서 동양문 번역사로 취직하여 8개월간 근무하게 되는데 그때에 그의 한문 실력은 당당히 제값을 하게 된다"[10]고 적는다. 그러면서 이때 사건과 관련한 송건호의 글을 길게 인용한다. 그러나 이 도서관에서 서재필이 맡은 직책은 엄밀히 말해서 '동양문 번역사'로 보기 어렵다. 물론 동양 의학 서적을 영문 카탈로그로 만들어 분류하고 정리하기 위해서는 비록 부분적일망정 번역 작업을 거치지 않으면 안 되었을 것이다. 어찌 되었던 서재필은 이러한 일을 하면서 번역의 중요성을 첨예하게 깨달았음에 틀림없다.

그런데 서재필이 도서관 사서로서 이러한 역할을 수월하게 해 낼 수 있었던 것은 그의 타고난 언어 능력 때문이다. 서재필은 번역학에서 흔히 '목표 언어'라고 말하는 영어에 대해서 상당한 실력을 쌓고 있었다. 해리힐먼 아카데미를 졸업할 때 졸업생 대표로 고별 연설을 할 정도였고, 라틴어와 희랍어에도 장려상을 받을 만큼 재능을 보였다. 또한 의학 공부를 하기 위해서는 독일어를 비롯하여 프랑스어 같은 유럽어도 공부하지 않으면 안 되었을 것이다. 한마디로 서재필은 영어를 비롯한 서양어를 두루 구사할 수 있었다고 할 수 있다. 서재필의 외국어 실력과 관련하여 그의 종증손자인 서동성(徐東成)은 "영어는 제1외국어나 제2외국어도 아닌 제3외국어였다. 서재필의 제1외국어는 일본어였고, 제2외국어는 러시아어였으며, 영어는 제3외국어였다"[11]고 밝힌 적이 있다. 그러나 러시아어를 배웠다는 기록도

---

10) 심재기, 「서재필과 한글 발전운동」, 『서재필과 그 시대』, 255면.
11) 서동성, 「역자의 말」, 『한수의 여행』, 서울 : 보진재, 1979, 2면.

없을 뿐만 아니라 러시아에 체류한 경험도 없는 서재필이 어떻게 러시아어를 제2외국어로 구사할 수 있었는지는 의문으로 남아 있다. 서동성이 아마 잘못 전해 들었을 가능성을 배제하기 어렵다.

한편 서재필은 '기점 언어'인 중국어와 일본어에 대해서도 보통 이상의 수준이었다. 앞에서 이미 밝혔듯이 그는 과거시험에 급제할 만큼 한문에 대해서는 능통하였고, 13개월 남짓 동안 일본에서 읽힌 일본어 실력도 대단하였다. 토야마 육군학교에 다닐 때 처음에는 일본인 통역자의 도움을 받았지만 몇 달 뒤에는 그를 해고할 정도로 일본어를 잘 하였다고 전해진다. 뒷날 그가 구사하는 한국어에도 일본어의 흔적이 남아 있는 것으로 보아 그는 일본어에 꽤 능통하고 있었던 것 같다.

서재필이 한문과 일본어로 쓰인 의학 서적을 영어로 정리하고 분류하고 때로 번역하는 일을 맡았다면, 그로부터 30년 뒤에는 한국어를 영어로 번역하기도 하였다. 1919년 3월 고국에서 기미독립운동이 일어났다는 소식을 전해들은 재미 한인 동포들은 서재필의 주도로 4월 14일부터 16일까지 사흘 동안 펜실베이니아 주 필라델피아에 모여 '제1차 한인회의'를 개최하였다.[12] 한인 대표와 학생 150여 명

---

12) 영어로 'The First Korean Congress'로 부른 이 대회는 유영익의 지적대로 학계에서 아직껏 그 명칭이 통일되어 있지 않다. 예를 들어 '대한인총대표회의'(유영익), '한인연합대회'(이정식 · 주진오), '한인자유대회'(김병조 · 김원용), '재미동포전체회의'(신재홍), '북미대한인국민자유대회'(방선주), '제1회 한인대표자회의'(김원모), '최초의 한국의회'(원성옥), '제1차 한인회의'(이우진 · 홍선표 · 이윤주 · 고정휴) 등의 용어를 사용하고 있다. 그러나 미국 독립운동 당시 영국에 맞서 미국 식민지 주들이 두 차례에 걸쳐 필라델피아에 모여 '대륙회의'를 개최한 것을 염두에 두고 붙인 명칭이기 때문에 '제1차 한인회의'로 부른 쪽이 좋을 것이다. 유영익, 「3 · 1운동 후 서재필의 신대한(新大韓) 건국 구상」, 『서재필과 그 시대』, 325~326면.

을 비롯하여 그 지방의 미국인 유지 몇 사람과 한국에 다녀온 미국 선교사들이 참석한 이 대회에서 '한국인의 목표와 열망' 등 다섯 결의안을 토의하고 채택하였다. 대회 마지막 날에는 회의를 모두 마친 뒤 참가자 전원이 필라델피아 시장이 제공한 기마대와 군악대의 호위를 받으며 미국 독립기념관까지 태극기를 앞세우고 도보 행진을 하였다. 독립기념관 앞에서 우남(雩南) 이승만(李承晩)이 영어로 번역된 「기미독립선언서」를 낭독하였다. 그런데 이 영문 독립선언서는 다름아닌 서재필이 번역한 것이었다. 13)

3. 근대화와 서양 문명의 번역

고국을 등지고 미국에 망명한 지 11년 만인 1895년 다시 조국에 돌아온 서재필은 그 동안 일본과 미국에서 배운 서구 문명을 받아들여 조국의 근대화를 이룩하는 데 온힘을 쏟기 시작하였다. 낡은 질서를 무너뜨리고 새 질서를 세우려고 일으킨 혁명은 비록 실패로 끝나고 말았지만 그는 김옥균이 품고 있던 이상을 포기하지는 않았다. 1881년 일본에 건너가 메이지 유신 이후 서구식 근대화를 이룩한 일본을 돌아본 뒤 김옥균은 그에게 "일본이 동방의 영국 노릇을 하려 하니 우리는 우리나라를 아세아의 불란서로 만들어야 한다"14)고 자

---

13) 「기미독립선언서」의 영문 번역은 상하이에서 춘원(春園) 이광수(李光洙)가 번역하여 영자 신문에 실었고, 1930년대 초엽부터 뉴욕대학교에서 비교 문학과 동양 문화를 가르치던 강용흘(姜鏞訖, Younghill Kang)이 독립선언서를 영문으로 번역하여 자신의 처녀 장편소설 『초당』(1931)에 삽입하였다. 서재필은 자신이 직접 영어로 번역한 독립선언서를 영문 소설 『한수의 여행』(1922)에 삽입한다.

주 말하였다. 한국에서나 일본에서 김옥균을 자주 만나 그로부터 서양 근대화의 세례를 받은 서재필은 이렇게 한국을 '아세아의 불란서'로 만들려는 데 온갖 노력을 아끼지 않았다.

그런데 이렇게 한국을 '아세아의 불란서'로 만들기 위해서 서재필은 무엇보다도 먼저 민중을 계몽시킬 필요가 있다고 생각하였다. 민중을 계몽시키는 수단으로 대중매체를 생각하였고, 서재필은 우여곡절 끝에 마침내 『독립신문』을 창간하기에 이르렀다. 이 신문 제2권 제92호 논설에서 그는 외국 학문을 받아들이기 위해서는 무엇보다도 먼저 외국 서적을 번역하여야 한다고 역설한다.

지금 죠션에 뎨일 급선무는 교휵인디 교휵을 식히랴면 남의 나라 글과 말을 비혼 후에 학문을 ᄀᄅ치랴 ᄒ거드면 교휵홀 사롬이 멋이 못 될지라. 그런고로 각식 학문 칙을 국문으로 번력ᄒ여 ᄀᄅ쳐야 남녀와 빈부가 다 조곰식이라도 학문을 비호지 한문을 비화 ᄀ지고 한문으로 다른 학문을 비호려 ᄒ거드면 국중에 이십여 년 그 노릇믄 홀 사롬이 멋이 못 될지라. 국문으로 칙을 번력ᄒᄌ거드면 두 ᄀ지 일을 뎨일 몬져 ᄒ여야 홀터이라.15)

첫 구절에서도 엿볼 수 있듯이 서재필은 이 무렵 한국이 맞부딪힌

---

14) 서재필, 「회고 갑신정변」, 『동아일보』, 1935.1.1~2; 정진석 편, 『독립신문·서재필 문헌 해제』, 서울 : 나남출판, 1996, 199면 (이하 『독립신문·서재필 문헌 해제』로만 표기함); Philip Jaisohn, "Mistakes of the Reformers," *My Days in Korea and Other Essays*, ed. Sun-pyo Hong (Seoul : Yonsei University Press, 1999) p.22.

15) 『독립신문』 제2권 제92호, 1897.8.5. 맞춤법은 원문 그대로 인용하되 떼어쓰기는 오늘날 기준에 맞게 바꾸었다.

가장 중요한 문제는 민중을 계몽시키기 위한 수단으로 교육을 실시하는 것이라고 굳게 믿고 있었다. 또한 이렇게 민중을 교육시키는 수단으로는 번역을 꼽았다. 외국어를 배운 뒤 그 외국어로 남의 나라 학문을 배우기에는 시간과 정력이 너무 많이 소요되기 때문이라는 것이다. 더구나 생업에 종사하는 대부분의 백성은 외국어는 말할 것도 없고 모국어조차 제대로 배울 수 없다. 서재필이 국문으로 번역한 책이래야 남성과 여성, 부자와 가난한 사람을 가르지 않고 누구나 두루 학문을 익힐 수 있다고 밝히는 까닭이 바로 여기에 있다.

이미 앞에서 밝혔듯이 서재필은 한문보다는 국문을 강조하였다. 『독립신문』 창간호 논설에서 그는 "우리가 독닙신문을 오늘 처음으로 출판ᄒᆞᄂᆞᆫ디 조션속에 잇는 니외국 인민의게 우리 쥬의를 미리 말슴ᄒᆞ여 아시게 ᄒᆞ노라. (…중략…) 모도 언문으로 쓰기는 남녀 샹하귀쳔이 모도 보게 홈이요 ᄯᅩ 귀졀을 쪠여 쓰기는 알어 보기 쉽도록 홈이라"16) 하고 밝힌다. 신문 기사를 언문(국문)으로 써야 남성이나 여성이나 또 상하귀천 신분에 구애받지 않고 모든 사람이 읽을 수 있듯이, 외국의 학술 저서도 국문으로 번역하여야 모든 사람이 두루 읽을 수 있어 외국의 학문과 지식을 쉽게 익힐 수 있다. 이렇듯 서재필은 『독립신문』을 한글로 출간하는 것과 외국 책을 국문으로 번역하는 것을 동일한 차원으로 보았던 것이다.

위 인용문의 맨 마지막 문장도 좀더 찬찬히 주목해 볼 필요가 있다. 서재필은 여기에서 외국 서적을 국문으로 번역하기에 앞서 필요한 두 가지 선행 조건을 제시하고 있다. 서재필이 내세우는 선행 조

---

16) 『독립신문』 제1권 제1호, 1896.4.7.

건이란 바로 국문 옥편, 즉 국어사전을 편찬하는 일과 국문을 표기할 때 빈칸 띄어쓰기를 하는 것이다. 이 가운데에서 띄어쓰기는 비록 번역의 선행 조건으로는 볼 수 없을는지 몰라도 국어사전 편찬은 아마 필수적인 조건일 것이다. 그는 "바라건디 죠션 학부에셔 죠션 국문 옥편을 믄드러 말 쓰는 규칙과 문법을 졍ㅎ야 젼국이 그 옥편을 좃ㅊ 말과 글이 굿도록 쓰고 닑게 ㅎ며 각식 학문 칙을 번력홀 쌔에 이 옥편에 잇는 규칙디로 일졍ㅎ 규모를 ㄱ지고 ㅎ게 믄드는 것이 죠션 교휵ㅎ는 긔초로 우리는 알고"[17] 하고 밝힌다. 서재필의 이러한 주장에 대하여 이기문은 "19세기에 국어사전의 편찬을 강조하고 그 내용까지 자세히 설명한 서재필의 선각에 감탄하지 않을 수 없다"[18]고 밝힌다.

서재필이 이렇게 번역에 앞서 국어사전을 먼저 편찬하여야 한다고 주장하는 데에는 그럴 만한 까닭이 있다. 번역을 잘 하기 위해서는 무엇보다도 먼저 국어를 표준화하여야 하기 때문이다. 표기법을 표준화하지 않으면 번역가마다 어휘나 용어를 제멋대로 번역하여 큰 혼란을 불러올 것은 불을 보듯 뻔하다. 사전에서 제공하는 정보는 흔히 해당 사회가 공통적으로 인정하는 언어 정보의 성격을 띠기 때문에 사전 이용자들에게 언어생활의 규범을 제시하는 역할을 한다. 그리하여 서유럽에서는 라틴어 주석에서 발달한 대역사전(對譯辭典)을 간행하여 사용하다가 17세기에 들어와 자국어의 규범을 확립하기 위하여 사전을 편찬하기 시작하였다.

---

17) 『독립신문』 제2권 제92호, 1897.8.5.
18) 이기문, 앞의 글, 65면.

한국에서도 개화기에 선교사들이 성경 번역이나 외교 목적을 위하여 일찍부터 사전 편찬에 깊은 관심을 보였다. 그러나 본격적인 외국어 사전이 편찬된 것은 비로소 일제 강점기에 들어와서이다. 예를 들어 1920년 조선총독부에서 『조선어사전(朝鮮語辭典)』을 편찬하여 간행하였다. 그 뒤 문세영(文世榮)이 편찬한 『조선어사전(朝鮮語辭典)』(1936)과 그 증보판인 『수정증보 조선어사전』 등이 나왔다. 한편 조선어학회가 1936년부터 본격적으로 시작한 사전편찬 사업은 온갖 역경을 겪으면서 추진되어 오다가 해방 뒤인 1947년 조선어학회의 후신인 한글학회가 마침내 『큰사전』 첫 권을 을유문화사에서 발행하였다. 그 뒤 1957년 전 6권으로 완간된 『큰사전』은 본격적인 국어사전으로 이후 많은 국어사전에 큰 영향을 끼쳤다.

실제로 20세기 초엽 외국 서적을 번역하기 시작하면서 이 표기법 문제가 여간 심각하지 않았다. 그리하여 1909년 7월 『대한매일신보』는 이 문제와 관련하여 「셔젹계를 혼번 평론함」이라는 논설을 실어 표기법을 통일하여 사용할 것을 주창하였다.

데삼은 번역혼 글에 사람의 일홈과 쌍 일홈의 셔로 틀니는 쟈ㅣ니 만일 한국의 교육 졔도가 완젼ᄒ게 되면 오국의 인명과 디명의 번역을 불가불 혼결ᄀᆺ치 홀지나 이졔 이거슨 기망 밧긴즉 이거슬 통일ᄒ기에 사름의 졍신을 흐리게 아니ᄒᄂᆫ 거슨 변역ᄒᄂᆫ 쟈 각 사름의 칙임이어놀 이졔 인명과 디명은 고샤ᄒ고 혼 나라의 일홈도 두 사람이 번역ᄒ면 두 가지로 다르고 셰 사름이 ᄒ면 세 가지로 다르며 이쑨 아니라 심지어 ᄀᆺ혼 사름과 ᄀᆺ혼 쌍의 일홈을 혼 사름이 번역혼 것도 몬져 혼 것과 뒤에 혼 거시

ᄀᆞᆺ지 아니ᄒᆞ며 우ㅅ줄과 아러ㅅ줄이 ᄀᆞᆺ지 아니ᄒᆞ니 오호ㅣ라 이거슨 문명ㅅ업이라 가탁ᄒᆞ여 리나 취홀 ᄯᅳᆺ으로 사ᄅᆞᆷ을 속이ᄂᆞᆫ 거시 아닌가.[19)]

위 인용문에서 논설의 필자는 지명과 인명 그리고 국가의 이름까지도 번역자에 따라 서로 다르게 표기하고 있는 사실을 개탄한다. 심지어는 한 사람이 번역한 글에서도 고유명사를 다르게 표기하고 있다는 것이다. 이 논설의 필자는 번역자들이 번역이 '문명 사업'이라고 거짓 핑계를 대면서 사사로운 이익이나 얻을 생각으로 사람들을 속이려고 한다고 날카롭게 꾸짖는다. 또한 "사ᄅᆞᆷ의 정신을 흐리게 아니ᄒᆞᄂᆞᆫ 거슨 변역ᄒᆞᄂᆞᆫ 쟈 각 사람의 ᄎᆡ임이어늘"이라는 문장에서 그는 번역가의 역할과 책임을 강조하기도 한다.

이러한 사정은 이 논설이 발표된 지 100여 년이 지난 오늘날에도 여전히 문젯거리로 남아 있다. 1986년 문교부가 제정하여 고시한 것을 바탕으로 국립국어원이 정한 외래어 표기법이 있기는 하지만 현실과 너무 동떨어진 진 탓에 번역자마다 출판사마다 서로 다른 표기법을 사용하고 있는 실정이다. 예를 들어 폴란드 출신의 영국 소설가 'Joseph Conrad'는 좋은 예가 된다. 한 출판사에는 '조셉 콘라드'로 표기하고, 다른 출판사에서는 '조우집 콘래드'로 표기한다. 그런가 하면 '조지프 콘래드'나 '조우집 콘라드' 등으로 표기하는 출판사도 있어 여간 헷갈리지 않는다.

서재필은 1896년 6월 2일자 『독립신문』 논설에서 출판사를 설립할 필요성과 함께 번역이 왜 필요한지를 좀더 구체적으로 설명한다. 조

---

19) 「셔격계를 호번 평론함」, 『대한매일신보』 제619호, 1909.7.9.

선 같은 후진국이 문명개화하는 데에는 출판사를 설립하여 외국 책을 번역하여 출판하는 것보다 더 좋은 일이 없을 것이라고 지적한다.

　늠의 나라에셔는 칙 믄드는 사름이 국즁에 몃 쳔명식이요 칙 회샤들이 여러 빅기라 칙이 그리 만히 잇시도 둘마다 새 칙을 몃 빅 권식 믄드러 이 회샤 사름들이 부즈들이 되고 쏘 나라에 큰 스업도 되는지라. 죠션도 이런 회샤 ᄒ나히 싱게 각식 셔양 칙을 국문으로 번역ᄒ여 츌판ᄒ거드면 첫지는 이 칙들을 보고 농스ᄒ는 사름들이 농법을 비홀 터이요, 쟝스ᄒ는 사름들이 샹법을 비홀 터이요, 각식 쟝식들이 물건 믄드는 법을 비홀 터이요 관인들이 졍치ᄒ는 법을 비홀 터이요, 의원들이 고명ᄒ 의슐들을 비홀 터이요 학교에 가는 사름들이 각국 긔스와 산학과 디리와 텬문학을 다 능히 비홀지라. 문명긔화ᄒ는디 이런 큰 스업은 다시 업슬 터이요, 쟝스ᄒ는 일노 보드러도 이보다 더 리 눔을 거시 지금은 업는지라.[20]

방금 앞에서 인용한 논설과 마찬가지로 이 논설문도 번역과 관련하여 몇 가지 주목을 끈다. 첫째, 서재필은 외국과 마찬가지로 한국에도 책을 발행하는 출판사가 있어야 한다고 지적한다. 여기서 그는 미국도 미국이지만 특히 일본을 염두에 두고 있는 것 같다. 서재필이 『독립신문』을 창간하는 데 후쿠자와 유키치의 『지지신보(時事新報)』에서 큰 영향을 받았듯이, 그는 출판사 설립 필요성을 주장하는 데에도 이 일본의 계몽 사상가한테서 적잖이 영향을 받았다. 『서양사정(西洋事情)』(1870)과 『문명론의 개략(文明論の槪略)』(1975) 그리고 『학문의 권장

---

20) 『독립신문』 제1권 25호, 1896.6.2.

(學問のすすむ)』(1876)은 흔히 '후쿠자
와의 3대 명저'로 꼽힌다. 유길준
이 『서유견문(西遊見聞)』(1895)을 집
필하는 데 가장 큰 영향을 준 『서양
사정』은 일본에서 여러 종류의 해
적판이 나돌 정도로 무척 큰 인기
를 끌었다.

이 중에서도 특히 『학문의 권
장』은 후쿠자와가 메이지 5년(1872)
에 초편을 출간하기 시작하여 메
이지 9년(1876)에 17편을 출간하여
모두 마무리 지은 책이다. 이 책은
출간되자마자 일본에서 베스트셀

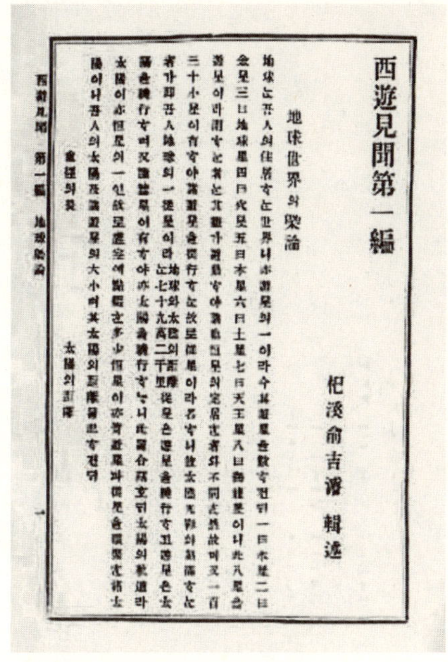

유길준의 『서유견문』. 이 책을 쓰면서 그는 후쿠자와 유키치의
『서양사정』을 비롯한 책에서 큰 영향을 받았다.

러가 되어 날개 돋친 듯이 팔렸다. 이 책이 완간된 지 4년 뒤 메이지
13년(1880)에 쓴 합본(合本)의 서문에서 그는 "발행 부수는 지금까지
대략 70만 부로 그 중에서도 초판은 20만 부를 밑돌지 않는다. 게다
가 이전에는 판권에 대한 법이 잘 지켜지지 않아 해적판이 성행하여
그 숫자는 십여 만 부가 될 것이다. 초판을 해적판까지 합쳐 22만 부
라고 가정하여 이것을 일본 인구 3천 5백만 명에 비례했을 때 국민의
160명 중 1명은 반드시 이 책을 읽었다고 볼 수 있다"[21]고 밝힌다. 이
책은 이 무렵 일본에서 국민 필독서로 문명개화의 성서가 되다시피
하였다. 오늘날 일본 국민이 세계에서 가장 책을 많이 읽는 국민이

---

21) 후쿠자와 유키치, 남상영·사사가와 고이치 역, 『학문의 권장』, 서울 : 소화, 2003, 19면.

된 것도 따지고 보면 후쿠자와의 영향력 때문이라고 하여도 크게 틀리지 않을 것이다.

둘째, 위 인용문에서 "죠션도 이런 회사 하나가 생겨 각색 셔양 책을 국문으로 번력하여 출판하면"이라는 구절도 주목해 볼 필요가 있다. 서재필은 책을 출간하는 출판사를 설립하되 서양 책을 국문으로 번역하여 내는 출판사를 설립하였으면 좋겠다고 말한다. 서재필이 이 논설을 쓸 무렵 한국에는 출판사다운 출판사는 거의 없었다. 기독교 복음을 전하는 서양 선교사들이 기독교 서적을 출간하기 위하여 설립한 야소교서회(뒷날 조선기독교서회로 이름을 바꿈)와 광문사 같은 출판사가 두세 곳 있었을 뿐이었다. 20세기 이전에는 오늘날의 교육과학부에 해당하는 학부(學部)에서 겨우 교과서를 출간할 정도였다. 특히 서양 서적을 전문으로 번역하여 출간하는 출판사는 더더욱 없었다. 출판사가 별로 없었기 때문에 이 무렵에는 신문을 발행하는 신문사가 단행본을 출간하기도 하였다. 20세기에 들어와서야 보성사, 휘문사, 박문관 같은 상업 출판사가 생겨나기 시작하였다.

방금 앞에서 언급한 후쿠자와는 자신의 저서를 많이 집필하기도 하였지만 서양의 책을 많이 번역하여 출간하기도 하였다. 물론 일본에서는 그에 앞서 여러 번역자가 서양 문헌과 문학 작품을 많이 번역하여 출간하였다. 가령 1774년 독일어에서 네덜란드어로 중역한 해부학 저서 『해체신서(解體新書)』를 번역한 것을 시작으로 서양의 저서를 번역한 책들이 그야말로 우후죽순처럼 많이 쏟아져 나오기 시작하였다. 이 무렵 일본에서 번역은 지리와 역사와 관련한 책은 말할 것도 없고 자연과학서에서 문학 작품과 예술에 관한 책에 이르기까지 폭넓게 이루어졌다. 그리하여 야노 후미오[矢野文男]는 일찍이 번역서를 읽는 방법을 제시하는 『역서독법(譯書讀法)』(1883)이라는 책을 출간할 정도였다. 이 책에서 그는 "이즈음 역서 출판이 성황을 이루어 그 권수가 몇 만에 이르니 한우충동(汗牛充棟)이 무색할 지경이다"[22] 하고 밝힌다. 그런데 1883년이라면 조선에서는 최초의 근대식 인쇄소라고 할 박문국(博文局)을 설치하여 막 『한성순보(漢城旬報)』를 발행하기 시작하던 해이다.

셋째, 서재필은 위 인용문에서 "셔양 칙을 국문으로 번역ᄒ여 출판"할 것으로 분명히 못 박아 말한다. 『독립신문』 제2권 92호 논설에서는 '남의 나라 글과 말'이라고 막연히 표현하였지만 방금 위에 인용한 1896년 6월 2일자 논설에서 그는 국문으로 번역하여 출간할 대상 서적을 서양 서적으로 한정시킨다. 바꾸어 말해서 청나라나 일본 같은 동양 저서는 번역의 대상에서 제외시킨다. 서재필에게 청나라는 모방하여야 할 선망의 대상이 아니라 오히려 청산하여야 할 부끄러운 유산이다. 일본 제국주의의 침략을 아직 받고 있지 않은 19세기 말엽 그가 무슨 독립을 부르짖느냐고 할는지 모르지만 그가 말하는 독립은 좁게는 청국, 넓게는 중화 문명, 더 넓게는 모든 외세의 영향권에서 벗어나는 것을 뜻한다.

「동양론」에서 서재필는 "죠션은 청국 학문을 비혼 ᄯᆞᆰ에 각식 일이 청국과 ᄀᆞᆺ흔 일이 만코 나라 형셰가 청국과 ᄀᆞᆺ흐니 엇지 셟고 분치 아니ᄒ리요" 하고 개탄한다. 그러면서 그는 "슬여도 구습을 버리

---

22) 가토 슈이치[加藤周一]·마루야마 마사오[丸山眞男], 임성모 역, 『번역과 일본의 근대』, 서울: 이산, 2000, 57면.

고 문명진보ᄒᆞᄂᆞᆫ 학문을 힘쓰며” 하고 밝힌다. 여기에서 ‘구습’이란 청국 학문을 뜻하고 ‘문명진보하는 학문’이란 다름아닌 서양 학문을 가리킴은 두말할 나위가 없다. “일본은 근년에 구습을 모다 바리고 태셔 각국에 죠흔 법과 학문을 힘 딀여 비흔 ᄭᆞᆰ에 오날눌 동양 안에 졔일 강ᄒᆞ고 졔일 부요ᄒᆞ며 셰계에 디졉 밧기를 기화흔 동등국으로 밧으니 치하홀 만ᄒᆞ고 층찬홀 만ᄒᆞ더라” 하고 말한다.[23] 한마디로 서재필은 하루라도 빨리 중화 문명의 영향권에서 벗어나 일본처럼 서양 문물을 받아들여 근대화를 이룩할 것을 역설하였다. 물론 뒷날 그는 일본에 점차 등을 돌릴 뿐만 아니라 이 세계에서 가장 멀리하여 할 적대국으로 간주하지만 아직 이 무렵에는 일본에 대한 환상을 버리지 않고 있었다. 환상을 버리지 않고 있었다기보다는 일본을 아직 이용할 가치가 있는 모델로 간주하고 있었다고 말하는 것이 더 정확할 것이다. 갑신정변을 겪으면서 그는 이미 일본에 대한 환상이나 믿음이 적잖이 흔들렸고, 을사늑약(乙巳勒約)과 한일병탄(韓日倂呑) 이후에는 완전히 배일과 항일로 돌아섰다.

후쿠자와와 마찬가지로 서재필한테도 학문이란 역시 서양 학문을 뜻하였다. 후쿠자와는 『학문의 권장』에서 “학문이란 그저 어려운 글자를 알고 어려운 고전을 읽으며 와카[和歌]를 즐기고 시를 짓는 등의 실생활에 도움이 되지 않는 문학을 말하는 것이 아니다” 하고 전제한 뒤 “인간의 일상생활에 필요한 실학으로 인간이면 상하귀천 할 것 없이 누구나 다 쌓아야 할 소양임을 알아야 한다”고 밝힌다. 그러

---

23) 서재필, 「동양론」, 『대죠선독립협회회보』 제6호, 1897.2.15, 9~12면; 『독립신문 · 서재필 문헌 해제』, 117 · 118면에서 인용.

면서 "이러한 학문을 하기 위해서는 서양의 번역서를 조사하고 대개의 글은 일본의 가나[仮名]를 사용하고, 또 나아가 어려도 학문에 재주가 있으면 서양 말을 배우도록 하며, 어떠한 과목이나 어떠한 학문이라도 사실을 바탕으로 해야 한다"고 지적한다.24) 생각해 보면 볼수록 서재필의 생각과 후쿠자와의 생각이 서로 비슷하다는 데 새삼 놀라게 된다.

그러나 위 인용문에서 무엇보다도 관심을 끄는 것은 서재필이 번역이 필요한 분야를 구체적으로 자세하게 언급한다는 점이다. 번역서를 읽고 도움을 받을 사람으로 그는 아래로는 농사짓는 농부를 비롯하여 물건을 파는 상인과 손으로 물건을 만드는 공인에서 위로는 의술에 종사하는 사람들과 백성을 다스리는 관리에 이르기까지 두루 언급한다. 실제로 모든 계층과 영역을 총망라하고 있다시피 하다. 또한 새로 설립한 근대식 학교에서 교육을 받는 학생들도 번역서를 통하여 세계 각국의 역사와 수학과 지리와 천문학 같은 학문을 두루 익혀야 한다고 밝힌다.

위 인용문에서 서재필이 다른 분야에 종사하는 사람은 몰라도 농부를 언급하는 것은 어쩌면 조금 이상하게 보일는지 모른다. 이 무렵 조선의 현실을 고려해 보면 번역한 책들을 보고 농사짓는 법을 배울 가능성이 실제로 그다지 많지 않을 것이기 때문이다. 그러나 서재필이 조선의 산업 중에서 농업을 중시하였다는 사실을 염두에 두면 그가 농부를 언급하는 것은 조금도 이상한 일이 아니다. 「사회교화로 본 '신민(新民)'의 사명」이라는 글에서 서재필은 "우리 조선

---

24) 후쿠자와 유키치, 앞의 책, 24 · 25면.

은 장래 엇더한 문화를 건설하게 된다더레도 우리 대중의 토대는 항상 농업에 잇슬 줄 밋는다. 다시 말하면 우리는 농(農)으로써 나라의 대본(大本)을 세워야 할 것이다"25) 하고 지적한다. 그렇다면 서재필은 사농공상을 포함한 모든 사회 계층과 남녀노소가 번역을 통하여 도움을 받을 수 있다고 믿고 있었던 것이다.

번역이라는 수단을 빌려 서양 학문을 받아들일 뿐만 아니라 실제 생활에 직접 도움을 주어야 한다는 서재필의 생각은 시간이 흐르면서도 조금도 달라지지 않았다. 미국에 돌아간 뒤 1924년 『조선일보』 주필 민세(民世) 안재홍(安在鴻)에게 보낸 편지에서도 그는 번역의 중요성을 다시 한 번 강조한다. "인민의 생활 상태 개량에 대한 의견을 발표하는 것이 신문지의 사명인 줄로 밋는" 서재필은 이 편지에서 서양의 농업과 과수업과 목축업을 자세히 설명하면서 조선도 하루 빨리 조상부터 물려받은 재래식 영농 방식을 버리고 서구의 방식을 받아들일 것을 주장한다. 그러면서 그는 "귀사에서 차등(此等) 산업 문제에 대하야 서적이 필요하다면 여(予)는 성심으로 어더 보낼 터이니 번역하여 조선 전국에 배포하기를 바라며 서적 가(價)는 실가대로 보내면 조흘 것이다" 하고 밝힌다.26) 여기에서도 서재필은 번역이 얼마나 중요한지 다시 한 번 역설한다.

---

25) 서재필, 「사회 교화로 본 '신민'의 사명」, 『신민』 통권 제6호, 1925.10;『독립신문 · 서재필 문헌 해제』, 157면에서 인용.

26) 서재필, 「조선일보 주필 귀하에게」, 『조선일보』, 1924.11.23~25;『독립신문 · 서재필 문헌 해제』, 140 · 142면에서 인용.

4. 번역에 대한 경계

19세기 말엽 서재필은 일찍이 번역의 중요성을 부르짖었지만 이무렵 모든 지식인이 그와 똑같이 생각한 것은 아니었다. 그가 문명개화의 수단으로 번역을 강조한 것과는 달리 몇몇 사람들은 번역의 위험성을 지적하기도 하였다. 서재필이 방금 앞에서 인용한 논설을 쓴 지 10년이 지난 뒤에 나온 『대한매일신보(大韓每日申報)』의 논설은 이 점을 뒷받침한다. 「교과서 검뎡의 됴사」라는 논설에서 필자는 번역이 안고 있는 여러 문제를 지적한다.

> 쏘 혼 가지 주의홀 거슨 근리 일본과 다른 외국의 교과셔롤 번역ᄒ여 쓰게 ᄒ는 쟈가 쏘혼 적지 아니혼디 이런 져셔 중에는 흔히 본국의 풍속과 인정에 덕합지 못혼 것을 불구ᄒ고 원본디로만 인용ᄒ니 이런 고로 극히 위협ᄒ고 쏘혼 ᄉ샹이 셔로 맛지 아니ᄒ는디 쥬입ᄒ여 청년학도를 그릇 드리는 일이 불무ᄒ니 이런 거슨 일호ㅣ라도 용셔홈이 불가ᄒ니라.[27]

위 논설에서는 번역과 관련하여 무엇보다도 먼저 눈을 끄는 것은 서재필이 번역의 중요성을 주창한 지 겨우 10년밖에 되지 않았는데도 벌써 일본을 비롯한 다른 나라의 교과서를 번역하여 사용한다는 점이다. 교과서라고 아예 못 박아 말하는 것을 보면 주로 근대식 학교에서 번역 교과서를 사용하고 있었던 것으로 미루어볼 수 있다.

---

27) 「교과서 검뎡의 됴사」, 『대한매일신보』 별보 제523호, 1909.3.13.

더욱 놀라운 것은 이 무렵 학교에서 외국 교과서를 번역하여 교재로 사용하는 교사들이 적지 않다는 점이다.

그런데 문제는 이러한 외국 서적을 번역한 책 중에는 학생들의 교육에 이롭기보다는 오히려 해가 되는 것들도 있다는 데 있다. 위 논설의 필자는 번역자가 외국 원서를 그대로 옮기다 보니 때로는 조선의 "본국의 풍속과 인정에 뎍합지 못흔 것"이 있다고 지적한다. 그러면서 "극히 위협(위험)ᄒ고 쏘흔 ᄉ샹이 셔로 맛지 아니ᄒᄂᆫ" 내용을 젊은 학생들에게 주입함으로써 그들을 잘못된 길로 인도한다고 경고한다. 마지막 문장에서 필자는 이러한 일은 결코 용서할 수 없다고 단호한 태도를 보인다. 한마디로 그는 외국 서적을 번역하여 사용하되 어디까지나 그 내용이 풍속과 인정에 맞는 것만을 선별하여 번역할 것을 주창한다.

이렇게 외국 번역서의 피해 가능성을 처음 제기하였다는 점에서 이 『대한매일신보』 논설을 쓴 필자는 서재필과는 사뭇 다르다. 서재필은 앞에서 인용한 논설에서 "문명개화ᄒᄂᆫ 데 이보다 더 훌륭한 사업은 업슬 터이요" 하고 지적한다. 후쿠자와 유키치처럼 그도 서구 문명을 받아들여 개화하는 데에는 번역만큼 좋은 수단과 방법이 없다고 생각하였다. 그렇기 때문에 서재필은 번역서가 풍속을 해치고 젊은 이들의 사상을 오염시킬 수도 있다는 가능성에 대해서는 미처 고려하지 않았다. 번역서가 거의 없다시피 한 상황에서 어쩌면 그는 그러한 피해를 지적할 필요성을 아직 느끼지 못하였을는지도 모른다.

『대한매일신보』는 위 논설을 발표하기 두 달 앞서 「글을 번역ᄒᄂᆫ 사름들에게 흔번 경고흠」이라는 번역에 관한 또 다른 논설을 실었다. 이 논설에서 필자는 앞에 인용한 논설보다 번역의 부정적 피해를 좀더 구체적으로 밝힌다.

　항믈며 즈긔 나라의 디리와 력亽롤 지긔가 능히 져슐치 못ᄒ고 외국인의 손에셔 나온 쟈롤 쏙ᄀᆺ치 번역홈도 ᄯᅩᄒᆫ 국민된 쟈의 크게 슈치가 되거놀 엇지 즈긔 나라의 당당ᄒᆫ 력亽롤 ᄇ리고 타국인의 망녕된 말을 좃츠리오 그러면 뎌 외국인은 쇼쇼히 알고 우리는 ᄒᆫ 가지를 몰나도 ᄯᅩᄒᆫ 즈긔만 직희고 뎌을 좃지 아니ᄒᆯ가. 골ᄋᆞ디 그러치 아니라. 뎌희 져슐ᄒᆫ 바롤 β) 참고ᄒᆞ여 짓는 거슨 가ᄒᆞ거니와 α) 쏙ᄀᆺ치 번역홈은 불가ᄒᆞ며 뎌희 말ᄒᆫ 바롤 β) 비교홈은 가ᄒᆞ거니와 α) 밋는 거슨 불가ᄒᆞ니 엇지 뎌희가 노래를 ᄒᆞ면 나도 노래ᄒᆞ고 뎌희가 춤을 추면 나도 춤을 츄며 뎌희가 나를 욕ᄒᆞ면 나도 나를 욕ᄒᆞ고 뎌희가 나를 업슈히 녁히면 나도 나를 업수히 녁여셔 늠의 노례 되는 말을 붓을 잡고 홈부로 쓰리오. 이제 이 대한 디리롤 번역ᄒᆫ 쟈는 엇던 인물인지는 알지 못ᄒᆞ거니와[28]

위 인용문에서 다분히 민족주의적 입장을 취한다고 할 필자가 주장하는 내용은 크게 세 가지로 요약할 수 있다. 첫째, 자기 나라의 지리와 역사에 관한 책을 자국의 학자가 직접 저술하지 못하고 남의 나라 사람이 대신 집필하도록 내버려 두는 것은 부끄럽고 수치스러운 일이다. 둘째, 외국인이 집필한 책을 번역하여 읽는 것은 더더욱 수치스럽다. 셋째, 외국인이 집필한 책의 내용("타국인의 망녕된 말")을 있는 그대로("쏙ᄀᆺ치") 번역하여 아무 비판 없이 받아들이는 것은 도저히

---

28) 「글을 번역ᄒᆞᄂᆞᆫ 사롬들에게 ᄒᆫ번 경고홈」, 『대한매일신보』 제472호, 1909.1.9.

있을 수 없는 일이다. 다만 이 논설의 필자는 자국의 저자가 직접 책을 저술할 때 외국 저서를 참고하거나 비교하는 것은 허용한다. 그렇지 않고 외국의 필자가 쓴 책을 번역하여 무비판적으로 받아들이는 것은 한낱 외국 사람의 정신적 노예에 지나지 않는다고 역설한다.

위 인용문에서 맨 마지막 "이제 이 대한디리롤 번역ᄒ 쟈는 엇던 인물인지는 알지 못ᄒ거니와"라는 문장을 다시 한 번 찬찬히 눈여겨보아야 한다. 지금 위 논설의 필자는 『대한지리』라는 외국 저서를 국어로 번역한 책을 신랄하게 비판하고 있다. 이 논설의 필자가 과연 어떤 책을 언급하고 있는지는 정확히 알 수 없고 다만 이 무렵의 정황에 비추어 미루어볼 수 있을 뿐이다. 이 무렵에는 대한지리에 관한 책을 번역하거나 역술에 가깝게 집필한 책이 몇 권 출간되어 있었다. 또한 이러한 번역서들이나 책들은 서구식 근대 학교에서 교과서로 주로 사용되고 있었다.

가령 구한말과 일제 강점기에 역사학자로 활약한 백당(白堂) 현채(玄采)는 일찍이 1899년 초등학교용 한국 지리 교과서로 『대한지지(大韓地志)』라는 책을 집필하여 광문사에서 출간하였다. 국한문혼용체로 기술한 이 책은 1906년에 재판이 발행되었으며, 책머리에는 1899년 학부 편집국에서 간행한 대한전도가 수록되어 있다. 그런데 이 지도는 현대적인 경위도선이 들어 있는 한국 최초의 한국전도로 흔히 일컫는다. 학부 편집국장의 서문이 붙은 학부 추천도서였지만 1909년 통감부(統監府)의 '교과용 도서검정 규정'에 따라 금지처분을 받았다. 위 논설의 필자가 염두에 두고 있는 책은 여러 정황으로 보아 아마 이 책은 아닌 듯하다.

  1907년에는 장지연(張志淵)이 『대한신지지(大韓新地志)』를 저술하여 휘문관에서 출간하기도 하였다. 대한제국의 대표적인 지리 교과서라고 할 이 책은 이 무렵 내용을 비교적 과학적으로 구성하였다는 평가를 받는다. 이 책은 출간된 지 1년 6개월 만에 재판을 발행할 정도로 수요가 많았다. 1907년 9월 학부의 검정을 받았지만 내용이 불순하다는 이유로 1909년 1월 30일 검정무효 처분을 받았다. 그런데 장지연은 책 제2장 '위치편'을 기술하면서 일본 학자가 쓴 한국 지리

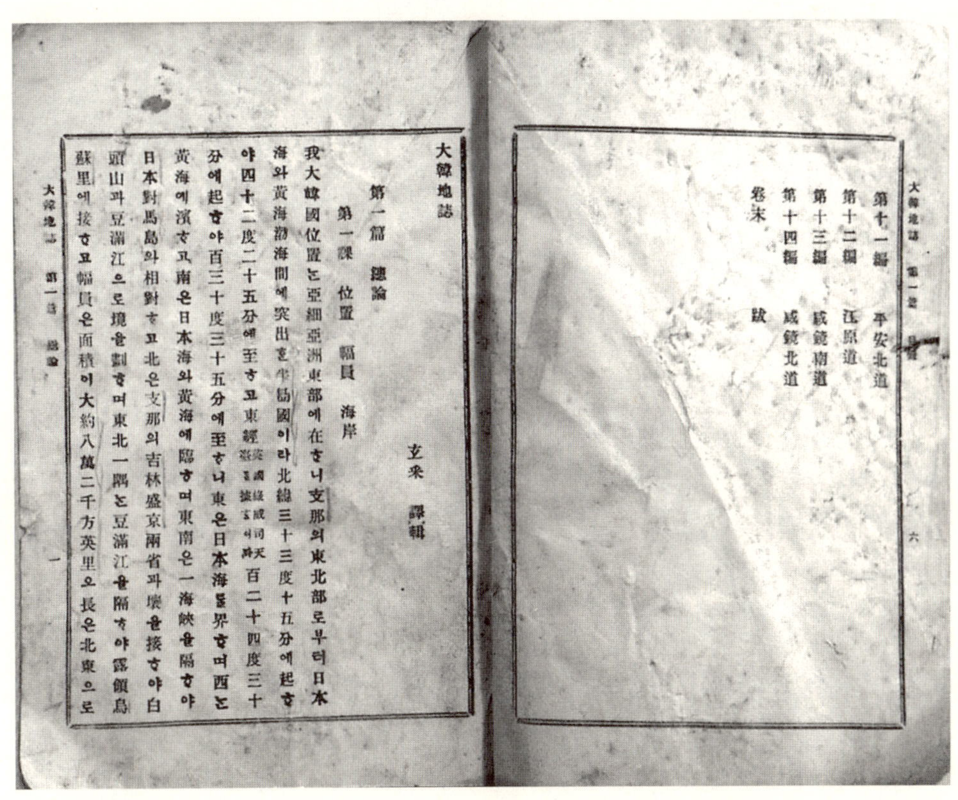

20세기 초엽 가장 왕성하게 번역 활동을 전개한 민족주의 사학자 현채의 『대한지지』 표지. 지리교과서로 각광을 받았다.

교과서의 영향을 많이 받았다. 어떤 대목은 분류 항목까지 서로 똑같은가 하면, 글자 하나 틀리지 않을 정도로 일본 학자가 쓴 책을 거의 그대로 번역해 놓다시피 한 곳도 있다. 그러나 장지연의 책은 전통적인 지지(地誌)를 바탕으로 근대적인 한국 지리의 내용 체계를 수립하였다는 데 그 의의가 무척 크다.

장지연이『대한신지지』를 집필하면서 영향을 받은 일본 책은 바로 다부치 도모히코[田淵友彦]가 1905년 하쿠분칸[博文館]에서 발간한『한국신지리(韓國新地理)』라는 책이다. 그런데 다부치의 이 책은 김건중(金建中)이 국한문혼용체로 초역(抄譯)하여 1907년 보성관에서『신편대한지리(新編大韓地理)』라는 제목으로 발행하였다. 이 책은 이 무렵 중등학교 지리 교과서로 널리 사용되었다. 방금 앞에서 인용한『대한매일신보』논설에서 필자가 날카롭게 비판하고 있는 지리 교과서는 모르긴 몰라도 아마 이 책을 염두에 두고 있는 듯하다. '신편'이라는 접두사만 빼면 그 제목조차 똑같기 때문이다. 필자가 "이 대한디리를 번역혼 쟈는 엇던 인물인지는 알지 못ᄒ거니와" 하고 밝히는 것은 이 무렵 김건중이 별로 알려져 있지 않은 사람이기 때문일 것이다. 현채나 장지연과는 달리 그는 한낱 보성관의 번역원에 지나지 않았던 것이다.29)

---

29)『대한매일신보』의 논설을 쓴 필자는 "늄의 노례 되는 말을 붓을 잡고 홈부로 쓰리오" 하고 꾸짖고 있지만, 김건중은 다부치의 책을 번역하면서 주체성과 자주성을 살리려고 노력한 흔적이 곳곳에 눈에 띈다. 그러한 예로 지방지의 서술에서 임진왜란 때 이순신(李舜臣)이 왜군을 크게 물리친 내용을 담고 있을 뿐만 아니라 일본해(日本海)를 조선해(朝鮮海)로 고친 점 등을 들 수 있다.

5. 의역인가 축자역인가

　　서재필은 번역의 중요성을 역설하였을 뿐만 아니라 더 나아가 번역가가 주의하여야 할 사항에 대해서도 언급하였다. 비록 정교하게 이론으로 아직 체계화되지는 않았어도 번역 이론이나 방법론에 관한 그의 언급은 관심을 끌기에 충분하다. 서재필의 번역관이나 번역 이론은 「조선에 대한 외국인의 오해」라는 글에서 엿볼 수 있다. 『조선일보』 주필이던 민세 안재홍이 서재필에게 매월 한 편씩 글을 기고해 달라고 부탁하였고, 서재필은 1927년 2월 안재홍에게 기고문 한 편을 보내면서 답신을 쓴다.

　　귀지에 게취(揭取)한 내 신년사의 번역은 퍽 잘 될 줄로 생각합니다. 아조 조직이 달은 영어를 우리 조선어로 번역하는 것은 퍽 어려운 일일 것이니 그러케 하려면 상식이 풍부하여야 할 것임니다. 의역(意譯)을 하지 아니하고 자역(字譯)을 한다면 읽을 수 업게 될 것임니다.[30]

　　서재필은 위 인용문 첫 구절에서 『조선일보』에 실린 자신의 신년사를 "퍽 잘" 번역하였다고 칭찬한다. 여기에서 '내 신년사'란 1927년 새해를 맞이하여 그가 이 신문과 『동아일보』에 영문으로 써서 기고한 "Let Us Face the New Year with a Smile"이라는 글이다. 『조선일보』는 1927년 1월 1일과 3일 두 차례에 걸쳐 이 글을 번역하여 「신

---

30) 서재필, 「조선인에 대한 외국인의 오해」, 『조선일보』, 1927.3.10~14. 이 글은 『독립신문·서재필 문헌 해제』, 185면에서 인용.

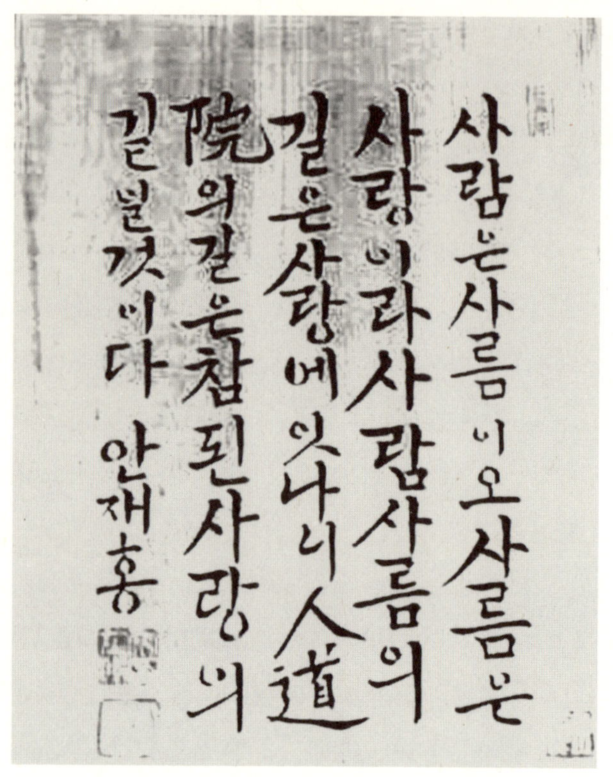

『조선일보』 주필이던 민세 안재홍의 좌우명. 서재필은 그에게 글을 기고하면서 한국에서 번역할 책이 있으면 미국에서 보내주겠다고 제안한다.

년을 새맘으로 맞자」라는 제목으로 실었다. 한편 『동아일보』에서는 「신년을 당하야 고국 동포에게, 깃브라, 일하라, 배호라!」라는 제목으로 같은 해 1월 1일과 2일 두 차례에 걸쳐 연재하였다.

위 인용문에서 서재필이 번역 방법론이나 번역 이론과 관련하여 언급하는 문제는 크게 네 가지로 요약할 수 있다. 첫째, 번역은 "퍽 어려운 일"이라는 점이다. 위 글은 서재필이 본디 영문으로 써서 기고한 글을 신문사에서 한글로 번역한 것이기 때문에 '퍽'에 해당하는 부사로 그가 어떠한 영문 어휘를 사용하였는지 정확히 알 수가 없다. 모르긴 몰라도 아마 'very'나 'so'를 사용하였다고 미루어볼 수 있다. 어찌되었던 서재필은 여기에서 기점 언어인 외국어를 목표 언어인 자국어로 번역한다는 것이 매우 어려운 일이라는 사실을 지적한다. 미국의 시인 로버트 프로스트는 시를 정의하면서 "시란 번역하는 과정에서 잃어버린 그 무엇이다"[31] 하고 밝힌 적이 있다. 그에 앞서 에즈러 파운드도 「어떻게 하여 시를 쓰기 시작하였는가」(1913)라는 글에서 "어떤 것이 시로 인정받는지, 시의 어떤 부분이 '영원한' 것인지, 어떤 부분이 번역하는 과정에서 잃어버릴 수 없는 것인지 날이면 날마다 알고 싶다"[32]고 말한 적이 있다. 프로스트와 파운드는 시와 관련하여 번역의 난해성이나 불가능성을 언급하고 있지만 이러한 문제는 비록 정도의 차이는 있을망정 시뿐만 아니라 산문의 경우에도 마찬가지로 해당한다. 그리하여 일찍부터 이탈리아에서는 "번역은 반역(traduttore, traditore)"이라는 격언이 널리 유행하였다. 다른 나라 말을 자국어로 옮기다 보면 그 과정에서 어쩔 수 없이 원문의 내용을 왜곡할 수밖에 없다는 것이다.

둘째, 서재필은 기점 언어인 영어와 목표 언어인 한국어는 서로

---

31) 이 유명한 말은 프로스트가 한 것으로 널리 알려져 있지만 학자들은 프로스트가 언제 어디서 이 말을 하였는지 그 출처를 찾지 못하였다. 가령 『프로스트 전집』(1995)을 출간한 마크 리처드슨은 프로스트가 쓴 어떤 산문에도 이 말이 나오지 않는다고 지적한다. 그러므로 프로스트가 강연이나 파티 또는 사적인 자리에서 이 말을 하였을 가능성이 아주 높다. 프로스트와 오랫동안 친하게 지낸 루이스 언터메이어는 『로버트 프로스트 : 회고』라는 책에서 프로스트가 그에게 "자네는 '시란 번역하는 과정에서 잃어버린 그 무엇이다'라는 말을 자주—어쩌면 너무 자주—들어왔지" 하고 말하였다고 한다. 그러면서 프로스트는 "또한 시란 해석하는 과정에서 잃어버리는 그 무엇이기도 하다" 하고 밝혔다는 것이다.

32) Ezra Pound, *Early Writings : Poems and Prose* (New York: Penguin), 2005.

조직이 다르다고 지적한다. 여기에서 그가 말하는 '조직'이란 언어의 통사 구조나 구문을 가리킨다고 보아 크게 틀리지 않다. 이러한 통사 구조나 구문의 차이는 비단 영어와 한국어에 그치지 않고 심지어는 같은 계통에 속한 언어 안에서도 얼마든지 나타난다. 다시 말해서 모든 언어는 저마다 다른 언어에서는 찾아볼 수 없는 독특한 구조나 구문을 지니게 마련이다. 이러한 문제가 가장 뚜렷이 나타나는 것은 바로 '기계 번역'이다. 기계 번역 연구가들은 그 동안 기점 언어의 구조와 목표 언어의 구조가 서로 다르기 때문에 생기는 '통사적 미스매치'를 해결하는 데 온갖 노력을 기울여 왔지만 아직껏 만족스러운 해답을 찾지 못하였다.

셋째, 서재필은 한 언어 조직이나 구조가 다른 언어의 조직이나 구조와 다른 만큼 번역을 잘 하려면 무엇보다도 상식이 풍부하여야 한다고 지적한다. 여기에서 '상식'이란 E. D. 허쉬가 말하는 '문화적 해독 능력'을 가리키는 것으로 보아 크게 틀리지 않다. 그는 복잡한 현대 사회에서 살기 위해서는 단순히 문자를 해독하는 능력만 가지고는 부족하다고 지적한다. 책을 읽는 능력을 뛰어넘어 이제는 문화를 '읽는' 능력도 필요하다는 것이다. 허쉬는 "문화적으로 문맹에서 벗어난다는 것은 곧 이 현대 세계에서 살기 위하여 필요한 정보를 소유하는 것이다"[33] 하고 잘라 말한다. 다시 말해서 문화적 해독 능력이 있는 번역자라면 작가가 당연하다고 생각하고 그냥 넘어가기 쉬운 '연상의 체계'를 목표 언어의 독자가 이해할 수 있도록 번역할

---

33) E. D. Hirsch, Jr. *Cultural Literacy : What Every American Needs to Know* (New York: Vintage Books, 1988), p.13.

수 있을 것이다.

그런데 허쉬가 말하는 문화적 독해 능력이 필요한 것은 번역이 단순히 기점 언어를 옮기는 것이 아니라 '기점 문화'를 옮기는 것이기 때문이다. 기점 언어가 속해 있는 문화를 제대로 이해하지 않고서는 목표 언어로 올바로 번역할 수 없다. 두말할 나위 없이 언어란 문화에 속해 있을 뿐만 아니라 문화의 반영이다. 이렇듯 언어와 문화는 떼려야 뗄 수 없을 만큼 서로 깊이 연관되어 있다. 그리하여 1980년대 말엽부터 이른바 '문화지향 번역 연구'가 부쩍 관심을 받고 있다.

이 연구에 관심을 기울이는 학자들은 텍스트를 번역한다는 생각을 버리고 점차 문화를 번역한다는 생각으로 옮아오기 시작하였다. 메리 스넬-혼비는 이러한 현상을 두고 '언어적 선회'에 빗대어 '문화적 선회'라는 용어로 불렀다. 서재필의 주장은 텍스트와 상황 그리고 문화의 맥락에서 '관계망'에 초점을 맞춘다는 점에서 스넬-혼비의 이론과 비슷하다.34) 두 사람의 이론은 개별적인 어휘를 언어학적으로 접근하려는 전통적인 번역 방법론과는 크게 차이가 난다. 문화적 상황을 중시하는 이러한 번역 이론은 그 뒤 수전 배스니트와 앙드레 르페브르가 문화지향 번역으로 발전시킨다. 그리고 이 이론은 다시 유진 나이더의 '역동적 등가성' 이론으로 이어진다.

넷째, 서재필은 의역(意譯)과 축자역(逐字譯) 가운데에서 후자보다는 전자를 선호한다. 이 의역과 축자역, 자유역과 직역을 둘러싼 문제는 번역에서 그 역사가 꽤 오래되었다. 동양과 서양을 굳이 가르

---

34) Mary Snell-Hornby, *Translation Studies : An Integrated Approach, rev. ed.* (Amsterdam: John Benjamins, 1995), p.35.

지 않고 20세기 중반 이전까지 번역과 관련한 문제는 하나같이 이 문제에 관한 것이거나 이 문제에서 갈라져 나온 것이라고 하여도 크게 틀리지 않다. 조지 스타이너가『바벨탑 이후』(1975)에서 그 동안 서양의 번역 이론가들이 이 문제를 두고 지나치게 '무익한' 토론을 벌여 왔다고 지적하는 것은 바로 그 때문이다. 가령 중국에서는 불교 경전을 번역하는 데 동한(東漢)과 삼국시대(三國時代), 즉 기원후 2~3세기에는 직역 전통이 우세하다가 진(陳)나라와 남북조(南北朝) 시대, 즉 기원후 3~6세기에 이르러서부터는 의역 전통이 자리 잡았다.

그러나 서양에서는 서재필처럼 직역보다는 의역을 주장하는 번역가들이 압도적이었다. 예를 들어 기원전 1세기에 활약한 로마시대 웅변가 키케로를 비롯하여 호라티우스는 일찍이 의역을 찬성한 대표적인 사람으로 꼽힌다. 이 두 사람의 뒤를 이어 4~5세기경 성(聖) 제롬이 그리스어로 된 '70인역(譯) 성서'를 라틴어로 번역하면서 역시 의역에 의존하였다. 이밖에 마르틴 루터도 종교개혁의 동력일 뿐만 아니라 흔히 독일문학의 금자탑으로 일컫는 독일어 성경을 번역하면서 성 제롬의 전통을 이어받았다. 또한 17세기에 존 드라이든은 글자 하나하나 시행 하나하나에 신경 쓰는 축자역과 직역에 반기를 들고 의역과 자유역을 주창하여 관심을 끌었다. 벤 존슨의 축어적인 축자역과 직역 번역에 대하여 그는 "마치 밧줄로 발을 묶어 놓고 춤을 추는 것과 같은 일로 어리석기 짝이 없다"35)고 개탄하였던 것이다.

---

35) John Dryden, "Metaphrase, Paraphrase, and Imitation," *Theories of Translation*, eds.R.. Schulte *and J. Biguenet*, (Chicago: University of Chicago Press, 1992) p.19.

6. 서재필의 번역 이론과 실제

이상과 현실, 이론과 실제 사이에 흔히 괴리나 간극이 있듯이 서재필이 주장하는 번역 이론과 실제로 그가 번역한 글 사이에도 적잖이 차이가 난다. 서재필은 선각자답게 누구보다도 한글 사용과 함께 번역의 필요성을 강조하였지만 실제 그의 번역 실력은 막상 기대에 미치지 못하였다. 그가 한글로 쓴 글을 좀더 꼼꼼히 읽어보면 여기저기에서 일본어나 영어를 서툴게 번역해 놓은 듯한 문장을 구사하고 있음이 드러난다.

여기에는 여러 까닭이 있을 터이지만 무엇보다도 서재필이 국어 교육을 제대로 받지 못하였다는 점을 꼽을 수 있다. 어렸을 적부터 과거시험을 보기 위하여 한학을 공부하였을 뿐 근대식 학교에서 국어 교육을 제대로 받지 못하였다. 물론 1885년 미국 선교사 헨리 아펜젤러가 서울에 배재학당 같은 근대식 교육 기관을 설립하기 시작하였지만 서재필은 너무 일찍 태어난 탓에 그러한 서구식 근대교육을 받을 기회가 없었다. 1885년이라면 서재필이 박영효·서광범과 함께 미국에 망명하여 막노동을 하면서 영어를 배우던 시절이다. 이승만이나 주시경만 같아도 배재학당에서 서구식 교육을 받으면서 한국어를 갈고 닦을 수 있었지만 서재필은 한학을 공부하다가 모국어 교육을 건너뛴 채 곧바로 일본어와 영어 같은 외국어를 배웠다. 그러므로 그는 한국어를 제대로 구사할 수 있는 능력이 부족할 수밖에 없었다.

또한 서재필이 한국어 구사력이 부족한 데에는 모국어를 제대로

서재필이 일본 토야마 학교에 입학하기 전에 공부한 게이오 의숙. 이곳에서 집중적으로 일본어 교육을 받았다.

연마하기도 전에 일찍이 일본과 미국에서 공부하였다는 사실도 한몫 하였다. 그가 일본에 처음 건너간 것은 1883년, 그러니까 정신 활동이 가장 왕성한 열아홉 살 때이다. 특히 게이오의숙에서 일본어 교육을 체계적이고도 집중적으로 받았기 때문에 적어도 문어에서는 한글보다 일본 구사력이 더 뛰어났다고 할 수 있다. 귀국 후 갑신정변을 꾀하고 그것이 실패로 돌아간 뒤에는 다시 일본을 거쳐 미국으로 망명하면서 영어는 이제 모국어가 되다시피 하였다. 고등학교 시절에는 영어 말고도 라틴어와 희랍어에도 상당한 실력을 보였다는 점은 앞에서 이미 밝혔다.

서재필은 이러한 외국어에 한문까지 넣는다면 무려 네 가지 외국어 이상을 구사하고 있었다. 언어 교육을 전공하는 학자들에 따르면 외국어를 많이 구사하면 할수록 그만큼 모국어를 구사하는 능력이 떨어진다고 한다. 이러한 상황에서 서재필의 한국어 구사력은 자연히 뒷전으로 밀릴 수밖에 없었다. 그는 구어는 그런대로 구사할 수 있었을는지 모르지만 문어를 구사하는 실력은 여러모로 크게 모자랐다.

서재필의 한국어 구사 능력이 영어 구사 능력에 비하여 뒤떨어진다는 것은 이미 잘 알려진 사실이다. 미국에서 돌아온 뒤 그가 강연을 하거나 연설을 할 때에는 주로 영어를 사용하였다. 글로 표현하는 문어에 이르면 그의 한국어 구사력은 더욱 떨어졌다. 신용하(愼鏞廈)는 『독립신문』이 서재필의 선각자적 결단과 민주주의 사상, 그리고 주시경의 민족주의 사상과 국문 연구의 합작의 결과라고 주장한다. 그러면서도 그는 "주시경은 당시 몇 사람 안 되는 국어 문법의 전문적 연구자였다. 반면에 서재필은 국어와 국어 문법에 대해서는 빈약한 지식밖에 갖고 있지 못하였다"36)고 밝힌다.

그 동안 서재필을 부정적 시각에서 파악해 온 주진오를 비롯한 젊은 학자들도 서재필이 국어 구사력이 부족하다는 점을 지적한다. 주진오는 독립협회 회장을 지낸 윤치호(尹致昊)가 일기에 적은 글을 그러한 주장을 펴는 근거로 삼는다. 즉 윤치호는 "서재필이 쓰거나 말하기 모두에 걸쳐 모국어를 거의 잊어 버렸다는 점에 놀랐다"37)고 기록하였다. 또 이 일기에서 그는 서재필이 신문 발간하면서 자신에게 영문 번역 업무를 맡아 줄 것을 제안하였다는 대목도 나온다. 그리하여 주진오는 서재필이 영문판 논설은 몰라도 국문판 논설은 직접 쓰지 않았을 것으로 주장하기도 한다.38) 그러나 이러한 주장에는

---

36) 신용하, 『독립협회 연구』, 서울 : 서울대 출판부, 1976, 20면.
37) 국사편찬위원회 편, 『윤치호 일기 : 1893~1894』(3), 서울 : 국사편찬위원회, 1974, 149면. 이 일기에서 윤치호는 서재필이 구어와 문어 모두 모국어를 거의 전적으로 잊어 버렸다고만 언급할 뿐 그러한 사실에 "놀랐다"고는 적지 않았다.
38) 주진오, 「서재필 자서전」, 『역사비평』, 1991년 가을, 303면; 주진오, 「서재필 : 민족을 떠난 근대주의자」, 『내일을 여는 역사』 제13호, 2003.9, 208~224면. 서재필과 관련한 잘못된 정보나 사실을 바로잡는 이 글에서 주진오도 몇 가지 오류를 범한다. 그 중 하나는 "[서재필이] 그 후 1925년에도 양탄자를 취급하는 이탄 뉴 회사(Ithan New Company)의 사장을 맡고 있었다고 한다"(306면)라는 진술이다. '이탄 뉴 회사'가 아니라 미시건 대학교에서 경영학을 전공한 류일한(柳一韓)과 함께 설립한 무역회사 '일한뉴회사(Ilhan New & Company)'이다. 1925년 4월에 설립한 이 회사는 사업이 되지 않아 곧 문을 닫았다.

적잖이 무리가 따른다. 아무리 10여 년 동안 미국에서 생활하였을지라도 스무 살이 넘어 망명한 사람이 모국어를 거의 완전히 잊는다는 것은 있을 수 없는 일이기 때문이다. 다만 그의 모국어 구사력이 주시경 같은 사람과 비교해 볼 때 부족하였음은 두말할 나위가 없다.

서재필이 쓴 글은 1895년 미국에서 망명 생활을 마치고 첫 번째로 귀국하여 활동한 시기를 분수령으로 삼아 크게 두 시기로 나뉜다. 제1기에 쓴 글은 『독립신문』을 창간하고 독립협회를 결성하는 등 눈부신 활약을 한 시기에 집필한 것이고, 제2기의 글은 1898년 5월 이러저러한 이유로 고국을 떠나 다시 미국에 건너간 뒤에 쓴 것이다. 제1기에 쓴 글은 영문 잡지 『코리안 리포지토리(Korean Repository)』에 실린 두 편의 글을 제외하고는 모두 한글로 집필하였다. 미국에 건너가서 쓴 글은 1898년 11월 16일과 17일자 『독립신문』에 실린 「졔손 씨 편지」를 비롯하여 미국에서 교포들이 발행하던 『신한민보』에 기고한 글을 제외하고는 거의 대부분 영어로 썼다. 서재필은 1924년 초 『동아일보』에 기고한 「개인주의와 협동주의, 조선 민족에게 중요한 끽긴사(喫緊事)」라는 글에서 "余는 조선문으로 써보랴고도 하얏스나 당하여 본즉 여의 조선어 논문 쓰기에 넘어 부족함을 깨달앗나이다"39) 하고 밝힌다. 이렇게 그는 한국어 구사력이 부족하기 때문에 하는 수 없이 영어로 글을 쓸 수밖에 없다고 솔직히 고백하고 있다.

외국어를 번역해 놓은 듯한 번역투의 서툰 문장을 엿볼 수 있는 곳은 두말할 나위 없이 서재필이 한글로 쓴 제1기의 글들이다. 특히

---

39) 서재필, 「개인주의와 협동주의, 조선 민족에게 중요한 끽긴사」, 『동아일보』, 1924. 2. 26; 『독립신문 · 서재필 문헌 해제』, 135면.

일본어투 문체를 그의 글 곳곳에서 그다지 어렵지 않게 찾아볼 수 있다. 가령 『독립신문』 2권 92호에 실린 논설은 이러한 경우를 보여주는 좋은 예로 꼽을 만하다.

> 죠션 사룸들이 <u>대개</u> 완고ᄒ야 죠흔 것이라도 남의 것은 본 밧기를 조아 아니 ᄒ고 <u>죠션 것만 직히기를 질거워ᄒ나</u> <u>글에 당ᄒ여셔는</u> 조흔 죠션 글은 내버리고 쳥국 글을 긔어히 비화 그 글을 쓰기를 슝샹ᄒ니 미우 이샹흔 것이.[40]

위 인용문에서 밑줄 친 세 부분은 아무래도 일본어를 번역해 놓은 것으로 볼 수밖에 없다. '대강(大綱)'이나 '일반적인 경우에'를 뜻하는 부사 '대개'는 한국어에서도 가끔 사용하지만 주로 일본어에서 사용하는 '타이가이[大概]'를 빌려다 쓰는 표현이다. "죠션 것 직히기를 질거워하나"라는 구절은 "朝鮮のだけ守るのを樂しむが"를 그대로 옮겨놓은 것 같고, "글에 당하여서는"이라는 구절은 "文に對しては"을 옮겨놓은 것 같다. 첫 번째 구절의 경우 "지키기를 즐거워한다"고 말하기보다는 "지키기를 좋아한다"고 말하는 것이 한국어의 어법이요 관습이다. 두 번째 경우 또한 "글에 당하여서는"보다는 "글에 대해서는"이라고 말하는 쪽이 훨씬 더 한국어다울 것이다.

이러한 일본어를 번역한 표현은 독립협회의 기관지 『대죠션독립협회회보』 제1호와 제2호에 실린 「공긔」라는 글에서도 쉽게 찾아볼 수 있다.

---

40) 『독립신문』 제2권 제92호, 1897.8.5.

그런 고로 묵어운 쇠덩이를 대양 속에 지벙 던지면 그 쇠덩이가 물 밋
히 나려 가지를 아니 흐고 얼마큼 나려 가다가 물에 쓴니 <u>그거슨 다룸이</u>
<u>아니라</u> 물이 나려 눌으는 힘이나 우희로 치밧치는 힘이나 맛찬가진 고로
그덩이 묵에 더로는 가란다가 그밋 히셔 치밧치는 물에 힘이 그 묵에보
다 더흔 쓴닭에[41)]

밑줄 친 "그거슨 다룸이 아니라"라는 표현은 일본어 "それはほか
ではなく"를 그대로 번역해 놓은 것이다. 두말할 나위 없이 이 표현
은 뒤에 오는 말을 강조하기 위한 것으로 일본인들이 유난히 자주
사용한다. 그런데 이 표현은 "be none other than"을 비롯하여 "be
no more than", "be nothing but", "be nothing less than" 등 영어에
서도 자주 사용한다. 서재필은 위 인용문 바로 다음에서도 "돌보다
더디 쩌러지니 그 이치는 다룸이 아니라 돌몽이가 공중으로 올나갈
째에는" 하고 말한다. '다룸(이) 아니라'는 한국어에서도 흔히 '다른
까닭이 있는 게 아니라' 또는 '다른 게 아니라'를 뜻하는 관용구로
사용하기도 하지만 어딘지 모르게 일본어 냄새가 풍긴다. 또한 서재
필은 "도리는 다른 더 있지 아니 흐고 인민들의게 잇는지라"[42)]에서
도 이와 비슷한 표현을 쓰기도 한다.
　'다룸이 아니라'는 표현은 논란의 여지가 남아 있지만 서재필이
사용하는 어떤 표현은 일본어를 번역해 놓은 표현이라고 볼 수밖에

---

41) 서재필, 「공긔」, 『대죠선독립협회회보』 제1호, 1896.11.30; 제2호, 1896.12.5; 『독립신
　　문·서재필 문헌 해제』, 113면.
42) 『독립신문』, 1898.11.16·17; 『독립신문·서재필 문헌 해제』, 124면.

없는 것들도 있다. 가령 "빅빅나 나흔 국문을 내버리고 어렵고 셰상에 경계 업시 모든 쳥국 글을 비화 그걸 숭상ᄒ기를 조아 ᄒ니 대단히 우숩고 개탄홀 일이더라"43)는 문장은 그러한 예로 꼽을 수 있다. 여기에서 '셰상에 경계 업시'라는 표현은 일본어 표현 '裏面境界もなく' 또는 '裏面境界も分からない'를 조금 바꾸어 옮긴 것이다. '이면경계'란 일의 내용의 옳고 그름을 뜻하며, '이면경계 없이'란 어떠한 일의 내용이나 옳고 그름 따위를 제대로 분별하지 못하고 처리하는 것을 가리킨다. '이면'이라는 말을 생략하고 그냥 '경계'라는 말을 사용하기도 한다. 서재필은 '이면'이라는 말 대신에 '셰상에'라는 부사를 사용하여 강조하였다.

이러한 일본어 번역투 문장은 서로 대조되는 상황을 기술하는 '일변으로는 ~, 또 일변으로는 ~'이라는 표현에서도 좀더 뚜렷이 엿볼 수 있다.

일젼 비편에 온 독립신문을 본즉 <u>일변으로는</u> 슬프고 <u>ᄯᅩ 일변으로는</u> 깃븐 것이 몇 빅년을 두고 대한 인민이 쇼위 관인이라 ᄒᄂᆫ 사름들을 모도 셩인 군ᄌ로 밋고 쟈긔들의 목숨과 지산과 부모 형뎨 쳐ᄌ의 목숨과 지산을 관인들의게 부탁ᄒ여44)

인용문은 서재필이 1898년 5월 미국에 돌아간 뒤 같은 해 11월 『독립신문』에 보낸 「계손 씨 편지」라는 글 첫머리에서 따온 것이다.

---

43) 『독립신문』 제2권 제92호, 1897.8.5.
44) 서재필, 「계손 씨 편지」, 『독립신문』, 1898.11.16 · 17; 『독립신문 · 서재필 문헌 해제』, 123면.

밑줄 친 "일변으로는 슬프고 쏘 일변으로는 깃븐 것이"라는 표현은 한국어에서는 좀처럼 찾아볼 수 없고 오직 일본어에만 있다. 일본어에서는 "一邊では悲しくまた一邊では嬉しくて"라고 한다. 물론 일본어에서는 '一邊では' 대신에 '一方では'라고도 한다. 한편 중국어에서는 '일경일희(一驚一喜)'나 '차경차희(且驚且喜)'라는 관용어를 사용한다. 한편 영어에도 "on the one hand ~ and on the other (hand) ~"라는 표현이 있다.

한편 서재필은 일본어뿐만 아니라 영어를 서툴게 번역해 놓은 듯한 문장을 구사하기도 한다. 흔히 「충신과 역적」으로 일컫는 『독립신문』 1896년 4월 11일자 논설은 이러한 경우의 좋은 예로 꼽힌다.

훈번 이런 죄를 짓거드면 앙화와 벌이 <u>다만 즈긔 몸에만 밋칠 쑌만 아니라</u> 부모 형뎨 쳐즈가 다 화를 닙을 터이니 이거슬 싱각ㅎ면 범법훈 후에 <u>리익업는 거슬</u> 깨달을 거시라. (…중략…) 츙신이 된다고 님군끠 아첨ㅎ야 님군의 셩의를 어둡게 ㅎ고 법에 범훈 일을 <u>가만히</u> 힝ㅎ는 쟈는 <u>다만 즈긔 몸에 앙화를 쟝만홀쑌 아니라</u> 동포 형뎨의게 히를 밋치게 ㅎ는 거시니 그런 사름은 반드시 역적이라 홀문훈 사름이니라.[45]

위 인용문에서 밑줄 친 부분 첫 번째와 마지막 구절은 두말할 나위 없이 영어 표현 "not only A, but also B" 구문을 한국어로 옮겨놓은 것이다. 그런데 서재필은 'only'를 강조하여 이 표현을 사용할 때면 언제나 '다만'이라는 부사를 빼놓지 않고 꼬박꼬박 적는다. 이러

---

45) 『독립신문』, 1894.4.11; 『독립신문 · 서재필 문헌 해제』, 108면.

한 예는 그의 글에서 하나하나 꼽을 수 없을 만큼 아주 많다. 가령 이 인용문 다음에서도 그는 "다만 슈족에만 유익홀 뿐만 아니라 전신이 츙실ᄒ며 강홀 터이니" 하고 말한다. 그런가 하면 「공긔」에서도 "공긔는 다만 잠깐만 업서도 우리가 모도 죽을 터인즉 공긔가 엇지 음식이나 의복에셔 더 즁치가 아니 ᄒ리요" 하고 말한다.

위 인용문에서 밑줄 친 두 번째 구절 "리익업는 거슬"이라는 표현도 영어 번역투라는 인상을 풍기기는 마찬가지이다. 이 구절은 "the fact that there is no profit"라는 영어 표현을 그대로 옮겨놓은 것이다. "리익업는 거슬"이라고 말하는 것보다는 차라리 "이득이 없는 것을"이라고 말하는 쪽이 낫다. 물론 "아무 쓸모없는 것을"이니 "아무 소용없는 것을"이니 또는 "아무런 도움이 안 되는 것을"이니 하고 말하면 훨씬 더 우리말답고 자연스럽다.

한편 위 인용문에서 "법에 범훈 일을 가만히 행하는"에서 '가만히'는 '남이 모르게 살그머니'라는 일반적 의미로 받아들여서는 뜻이 제대로 통하지 않는다. 이 문장에서 서재필은 '가만히'라는 부사를 아무래도 '아직도', '지금까지도', '여전히' 등의 의미로 사용하는 것 같다. 그렇다면 그는 영어 부사 'still'을 '가만히'라는 한국어로 옮겨놓은 것이라는 생각이 든다. "법에 범한 일을 가만히 행하는 자는"이라는 표현은 "the person who performs still what he violated in law"라는 영어 문장을 한국어로 옮겨놓은 것으로 볼 수 있다.

위 인용문에서 밑줄 친 두 번째 구절 "다만 즈긔 몸에 앙화를 쟝만홀 쑨 아니라"라는 표현은 이 점을 더욱 뒷받침한다. 방금 앞에서 밝혔듯이 서재필은 이 인용문에서 "not only A, but also B"의 구문을

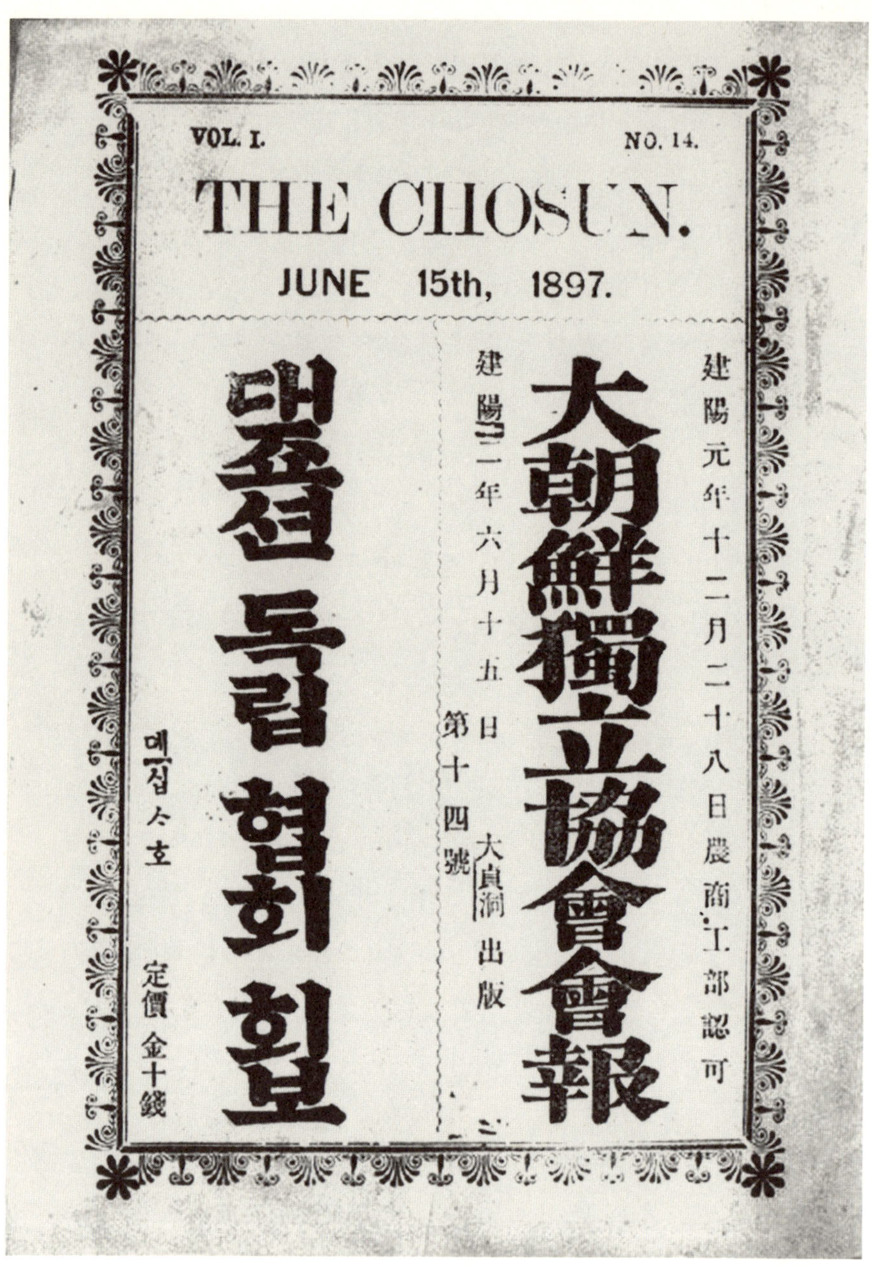

서재필이 설립한 독립협회의 기관지 『대죠션독립협회회보』. 서재필은 발행인으로 있으면서 이 잡지에 글을 기고하였다.

사용할 뿐더러 또한 '앙화를 장만할'이라는 이상야릇한 표현을 사용하기도 한다. 한국어에서는 '음식을 장만할'이나 '살림 도구를 장만할'이라는 표현은 사용하여도 '앙화를 장만할'이라는 표현은 좀처럼 사용하지 않는다. 그런데도 서재필이 어법에 맞지 않는 표현을 사용하는 것을 보면 "bring calamity upon oneself"나 "bring disaster upon oneself"라는 영어 표현을 한국어로 그대로 서툴게 번역해 놓고 있음에 틀림없다.

이렇게 영어 표현을 서툴게 한국어를 번역해 놓은 문장은 『대죠션독립협회회보』 제6호에 실린 「동양론」이라는 글에서도 쉽게 엿볼 수 있다.

> 지금 만쥬와 요동이 아라샤 손 쇽에 들엇고 청국 남방 디방을 불난셔에 쌧기고 일본ㅎ고 싸홈ㅎ야 셰계에 망신을 ㅎ고 죠션을 일허 버리며 디만을 일본에 쌧기고 쏘 년젼에 유구국을 일본에 쌧기며 젼국 형셰가 대단히 위틱ㅎ게 되얏스나 청국 졍부 안에셔는 밤낫 협잡이요 구습을 바리지 못 ㅎ야[46]

밑줄 친 부분 "만쥬와 요동이 아라샤 손 쇽에 들엇고"에서 '손 쇽에 들엇고'는 아무래도 영어 표현을 번역한 것이라고 볼 수밖에 없다. 영어로 "fall into the hands of ~"이라고 하면 "~의 수중(手中)에 들어가다"나 "~의 손아귀에 맡겨지다"라는 뜻이다. 이렇게 손을 복

---

46) 서재필, 「동양론」, 『대죠션독립협회회보』 제6호, 1897.2.15; 『독립신문 · 서재필 문헌 해제』, 117면.

수형으로 사용하면 흔히 소유, 관리, 지배, 감독, 보호 등의 의미로 쓰인다. 가령 "He fell into the enemy's hands"는 "그는 적의 손에 잡혔다"라는 뜻이고, "My fate is in your hands"는 "내 운명은 네 손 안에 있다"는 뜻이다. 물론 한국어에서도 "다른 사람의 수중(手中)에 넘어가다"니 "그 진지는 적의 수중에 떨어졌다"니 하는 표현을 사용하기도 한다. 한편 일본어에서도 이 표현을 '手の中に入ったし'라고 한다.

그러나 서재필이 '수중에 넘어갔다'나 '수중에 떨어졌다'고 하지 않고 굳이 '손 쇽에 들엇고'라는 말하는 것을 보면 영어 표현을 번역한 것으로 보아 크게 틀리지 않다. 역시 「동양론」에서 "동양에 즈쥬 독립ᄒᄂ는 부강ᄒᆫ 나라히 되랴면 될 권리가 죠션 사ᄅᆷ의 손 쇽에 잇더라"47)는 문장을 보면 좀더 분명해진다. 이때 '손 쇽에 잇더라'는 수중에 넘어갔거나 수중에 떨어진 것과는 그 의미가 조금 다르다. 영어 관용어 표현 'in one's hands'를 번역한 것으로 'within one's power'나 'be at the mercy of' 또는 'be in the possession of'와 같거나 비슷한 의미로 쓰인다.

그러나 영어를 번역해 놓은 듯한 문장이 가장 뚜렷이 드러나 있는 곳은 1898년 5월 초 서재필이 자신의 '추방'과 관련하여 쓴 「만민공동회에 ᄒᆫ 답장」이다.

내가 수이 ᄯᅥ나 감을 졔공이 창연히 싱각ᄒ심도 ᄯᅩᄒᆫ 감샤ᄒ온 일이나 나의 ᄉᆞ졍을 졔공들이 자셔이 아지 못ᄒᆫ 연고로 나의 감을 만류코자 ᄒ심이라. (…중략…) 쳬면과 ᄉᆞ셰에 불가불 갈 밧기 수가 업습고 내 죠죵의

<hr>

47) 서재필, 「동양론」; 위의 책, 118면.

분묘와 종족과 <u>친척을 써나가는 것은</u> 나의 샤샤일이라 타인의게 관계 없
는 일이요.[48]

밑줄 친 세 부분 "써나 감을"과 "나의 감을" 그리고 "써나가는 것
은"이라는 표현은 영어 'going (away)'나 'leaving'을 한국어로 직역해
놓은 것이다. 한국어 어법에 맞게 표현하려면 앞의 두 표현은 "떠나
가는 것을"이라고 하여야 한다. 마지막 표현도 "친척을 써나가는 것
은"도 "친척한테서 떠나가는 것은"이나 "(친척과) 헤어지는 것은"이
라고 하여야 좀더 한국어다운 표현이다.

더구나 밑줄 친 두 번째 부분 "나의 감을"은 영어 'my going (away)'
을 그대로 옮겨놓은 것이다. 그런데 여기에서 한 가지 눈여겨볼 것은
이 문장은 영어 표현뿐만 아니라 일본어 표현을 한국어로 번역해 놓
은 것으로도 볼 수 있다는 점이다. 일본어에서는 종속절의 주격조사
의 경우 'が' 대신에 소유격 조사 'の'를 사용한다. 일본어 교육을 받
은 세대들은 아직도 주격조사 '가'를 쓸 곳에 '의'를 쓰는 것을 자주
보게 된다. 가령 신약성서의 "너는 구제할 때에 오른손의 하는 것을
왼손이 모르게 하여"(「마태복음」 6장 3절)만 하여도 일본어의 흔적이 원
숭이꼬리처럼 남아 있다. 즉 '오른손이 하는 것을'이라고 하여야 할
것을 일본어 표현 '右手のすることを' 그대로 '오른손의 하는 것을'이
라고 번역하였다. 그렇다면 서재필의 글에서 "나의 감을"은 "私の立
ち去ることを"라는 일본어를 번역해 놓은 것으로 간주할 수도 있다.

---

48) 서재필, 「만민공동회에 혼 답장」, 『매일신문』, 1898.5.4 (『독립신문』, 1898.5.5에 재수록);
　　『독립신문 · 서재필 문헌 해제』, 119면.

서재필이 친척들이나 친구들과 헤어지는 것을 영어식으로 '떠나
감'이나 '감'이라고 표현한다면, 이번에는 '분리한다'는 영어식 표현
을 그대로 사용하기도 한다.

대한에 그 동안 사귄 친구가 만히 잇셔 면목은 모르드리도 ᄆᆞ음으로는
셔로 친ᄒᆞᆫ더 지금 <u>분리ᄒᆞ게 되오니</u> 셥셥ᄒᆞᆫ ᄆᆞ음은 일우 형용ᄒᆞ여 긔록ᄒᆞᆯ
슈 업스나 이 샤샤 졍리로 ᄒᆞ여 대한과 미국 졍부 총더ᄒᆞᆫ 관원들의게 란
편하고 체면에 수통홈을 끼칠 수가 업는 일이오. [49]

위 인용문에서 밑줄 친 "분리ᄒᆞ게 되오니"에서 '분리ᄒᆞ다'는 영어
'separate'나 'part'를 직역해 놓은 표현이다. 한국에 돌아와 사귄 친
구들과 헤어지게 되어 무척 섭섭하다는 뜻이다. 이 두 영어는 거의
비슷한 의미로 사용하지만 좀더 엄밀히 구분하여 말한다면, 전자는
원래 서로 붙어 있거나 엉켜 있던 것이 하나하나 떨어져 나간다는
뜻이 강한 반면, 후자는 밀접한 관계가 있는 사람이나 물건이 서로
갈라진다는 뜻이 강하다. 서재필이 전자의 어휘를 염두에 두었건 후
자의 어휘를 염두에 두었건 영어를 한국어로 직역에 놓은 것임에는
틀림없다. 한국어에서는 친한 친구와 헤어지는 것을 '분리한다'는
어휘로써는 좀처럼 표현하지 않는다.
이렇게 영어를 어색하게 직역하여 사용하는 것은 서재필이 여러
압력에 못 이겨 한국을 떠나며 제2차 망명에 즈음하여 쓴 「계손 씨
편지」에서도 드러난다.

---

[49] 서재필, 「만민공동회에 ᄒᆞᆫ 답장」; 앞의 책, 120면.

쥬인이 변ᄒᆞ야 로예가 되여 몃 ᄇᆡᆨ년을 지니다가 홀연히 그 가련ᄒᆞᆫ 사정
을 ᄭᆡ닷고 도로 쥬인의 권리를 차지랴 ᄒᆞᆫ즉 쥬인에 권리를 ᄲᅢ앗겻던 사
환들이 죠와 아니 ᄒᆞ야 아모죠록 전과 ᄀᆞᆺ치 자긔들이 쥬인 노릇ᄒᆞ랴고
ᄒᆞᆯ 것은 <u>어둡고 더러운 인심에 자연ᄒᆞᆫ 일이라</u>.[50]

밑줄 친 "어둡고 더러운 인심에 자연ᄒᆞᆫ 일이라"에서 '자연ᄒᆞᆫ 일'은
그 뜻을 알아차리기 무척 어렵다. 그도 그럴 것이 'natural'이라는 영
어를 서툴게 번역해 놓았기 때문이다. 이 영어는 일차적으로는 '자연
(계)의', '자연(계)에 존재하는', '자연에 관한' 등을 뜻하지만, 이차적
으로는 '자연 그대로의', '가공하지 않은' 또는 논리적으로나 인정에
서 '당연한', '마땅한'이라는 뜻이다. 특히 서재필은 "It is natural for
~ to ~" 또는는 "It is natural that ~"이라는 영어 구문을 한국어로 번
역해 놓은 듯하다. 이 경우 일본어에서도 흔히 '自然な'이라고 사용
하고 있어 일본어의 영향을 받았을 가능성도 배제할 수 없다. 또한
'어둡고 더러운'이라는 표현도 영어 관용어 'dark and dirty'라는 말
을 그대로 옮겨놓은 것으로 보아 크게 틀리지 않다. 인심은 '더러울'
수 있지만 '어두울' 수는 없을 것이다. 두말할 나위 없이 영어 'dark'
는 '어두운'이라는 뜻 외에 '뱃속 검은', '음흉한', '흉악한' 등의 뜻을
지닌다.

이밖에도 서재필은 곳곳에서 영어를 번역해 놓은 듯한 문장을 구사
한다. 예를 들어 "우리가 모로는 거슨 우리가 공긔가 없으면 살 슈가
업는 거시요"[51]에서 '우리가 모로는 거슨'은 영어 'what we do not

---

50) 서재필, 「졔손 씨 편지」, 『독립신문』, 1898.11.16 · 17; 『독립신문 · 서재필 문헌 해제』, 124면.

know'를 직역해 놓은 것이다. 두 번째 사용하는 '우리가'도 영어식 문법이고 한국어에서는 생략하는 것이 일반적이다. 또한 "그 못된 사환들이 변ᄒᆞ야 심실ᄒᆞᆫ 사환들이 될 것은 의심업시 아ᄂᆞᆫ 일이라"52)는 문장에서 '의심업시 아ᄂᆞᆫ'은 'undoubtedly know'나 'no doubt be aware of'라는 영어 표현을 옮겨놓은 것이다. "사환들을 죠쇽ᄒᆞ야 인민의게 유익ᄒᆞ고 국가 명예와 영광에 유죠ᄒᆞᆫ ᄉᆞ업믈 ᄒᆞ게 ᄒᆞ면"에서도 '사업'은 영어 'business'를 번역해 놓은 말이다. "그 돈 니은 사ᄅᆞᆷ들과 그 사ᄅᆞᆷ들의게 달린 사람들을 위ᄒᆞ야 ᄉᆞ무을 ᄒᆞ랴 홀 터이니"53)니, "문명 진보 ᄒᆞᄂᆞᆫ 나라에셔들은 인민 교휵을 제일 ᄉᆞ무로 아ᄂᆞᆫ지라"54)니 하는 문장에서 'ᄉᆞ업'이나 'ᄉᆞ무'도 이와 마찬가지이다. 이 두 경우 모두 '일'로 표현하는 것이 좀더 한국어다울 것이다.

7. 서재필 글의 번역과 오역

　서재필이 영어로 쓴 글을 한국어로 옮겨놓은 번역문에서도 여러 가지 문제점이 드러난다. 그의 글을 번역한 사람들은 서재필이 '좋은' 번역의 필수 조건으로 제시한 두 조건을 모두 충족시키지 못하였기 때문이다. 다시 말해서 기점 문화에 대한 '상식'이 부족할 뿐만 아니라 기점 언어를 지나치게 축어적으로 번역한 나머지 적절히 '의

---

51) 서재필, 「공긔」, 『독립신문·서재필 문헌 해제』, 114면.
52) 서재필, 「졔손 씨 편지」, 위의 책, 124면.
53) 위의 글, 124면.
54) 「공긔」, 위의 책, 110면.

역’을 하지 못하였다. 서재필의 지적대로 조직이 서로 다른 기점 언어를 목표 언어로 번역한다는 것은 무척 힘든 일일 것이다. 알타이 어족에 속하는 것으로 흔히 일컫는 한국어는 인도유럽 어족의 서게르만어에 속하는 영어와는 여러모로 크게 다르다. 친족으로 따지자면 한국어와 영어는 사돈의 팔촌도 되지 않는 완전히 남이라고 할 수 있다. 이렇게 서로 다른 언어를 번역한다는 것은 무척 어려운 일일 것이다.

문화적 독해 능력이 부족하여 생기는 오역은 흔히 서재필을 ‘박사’라고 부르는 데에서 단적으로 엿볼 수 있다. 서재필은 1892년 3월 오늘날 조지 워싱턴대학교 전신인 콜럼비안대학 의학부를 졸업하고 한국인으로서는 최초로 ‘의학사(M. D.)’ 학위를 받고 2년 뒤부터 의사 개업을 시작한다. 1910년 프린스턴대학교에서 이승만이 정치학 박사학위를 받은 것과는 사뭇 다르다. 그런데 문제는 이 ‘M. D.’ 학위를 어떻게 번역하느냐에 달려 있다. 이 ‘M. D.’는 나라마다 서로 다르게 사용하기 때문에 적잖이 혼란이 일어난다. 미국과 캐나다 같은 북미 대륙에서 이 명칭은 의사로서 개업을 할 수는 첫 번째 전문 학위로 ‘medical degree’를 뜻한다. 또는 흔히 ‘의사(medical doctor)’를 가리키는 용어로 사용하기도 한다. 다시 말해서 의과대학을 졸업하고 소정의 의사면허 시험에 합격하고 받는 학위를 말한다. 한편 영국이나 독일 같은 유럽 나라에서 ‘M. D.’라고 하면 ‘Ph. D.’와 비슷하고 미국의 ‘M. D.’보다는 좀더 상위에 속하는 학위를 가리킨다. 그러므로 이들 나라에서는 미국의 ‘M. D.’에 해당하는 학위로 ‘M. B.’, 즉 ‘Bachelor of Medicine’이라는 명칭을 사용한다.

서재필은 영문으로 글을 쓰고 나서는 맨 끝에 'Philip Jaisohn, M. D.'라고 자신의 이름과 직함을 적었다. 또한 신문에서는 'Dr. Philip Jaisohn'이라고 표기하는 것을 볼 수 있다. 그런데 이러한 사정을 잘 모르는 번역가들은 'doctor'라는 말을 잘못 이해하여 '서재필 박사'로 옮겨놓기 일쑤였다. 가령 1922년 8월 중순 서재필은 필라델피아에서 『동아일보』에 「고국 동포에게, 동아일보를 통하야」라는 글을 기고한다. 이 신문은 한 달 뒤 그의 글을 한국어로 번역하여 실리면서 첫머리에 "논문은 미국에 잇서서 나이 늙도록 우리 조선 민족을 위하야 애쓰는 서재필 박사의 글인대 이 글을 일거보면 그 노 박사가 얼마나 우리 조선 민족을 위하야 마음에 울고 잇는지를 가히 알 것이다"55) 하고 밝힌다. 번역자가 누구인지 밝혀져 있지 않지만 그는 두 번에 걸쳐 서재필을 '박사'라는 호칭으로 부르고 있다. 또한 1935년 1월 1일과 2일 두 차례에 걸쳐 『동아일보』는 「회고 갑신정변 : 서재필 박사 수기」라는 글을 싣는다. 이 글에서도 번역자는 필자를 '서재필 박사'라고 옮겼다. 또한 바로 그 이튿날 3일과 4일에 역시 같은 신문에 연재한 「체미(滯美) 오십 년 : 서재필 박사 수기」라는 글에서도 번역자는 마찬가지로 '서재필 박사'라고 번역하였다.

이러한 현상은 해방 뒤에도 크게 다르지 않아서 서재필의 구술을 토대로 김도태가 1948년에 출간한 『서재필 박사 자서전』에서도 '박사'라는 칭호를 붙인다. 또한 서재필의 비서로 그의 전기를 집필한 임창영(林昌榮, Channing Liem)도 영문으로 쓴 서재필 전기를 한국어로

---

55) 서재필, 「고국 동포에게, 동아일보를 통하야」, 『동아일보』, 1922.9.14; 『독립신문·서재필 문헌 해제』, 124면.

번역하여 『서재필 박사 전기』를 출간하면서도 역시 '박사'라는 명칭을 사용한다. 그리하여 서재필에게는 '박사'라는 칭호가 마치 그림자처럼 언제나 따라다닌다. '서재필'이라는 이름 뒤에 '박사'라는 칭호가 붙지 않으면 어딘지 모르게 허전한 느낌이 들 정도이다.

이러한 오역 때문에 서재필은 본의 아니게 박사도 아니면서 박사 행세를 하고 다녔다는 오해를 받기도 하였다. 그 동안 역사 바로잡기에 앞장서 온 주진오는 서재필을 비판하면서 바로 이 호칭을 문제 삼기도 한다.[56] 그러나 이러한 오해는 어디까지나 번역 과정에서 비롯한 문제일 뿐 서재필이 고의로 박사를 사칭한 것으로는 볼 수 없다.

서재필의 영문 편지나 논설을 한국어로 번역하는 과정에서 비롯하는 오역은 그의 직함을 번역하는 데에서 생겨나는 오역보다 훨씬 심각하다. 가령 1924년 2월 26~28일자 『동아일보』에 실린 「개인주의와 협동주의」라는 글에서 그러한 예를 쉽게 찾아볼 수 있다. 이 글 맨 끝에 "본문은 본일부터 본보 영문란에 기재하는 영문 기고를 번역한 것이올시다—기자"[57] 하고 적혀 있는 것을 보면 이 신문사의 기자가 번역한 것임을 알 수 있다.

개인의 노력으로는 실패하던 사업도 단체적으로 하면 대개는 성공하는 것은 누구나 경험한 사실이라. 그럴진대 협동의 방법을 연구하는 것은 사려잇는 조선인의 맛당히 할 일이 아니오리잇가. 조선인의 금일의 말못

---

56) 주진오, 「서재필 자서전」, 앞의 책, 297~307면; 주진오, 「서재필 : 민족을 떠난 근대주의자」, 앞의 책, 208~224면.
57) 서재필, 「개인주의와 협동주의」, 『동아일보』, 1924. 2. 26~28; 『독립신문 · 서재필 문헌 해제』, 137면.

<u>된 경우에 침륜(沈淪)한 것은</u> 전혀 그들의 협동력의 부족에 재한 것을 자각하여야 할 것이로소이다.[58]

밑줄 친 "조선인의 금일의 말못된 경우에 침륜(沈淪)한 것은~"이라는 마지막 문장은 그 뜻을 헤아리기가 무척 어렵다. 이 문장은 "They must realize the fact that their present unenviable condition is entirely due to the lack of co-operation among their own people"[59] 이라는 문장의 일부를 번역한 것이다. 번역자가 도대체 왜 'their present unenviable condition'을 '금일의 말못된 경우에 침윤한 것은'이라고 옮겼는지 알 수가 없다. 모르긴 몰라도 아마 'unenviable condition'을 '말못된 경우'라고 번역한 뒤 그러한 상태에 놓여 있는 것을 '침륜한 것'이라고 표현한 듯하다. 국어사전에 따르면 '침륜'은 ① 침몰, ② 재산이나 권세가 없어지고 보잘것없이 됨으로 풀이되어 있다. 'unenviable'은 '부럽지 않은', '부러워할 것 없는'이라는 뜻과 '난처한', '골치 아픈' 등의 뜻이 있다. 'unenviable condition'이란 남의 부러움을 사지 못할 만큼 난처한 상태나 딱한 상황을 가리킨다. 그러므로 위 문장은 "조선인들이 오늘날 딱한 상황에 놓여 있는 것은 전적으로 그들 사이에 협동심이 부족한 탓 때문이라는 사실을 깨달아야 한다"로 번역하는 쪽이 더 옳을 것이다.

위 인용문 바로 뒤에 나오는 번역문도 부정확하고 어설프기는 마

---

58) 위의 글, 136면.

59) Philip Jaisohn, "Individualism and Cooperation," *My Days in Korea and Other Essays*, ed. *Sun-pyo Hong* (Seoul: Yonsei University Press, 1999), p. 237.

찬가지이다. 원문과 번역문을 나란히 놓고 대조해 보면 번역문이 얼마나 빈약한지 뚜렷이 드러난다.

협동은 오직 상호의 양보와 타협으로만 달할 수 잇고 유지할 수 잇는 것이니 만일 정과 의의 근본주의에 타협을 쓰는 자가 잇다 하면 그것은 타기(唾棄)할 만하거니와 그 근본주의의 성취를 위하야 양보도 하고 타협도 할 것이로소이다.[60]

Co-operation can only be obtained and maintained through mutual concession and compromise. It will be despicable to compromise with anyone in the matter of fundamental principle of right and justice, but we can do so for the sake of upholding that principle.[61]

원문에는 두 문장으로 되어 있지만 번역자는 한 문장으로 결합하여 번역한다. 한 문장에는 오직 한 관념만을 표현하여야 한다는 원칙에 따른다면 원문처럼 두 문장으로 나누어 번역하는 것이 바람직하다. 번역문을 읽고 있노라면 문장이 너무 길어 숨이 찰 정도이다. 원문의 첫 문장은 그런대로 정확하게 번역하였지만 두 번째 문장에는 적잖이 문제가 있다. 형용사 'despicable(경멸할 만한)'을 업신여기거나 아주 더럽게 생각하여 돌아보지 않고 버린다는 뜻의 '타기할

___

60) 서재필, 「개인주의와 협동주의」, 『동아일보』, 1924. 2. 26~28; 『독립신문·서재필 문헌 해제』, 136면.
61) Philip Jaisohn, "Individualism and Cooperation," 앞의 책, p. 237.

만하다'로 옮기는 것까지는 그런대로 크게 이해가 간다. 그러나 바로 그 다음 구절 'compromise with anyone'을 '타협을 쓰는 자가 잇다 하면'이라고 번역하는 데에는 조금 무리가 따른다. '타협을 쓴다'는 표현도 거슬리거니와 '~자가 잇다 하면'이라는 표현도 '있다'에 무게가 실려 원문의 뜻과 조금 거리가 있다. 그러므로 이 구절은 '만약 어떤 누구와 타협한다면'으로 옮겨야 한다.

더구나 'fundamental principle of right and justice'를 '정과 의의 근본주의'라고 옮기는 것은 아무래도 오역이라고 볼 수밖에 없다. 'right and justice'는 '정과 의'로 번역하는 것보다는 '권리와 정의'로 번역하는 것이 더 정확하다. 한자를 사용하지 않고 오직 한글로만 표기하고 있어 독자들은 '정'과 '의'는 '情誼' 또는 '情意'로 받아들일 가능성을 배제할 수 없다. 또한 'fundamental principle'은 '근본주의'가 아니라 '근본적인 원칙'이라고 옮겨야 좀더 정확하다. 이 표현 사이에는 하늘과 땅만큼 큰 차이가 난다. '근본주의'라고 옮기면 자칫 종교에서 말하는 'fundamentalism', 즉 원리주의를 뜻할 수 있다. 여기에서 'principle'은 'of right and justice'에 걸리고 'fundamental'은 'principle'을 수식해 주는 형용사임은 새삼 말할 필요가 없을 것이다.

두 번째 문장의 맨 마지막 구절 "we can do so for the sake of upholding that principle"도 좀더 꼼꼼히 뜯어보면 오역임이 드러난다. 'uphold'는 '성취하다'가 아니라 '지지하다', '변호하다', '유지하다' 또는 '받들다', '고무하다', '격려하다' 등을 뜻한다. 또한 'for the sake of ~' 이하 구절은 가정이나 조건의 뜻을 담고 있기 때문에 '~의 성취를 위하야'로 옮기기보다는 '만약 ~을 위해서라면'이라고 옮겨야 좀더 원문의 뜻에 가깝다. 방금 앞에서 밝혔듯이 'that principle'도 '그 근본주의'가 아니라 '그 (권리와 정의의) 원칙'으로 번역하야 한다. 'we can do so'의 'do so'도 앞의 'compromise with anyone'을 가리키는 표현이기 때문에 '양보도 하고 타협도 하다'로 번역하지 말고 '어느 누구와도 타협할 수도 있다'로 번역하여야 정확하다. 위에 인용한 번역문처럼 "그 근본주의의 성취를 위하야 양보도 하고 타협도 할 것이로소이다"로 번역해서는 원문의 의미를 완전히 전달할 수 없다.

앞에서 이미 밝혔듯이 서재필은 1926년 말 새해를 맞이하여 『조선일보』와 『동아일보』에 "Let Us Face the New Year with a Smile"이라는 조금 긴 글을 기고한다. 이 두 신문은 1927년 신년 특집호로 그 글을 번역하여 실었다. 그런데 두 번역문은 서로 조금 다를 뿐만 아니라 오역이나 졸역이라고 할 수 있는 부분이 적지 않다. 두 신문의 번역문의 차이를 좀더 뚜렷이 살피기 위해서는 원문을 먼저 밝히는 것을 좋을 것이다.

The world despises pessimists and shuns them. It also has contempt for self-pitying persons. On the other hand, it sympathizes and often helps those unfortunate people who fight their battles of life with a smile on their faces. Besides, pessimism breeds darkness and helplessness which make life one long torture. If we have any consideration for the members of our families and our friends we must not inflict them and pain them with our gloomy appearance and our heart-rending tales.[62]

이 세계는 비관을 미워하며 살려하고 쏘한 자신을 애련하는 자를 업수
히 녁이나니 달리 말하면 이 세계는 생활의 난관을 웃는 낫으로 대하는
불행자를 원조한다. 뿐만 아니라 비관은 암흑과 절망을 생하야써 평생
이 장구한 고통에 불과한 우리의 가족이나 붕우를 위할진대 죽어가는 외
모와 가슴이 터질 이야기로써 고민케 하면 아니 될 것이다.[63]

위 번역문에 무엇보다 먼저 눈에 띄는 것은 원문의 처음 두 문장
이다. 번역자는 'the world'를 '세상 사람들'이나 '세인(世人)'으로 옮
기지 않고 그냥 '이 세계'로 옮겨놓았다. 그러나 이 어휘는 '세계'보
다는 이 우주에 살고 있는 모든 사람을 가리킨다. 또한 "이 세상은
염세주의자들을 경멸하고 그들을 경원한다"로 옮겨야 할 것을 "이
세계는 비관을 미워하며 살려고 (한다)"로 옮겨놓았다. 다시 말해서
첫 문장의 두 번째 부분 '그들을 경원한다'나 '그들을 멀리한다'를
생략하였다. 또한 '비관을 미워하며 살려하고'라는 번역도 'despises
pessimists'의 번역으로는 그렇게 정확하다고 보기 어렵다. 원문에도
없는 '살려하고'라는 구절을 넣는 한편, 막상 원문에 있는 구절은 빼
놓고 번역하지 않은 것이다. 요즈음 번역학에서 말하는 용어를 빌려
말하자면 전자는 '과잉 번역(over-translation)'에 해당하고, 후자는 '축
소 번역(under-translation)'에 해당한다고 할 수 있다.
　　더구나 번역자는 처음 세 문장을 하나로 결합하여 한국어로 옮겼

---

62) Philip Jaisohn, "Let us Face the New Year with a Smile", 앞의 책, pp. 248~249.
63) 서재필, 「신년을 새맘으로 맞자」, 『조선일보』, 1927.1.1 · 3; 『독립신문 · 서재필 문헌 해
　　제』, 169면.

다. 물론 원문에 굳이 얽매이지 않고 짧은 두 문장은 얼마든지 하나로, 한 문장이지만 긴 것은 둘로 나누어 번역할 수 있다. 그러나 이렇게 문장의 길이를 조절할 때는 단순히 물리적 길이보다는 의미 단위에 따라야 함은 두말할 나위가 없다. 처음 두 문장을 하나로 묶어 번역한 것은 크게 문제가 되지 않지만 세 번째 문장까지 하나로 묶어 번역한 것에는 무리가 따른다. 특히 'on the other hand'라는 접속사적 표현은 앞의 진술에 유보를 둘 때 사용하는 것이기 때문에 '달리 말하면'이 아니라 '다른 한편으로는', '한편', '그에 반하여'로 옮겨야 한다. 번역자는 아마 'in other words'를 염두에 두고 번역한 듯하였지만 이 표현은 앞의 진술을 부연하여 설명하는 것으로 'on the other hand'와는 의미에서 자못 큰 차이가 있다. 또한 한 문장으로 처리하다 보니 "이 세계는 ~ 달리 말하면 이 세계는 ~" 하고 '이 세계'라는 주어를 반복하게 된다.

밑줄 친 부분 "생활의 난관을 웃는 낯으로 대하는 불행자를 원조한다"는 문장도 올바른 번역으로 보기 어렵다. 'battles of life'은 '생활의 난관'보다는 '삶의 투쟁'이나 '생존 경쟁'으로 번역하는 것이 정확하다. '웃는 낯으로 대하는 불행자'도 어색하고 어설프기는 마찬가지이다. "불행한 처지에 놓여 있지만 웃는 낯으로 삶의 투쟁을 벌이는 그러한 사람들"이라고 번역하는 쪽이 훨씬 자연스럽고 한국어답다. '불행자를 원조한다'는 표현도 원문과는 조금 거리가 있다. 원문을 정확하게 번역한다면 '그러한 사람들을 동정하고 때로는 도와주기도 한다'가 될 것이다.

두 번째로 밑줄 친 부분에 이르러서 번역 문제는 훨씬 더 심각해진다. 어떻게 번역하였기에 원문의 후반부가 "비관은 암흑과 절망을 생하야써 평생이 장구한 고통에 불과한 우리의 가족이나 붕우를 위할진대 ~"로 되었는지 도저히 알 수가 없다. '일으키다'나 '야기하다'를 뜻하는 'breeds'를 '생하야써'라고 번역한 것도 이상하지만, 관계대명사 'which' 이하를 'If'로 시작하는 다음 문장과 하나로 결합하여 "위할진대 ~ 죽어가는 외모와 가슴이 터질 이야기로써 고민케 하면 아니 될 것이다"로 번역하는 것은 더더욱 말이 되지 않는다. '죽어가는 외모와 가슴이 터질 이야기'보다는 '우울한 외모와 가슴을 에는 이야기'로 번역하여야 한다. 또한 '고민케 하면 아니 될 것이다'가 아니라 '그들을 괴롭히고 고통을 주지 말아야 한다'로 옮겨야 한다. 그러므로 맨 마지막 문장은 "만약 우리가 가족과 친구들을 조금이라도 배려한다면, 우울한 표정과 가슴 에는 넋두리로 그들을 괴롭히고 그들에게 고통을 주어서는 안 된다"로 번역하여야 할 것이다.

위에 인용한 글과 관련하여 서재필은 이 무렵 『조선일보』의 주필이던 안재홍에게 "귀지에 게취한 내 신년사의 번역은 퍽 잘 된 줄로 생각합니다" 하고 밝혔다. 그러나 지금까지 지적해 왔듯이 좀더 꼼꼼히 살펴보면 번역이 '퍽 잘' 되기는커녕 실제로는 졸역이나 오역이 적지 않음이 밝혀진다. 똑같은 글을 『동아일보』가 「신년을 당하야 고국 동포에게, 깃브라, 일하라, 배호라!」라는 제목으로 번역하여 실린 글과 대조해 보면 『조선일보』의 번역이 얼마나 서툴고 어설픈지 쉽게 알 수 있다.

세계는 비관하는 자를 멸시하고 대하기를 피합니다. 쏘 세계는 저를 불상히 녀기는 자를 나추 봄니다. 그러나 세계는 얼굴에 우슴을 씌우고 생존을 위하야 싸호는 불행한 사람을 동정하고 쏘 흔히 도읍니다. 그 쑨더러 비관은 어두음을 나코 힘업슴을 나하 인생으로 하여곰 한 긴 고통이 되게 함니다. 그럼으로 만일 우리가 우리의 가족이나 친구를 조곰이라도 생각한다 하면 결코 침울한 낫빗과 슬픈 소리로 그들을 괴롭게 하고 슬프게 하지 아니할 것임니다.[64]

평서체로 번역한 『조선일보』와는 달리 『동앙일보』는 경어체로 번역함으로써 일찍이 개혁과 근대화에 앞장선 선각자가 새해를 맞이하여 동포에게 전해 주는 신년 메시지의 분위기를 한껏 살리려고 하였다. 이러한 문체도 문체이지만 방금 위의 번역문은 『조선일보』의 번역문과 비교해 볼 때 훨씬 더 정확할 뿐만 아니라 유려하다. 거의 흠잡을 데 없는 번역이라고 할 만하다. 다만 『조선일보』의 번역문처럼 'the world'를 '세상 사람들'이나 '세인'으로 옮기지 않고 그냥 '이 세계'라고 옮겨놓은 것이 흠이라면 흠이다. 또한 '어두음을 나코'에서 '어두음'의 비유적 의미를 살려서 '암담함'이나 '우울함'으로, '슬픈 소리'는 '슬픈 넋두리'로 번역하였더라면 더 좋았을 것이다.

서재필이 새해 신년사에서 위생과 관련하여 언급하는 대목에서도 졸역이나 오역의 예를 쉽게 찾아볼 수 있다.

All of these changes can be done if the people all agree to make the

---

64) 서재필, 「신년을 당하야 고국 동포에게, 깃브라, 일하라, 배호라!」, 『동아일보』, 1927.1.1 ~2; 『독립신문·서재필 문헌 해제』, 171~172면.

changes necessary. It is absolutely within their power to do so. If they do not somebody other than their own will compel them to make the change and the compulsion is generally accompanied with harshness, humiliation, and at times persecution. Surely our people will not give any one a chance to compel them to be clean and hygienic. They will be clean and hygienic on their own volition and on their own initiative.[65]

<u>이런 변화는 민중이 합심만 되면</u> 실행이 될 터이니 자기 임의로 개량할 일을 아니하면 <u>타인이 강제로 개량할 터인즉</u> 강제에는 대개 잔혹과 굴욕 <u>혹은 박해가 수행한다.</u> 우리는 타인에게 우리 몸이 정결하고 건강하다고 강제 시행할 기회를 주지 말 것이오 자발적으로 정결하고 건강할 것이다.[66]

밑줄 친 첫 부분부터 고개를 갸우뚱하게 된다. "필요한 변화를 꾀하기로 의견을 모으면"이나 "변화가 불가피하다고 의견을 모으면"으로 번역하면 될 것을 번역자는 "민중이 합심만 되면"으로 옮겨놓았다. 문장 첫 머리에 변화를 꾀할 수 있다는 말이 나오기 때문에 그냥 "그렇게 하기로 모두 의견을 모으면"으로 번역하여도 좋을 것이다. 더구나 번역자는 처음 세 문장을 하나로 묶어 번역한 탓에 독자들은 원문의 뜻을 선뜻 이해하기 어렵다. 또한 이러한 과정에서 "그들(조선인들)은 그렇게 할 수 있는 능력이 확실히 있다"는 두 번째 문

---

65) Philip Jaisohn, "Let us Face the New Year with a Smile," 앞의 책, pp.250~251.
66) 서재필, 「신년을 새맘으로 맞자」, 『조선일보』, 1927.1.1·3; 『독립신문·서재필 문헌 해제』, 169면.

장이 슬그머니 생략되어 있다. 서재필은 조선 민족이 얼마든지 의지만 있으면 위생 문제와 관련하여 개선할 능력이 있다고 자신한다. 그렇기 때문에 이 문장을 생략하고 번역하면 필자의 의도를 자칫 놓치기 쉽다.

밑줄 친 두 번째 부분 "타인이 강제로 개량할 터인즉"도 원문의 의미와는 조금 거리가 있다. 원문에 충실하게 번역한다면 "타인이 강제로 그렇게 변화하도록 만들 것이다"로 옮겨야 한다. 밑줄 친 세 번째 구절 "혹은 박해가 수행한다"도 "때로는 박해가 따른다"로 옮기는 쪽이 더 정확하다. 원문의 마지막 두 문장을 하나로 묶어 번역한 문장도 아무래도 오역으로 볼 수밖에 없을 것 같다. "우리는 타인에게 우리 몸이 정결하고 건강하다고 강제 시행할 기회를 주지 말 것이오 자발적으로 정결하고 건강할 것이다"에서 '정결하고 건강하다고'는 '청결하고 위생적이 되도록'으로 옮겨야 한다. 두 번에 걸쳐 되풀이하여 사용하는 'hygienic'도 '건강한'보다는 '위생적인'으로 번역하여야 옳을 것이다. 건강은 어디까지나 위생을 지킨 결과로 얻어지는 것이기 때문이다.

　

이러한 모든 개혁은 전민족이 합심하야 하랴고 만들면 될 일이니 불위(不爲)언정 비불능이니 만일 조선인 자신이 자의로 그 일을 아니한다 하면 반다시 엇던 타인이 강제로 이 개혁을 식힐 것인즉 그 경우에는 대개 압제와 모욕과 유시호 핍박을 겸수하게 되는 것임니다. 그러나 우리 민족은 결코 남으로 하여곰 강제로 우리를 청결케 하고 위생적으로 하게 하는 기회를 주지 아니할 것을 믿고 그들은 반드시 자의로 자진하야 청결과 위

생을 할 것을 믿습니다.67)

　위 인용문은『동아일보』에 실린 번역문으로 중국 고전과 한자어를 많이 구사한다는 점에서『조선일보』의 번역문과는 조금 다르다. 예를 들어 '불위(不爲) 언정 비불능'이니 '유시호(有時乎)'니 하는 표현이 바로 그것이다. 앞의 구절은『맹자(孟子)』양혜왕 장구 상(梁惠王 章句 上)의 "故로 王之不王은 不爲也언정 非不能也니이다"에서 따온 것이다. "그러므로 왕이 진정한 왕자가 되지 못하는 것은 스스로 되려고 하지 않기 때문이지, 할 수 없어서 그런 것은 아닙니다"라는 뜻이다. 즉 왕이 어진 정치를 할 수 있는데도 하지 않고 있듯이 조선인들도 위생과 관련하여 개혁을 하려면 얼마든지 할 수 있는데도 하지 않으려고 한다는 것이다. 한편 '유시호'란 부사로 '어떤 때에는'을 가리키는 표현이다.

　그런데 여기에서 한 가지 흥미로운 것은『동아일보』번역자도『조선일보』번역자와 마찬가지로 처음 세 문장을 하나로 묶어 번역한다는 점이다. 앞의 경우처럼 여기에서도 이러한 과정에서 원문 필자의 의도가 조금 달라질 수밖에 없다. 원문의 두 번째 문장 "It is absolutely within their power to do so"가『조선일보』번역문에서는 슬그머니 생략되었지만『동아일보』번역문에서는 "불위(不爲)언정 비불능이니"로 완곡하게 표현하였다. 또한『조선일보』가 "자발적으로"라는 부사 하나로 표현한 것과는 달리 여기에서는 원문에 좀더

<hr>

67) 서재필, 「신년을 당하야 고국 동포에게」, 『동아일보』, 1927.1.1~2; 『독립신문 · 서재필 문헌 해제』, 174면.

충실하게 "자의로 자진하야"로 번역한 것도 눈에 띈다. 그런가 하면 '정결' 대신에 '청결', '건강' 대신에 '위생'으로 번역한 것도 여간 돋보이지 않는다.

다만 위 인용문에서 "핍박을 겸수하게 되는"이라는 표현이 조금 어색할 뿐이다. 국어사전에 '겸수(兼修)'는 여러 가지를 목표로 세워 아울러 수련함이라고 풀이되어 있다. 그렇다면 번역자는 겸하여 수반한다는 뜻으로 '겸수(兼隨)하다'라는 동사를 만들어 사용하였다고 볼 수 있다. 또한 "청결과 위생을 할 것을"이라는 표현도 한국어 어법에는 조금 어긋난다. "청결에 힘쓰고 위생을 지키는 것을"이라고 번역하는 쪽이 좀더 정확할 뿐더러 한국어 어법에도 맞다.

그러나 『조선일보』의 번역문이 『동아일보』보다 언제나 뛰어난 것은 아니다. 어떤 문장이나 단락은 뒤쪽 신문의 번역문보다 앞쪽 신문의 번역문이 훨씬 정확하고 한국어답다. 가령 이 글의 맨 마지막 문장 "I am sure those sho observe this simple motto during the coming year will find themselves much better off in every way at the end of the year"[68]는 이러한 경우를 보여 주는 좋은 예로 꼽을 만하다. 『동아일보』에는 "누구나 이 간단한 표어를 준수하는 이는 금년 말에는 어느 점으로 보더라도 훨신 향상된 것을 스스로 발견하리라고 밋습니다"[69]로 번역해 놓았다. 한편 『조선일보』 번역자는 "금년 일 년간에 이 간단한 명감을 이행하는 인사는 그 년종에 가서 각 방면으로

---

68) Philip Jaisohn, "Let us Face the New Year with a Smile," 앞의 책, p.252.

69) 서재필, 「신년을 당하야 고국 동포에게」, 『동아일보』, 1927.1.1~2; 『독립신문·서재필 문헌 해제』, 176면.

나하질 것을 나는 확신하는 바이다”70)로 번역하였다. 물론 전반적으로 보면 문어체보다는 구어체를 구사하는 앞의 번역이 뒤의 번역보다는 그 의미를 이해하기가 쉽다. 그러나 문제는 ‘find themselves much better off’를 어떻게 번역하였느냐에 있다.

이 “find oneself~”라는 영어 표현은 『동아일보』의 번역자처럼 자칫 “~ 하는 자신을 발견한다”로 직역하기 쉽다. 그러나 ‘find oneself’는 본디 앵글로색슨어에서 사용하던 영어 표현이 아니라 로맨스어에서 빌려다 쓰는 표현이다. 가령 대표적인 로맨스어 가운데 하나인 스페인어에서 ‘find oneself’에 해당하는 표현인 ‘hallarse’는 ‘estar’ 동사와 같은 뜻을 지닌다. 이러한 사정은 스페인어처럼 같은 로맨스어 계통에 속하는 이탈리아어 ‘trovarsi’라는 표현에서도 마찬가지이다. 또한 프랑스어에서도 ‘trouver’ 동사를 재귀동사로 사용하는 ‘se trouver’는 흔히 존재나 상태를 나타내는 동사 ‘etre’와 같은 뜻으로 쓰인다. 다시 말해서 ‘find oneself’는 상태를 가리키는 ‘be’ 동사로 번역하여야 한다. 그러므로 “find themselves much better off”의 번역은 『동아일보』의 ‘훨씬 향상된 것을 스스로 발견하리라’라는 번역보다는 『조선일보』의 ‘나하질 것을’이라는 번역이 훨씬 더 정확하다.

『동아일보』에 실린 이 두 글을 한글로 번역한 사람은 다름아닌 시인이요 영문학자인 수주(樹州) 변영로(卞榮魯)였다. 흔히 ‘부평삼변(富平三卞)’으로 일컫는 변씨 가문의 삼형제 중 막내로 특히 그는 문학에

---

70) 서재필, 「신념을 새맘으로 맞자」, 『조선일보』, 1927.1.1 · 3; 『독립신문 · 서재필 문헌 해제』, 170면.

관심을 쏟았다. 1931년 미국에 건너가 캘리포니아 주 샌호제이대학에서 영문학을 공부하고 돌아온 뒤 1935년에 『동아일보』에 입사하여 이 신문사에서 발행하던 잡지 『신가정』 주간으로 근무한 변영로는 이 무렵 시를 창작하면서 번역에도 관심을 기울였다. 예를 들어 그는 래거로프의 단편소설 「결혼 행진곡」을 시작으로 오노레 드 발자크의 단편소설 「사막 안에 정열」, 안톤 체호프의 단편소설 「피서지에서」 등을 잇달아 번역하였다. 그러나 서재필의 글을 번역한 데에서도 볼 수 있듯이 그의 번역 수준은 기대에 미치지 못하였다. 그의 번역문을 읽다 보면 원문을 읽고 싶은 생각이 든다. 후쿠자와 유키치는 일찍이 번역문을 읽으면서 원문을 읽고 싶은 생각이 들면 일단 이 번역문은 실패한 것이라고 지적한 적이 있다.

근대 계몽기에 활약한 지식인 가운데에서 서재필만큼 역동적인 인물도 아마 찾아보기 쉽지 않다. 그는 휘몰아치는 서구 열강의 거센 바람으로 언제 꺼져갈지 모르는 조국의 등불에 심지를 돋우고 민중을 각성시키는 데 그 누구보다도 앞장섰다. 바로 이 점에서 그는 '한국의 후쿠자와 유키치'라고 하여도 크게 틀리지 않을 것이다. 후쿠자와처럼 그도 한국이 근대화하는 데 크게 이바지하였다. 또한 서재필은 번역을 수단으로 삼아 서구 문명을 받아들이려고 하였다는 점에서도 후쿠자와와 적잖이 비슷하다. 후쿠자와처럼 직접 서구 문헌을 번역을 하고 책을 집필하지는 않았지만 그가 직접 또는 간접으로 한국 번역사에서 끼친 영향이 적지 않다. 선각자답게 그는 서구 문헌을 번역할 것을 처음 역설하였다. 또한 번역에서 축자역이나 직역보다는 될 수 있는 대로 의역이나 자유역을 할 것을 지적하기도 하였다.

요즈음 입만 열면 세계화를 부르짖고 있지만 서재필은 한국에서 처음으로 세계화를 부르짖은 선각자라고 할 수 있다. 그의 어떤 생각은 동시대의 지식인들의 생각보다 훨씬 앞서고, 심지어 서양 선각자들의 생각보다도 앞서 있다. 서재필이 일찍이 국제 감각을 키운 것은 자의든 타의든 여러 번 태평양을 오가며 국경을 넘나들었기 때문일 것이다. 이국에서 살았다고 누구나 다 서재필과 같은 세계주의를 호흡하지는 않는다. 가령 영국 식민지 인도에서 산 경험이 있는 러드여드 키플링은 오히려 "오, 동양은 동양, 서양은 서양, 이 둘은 서로 영원히 만날 수 없으리" 하고 노래하였지만, 서재필에게는 동양과 서양을 이분법적으로 나눈다는 것 자체가 별다른 의미가 없다. 그런데 서재필에게 세계화를 앞당기는 일은 다름아닌 번역이었다. 번역이야말로 국가와 국가, 민족과 민족의 섬을 이어주는 다리 역할을 할 수 있다고 굳게 믿었다.

그러나 한국 번역사에서 서재필은 어디까지나 세례 요한과 같은 인물이었다. 혁명가, 군인, 독립 운동가, 개화 사상가, 의사, 언론인, 정치가 등 다양한 그의 역할에서 번역은 어디까지나 작은 일부에 지나지 않았다. 그는 앞으로 번역가들이 활약할 수 있도록 길을 닦아 놓는 역할을 맡았을 뿐이다. 서재필이 근대화의 수단으로 부르짖은 번역은 20세기 초엽에 이르러 육당(六堂) 최남선(崔南善)으로 이어진다. 일제 강점기에 최남선은 서재필의 바통을 이어받아 번역을 수단과 도구로 삼아 신문화 운동을 일으키게 될 것이다.

번안과 번역 사이

서재필(徐載弼)이 척박한 문명의 땅에 문명개화의 텃밭을 일구고 처음 번역의 씨앗을 뿌린 선각자라면, 이 씨앗에 거름을 주고 싹을 트게 한 지식인은 바로 육당(六堂) 최남선(崔南善)이다. 19세기 중엽부터 번역의 요람이요 메카로 자리 잡은 일본의 근대사에 빗대어 말하자면 서재필은 에도[江戶] 시대의 선각자인 반면, 최남선은 에도 시대 선각자의 바통을 이어받아 메이지[明治] 유신을 이룩한 지식인이라고 할 만하다. 서재필의 문명개화의 복음을 이어받아 신문화 운동을 일으킨 최남선은 조선 젊은이들에게 시대적 각성을 촉구하였다. 특히 근대 계몽기에 최남선은 본격적으로 서구문학 작품을 번역하여 소

번역을 통하여 신문화 운동을 일으킨 육당 최남선의 초상.
그는 처음으로 외국의 문학 작품을 번역하기 시작하였다.

개함으로써 새 시대의 젊은이들에게 서구 근대정신을 일깨워 주었다는 평가를 받는다.

최남선이 이렇게 번역이라는 열쇠로 근대화의 빗장을 활짝 열어젖히려고 한 것은 일본에서 유학하면서 얻은 값진 경험 때문이었다. 겨우 열다섯 살의 젊은 나이로 1904년 국비 유학생으로 현해탄을 건너 일본에 간 그는 그해 두 달 동안 도쿄 부립 제일 중학교를 다니다가 중퇴하고 귀국한다. 그 뒤 1906년 다시 와세다[早稻田]대학 고등사범학부 지리역사과에 입학하였지만 이번에도 역시 세 달 남짓 다니다가 동맹 휴학으로 중퇴하고 만다. 이렇게 그의 유학 생활은 짧은데다가 불규칙하기 그지없었다. 이 무렵 최남선은 정규 학업보다는 춘원(春園) 이광수(李光洙)와 벽초(碧初) 홍명희(洪命憙)를 비롯한 유학생들과 사귀는 한편, 일본어로 번역한 러시아 문학 작품을 탐독하면서 서구문명과 근대정신을 호흡하였다. 이때 도쿄 유학생 회보인 『대한흥학회보』를 편집하면서 새로운 형식의 시와 시조를 발표하기도 하였다.

근대 계몽기 최남선의 철학을 한두 마디로 요약한다면 그것은 '진취적'이라는 말과 '새로운'이라는 말일 것이다. 이 무렵 선각자나 지식인 가운데에서 아마 그처럼 미래지향적인 사람도 찾아보기 쉽지 않다. 『소년』에서 그는 "우리는 나아갈 압길은 잇서도 물너갈 뒷길은 아니 가젓다"고 외친다. 또한 "활동은 吾人의 목적인데 진취는 吾人의 수단이라"고 부르짖는다. 그러면서 젊은이들에게 "금년부터 우리는 압길만 보고 나아가난 자가 되옵시다" 하고 권한다.[1] 이렇듯 그에게는 오직 앞으로 나아갈 미래가 있을 뿐 뒷걸음칠 과거는 없었다. 이 무렵 최남선은 서구식 근대 문명을 실현하는 것만이 역사 진보를 가능하게 한다고 굳게 믿고 있었다. 비록 짧은 기간이었지만 일본 유학 생활에서 허버트 스펜서의 사회 진화론의 세례를 한차례 받은 그는 문명적으로 진보하지 않는 민족은 약육강식의 엄연한 현실에서 도태될 수밖에 없다고 생각하였다.

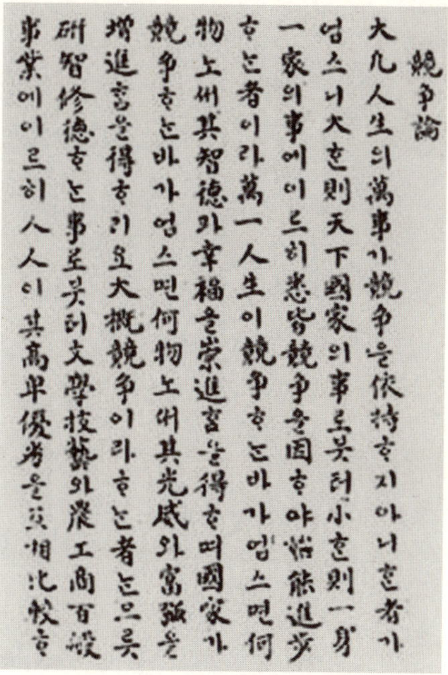

競爭論

大凡人生의萬事가競爭을依恃ᄒᆞ지아니ᄒᆞᆫ者가업스니大ᄒᆞᆫ則天下國家의事로븟터小ᄒᆞᆫ則一身一家의事에이르히悉皆競爭을因ᄒᆞ야始能進步ᄒᆞᄂᆞᆫ者이라萬一人生이競爭ᄒᆞᄂᆞᆫ바가업스면何物노써其智德과幸福을崇進ᄒᆞᆷ을得ᄒᆞ며國家가競爭ᄒᆞᄂᆞᆫ바가업스면何物노써其光威와富强을增進ᄒᆞᆷ을得ᄒᆞ리오大槪競爭이라ᄒᆞᄂᆞᆫ者ᄂᆞᆫ므릇硏智修德ᄒᆞᄂᆞᆫ事로븟터文學技藝와農工商百般事業에이르히人人이其高卑優劣을互相比較ᄒᆞ

사회 진화론을 한국에서 처음 전개한 유길준의 경쟁론. 이 무렵 진화론은 일본과 한국 지식인들에게 복음과 같았다.

또한 최남선은 말끝마다 '새'나 '새로운'이라는 형용사나 젊음과 관련한 말을 붙이기 일쑤이다. 그가 설립한 출판사는 새로운 글을 찍어내는 '신문관'이요, 젊은이들이 꿈을 펼치는 대한은 이제 '새대한'이며, 그들이 호흡하여야 할 지식은 다름아닌 '신지식'이다. 그가

1) 첫 문장은 『소년』 제2년 제1권, 1909.1.1, 1면에 실려 있다. 일종의 표어로 속표지에 실린 이 문장은 제2년 제3권까지 실리다가 그 뒤부터는 다른 구절로 대체되었다. 뒤 문장은 『소년』 제2년 제9권, 1909.10.1, 1면에 실려 있다.

창간한 『소년』·『청춘』·『아이들 보이』·『새별』 같은 잡지도 하나같이 젊거나 새로운 시대의 주역을 대상으로 삼는다. 이렇게 낡은 것을 몰아내고 새 것을 맞이하려는 그의 굳은 의지는 곳곳에서 쉽게 읽을 수 있다. 민족 계몽과 문화 운동의 선각자인 최남선에게 이렇게 새로운 것을 받아들이는 수단과 도구는 바로 번역이었던 것이다.

1. 근대문학의 선구자

한국 근대문학의 선구자로 흔히 일컫는 최남선한테는 거의 언제나 '반민족 친일파'라는 달갑지 않은 꼬리표가 그림자처럼 따라다닌다. 기미년 독립운동 때 「독립선언서」에 서명한 민족대표 33인 중의 한 사람일 뿐만 아니라 그 선언서를 기초한 장본인이지만 해방 뒤에는 친일 행위가 문제가 되어 반민족특위법에 걸려 옥고를 치렀다. 이 무렵 지식인들이 흔히 그러하였듯이 그도 아슬아슬하게 애국과 매국의 밧줄 사이를 오가며 암울한 시대를 살다 간 지성인이었다. 물론 최남선으로서도 할 말은 있다. 1949년 2월 '반민족 행위자'로 지목되어 마포 형무소에 수감되었을 때 그는 옥중 자백서를 쓴 적이 있다. 이 자백서에서 "나는 분명히 한평생 한 일을 한마음으로 매진한 것을 자신하는 者이다. (…중략…) 조선사 편수위원, 중추원 참의, 건국대학 교수, 이것저것 구중중한 옷을 열 벌 갈아입으면서도 나의 일한 실제는 언제나 시종일관하게 민족정신의 검토, 조국 역사의 건설, 그것 밖에 버서진 일 없었음은 天日이 저기 있는 아래 敢然히 明

言하기를 끄리지 않겠다"2)고 단언하였다.

최남선이 주장하는 것처럼 그의 모든 행적이 과연 '민족 정신'을 검토하고 '조국 역사'를 건설하려는 애국애족에서 비롯한 것인지는 좀더 따져보아야 할 것이다. 어쩌면 그의 말이 진심에서 울어난 고백일 수도 있고, 아니면 일본 제국주의의 강권에 못 이겨 친일 행위를 하였듯이 또 한 번 조국과 민족에게 거짓말을 하면서 자신의 행동을 합리화하는

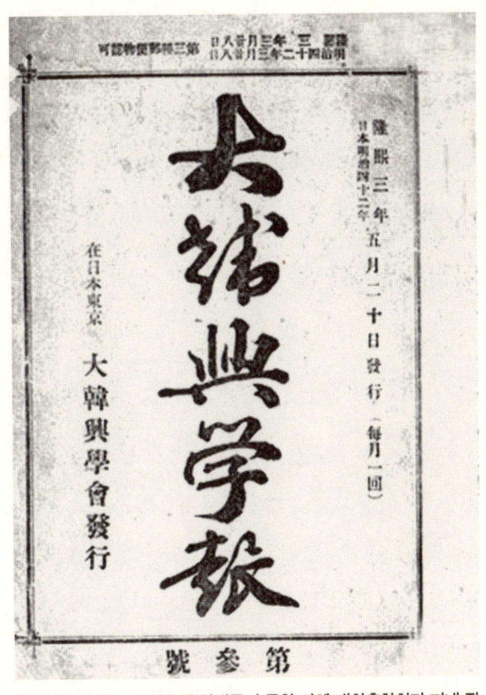

일본에서 공부하는 한국 유학생들의 통합 단체 대한흥학회가 펴낸 잡지 『대한흥학보』. 일본 유학 중 최남선은 이 잡지를 편집하였다.

것일는지도 모른다. 그러나 한 가지 분명한 사실은 그가 일찍이 일본 유학에서 새 시대의 도래를 깨닫고 근대화를 앞당기는 데 직접 또는 간접으로 크게 이바지하였다는 점이다. 우남(雩南) 이승만(李承晩)은 "최남선이 독립선언서를 직접 썼다. 최남선의 독립선언서는 진실로 당당하고 웅혼하여서, 토마스 제퍼슨의 미국 독립선언서보다 훨씬 우수해 세계에 자랑할 만하다"고 말한 적이 있다. 『임꺽정』(1945)의 작가 홍명희는 최남선의 조선 정신을 기려 "육당에게는 임이 있다. 애틋하게 사랑하는 임이 있다. 육당의 임은 과연 누구인가? 나는 그

---

2) 최남선, 「자열서(自列書)」, 『반민자 죄상기』(고원섭 편), 서울 : 한풍출판사, 1949, 59~60면.

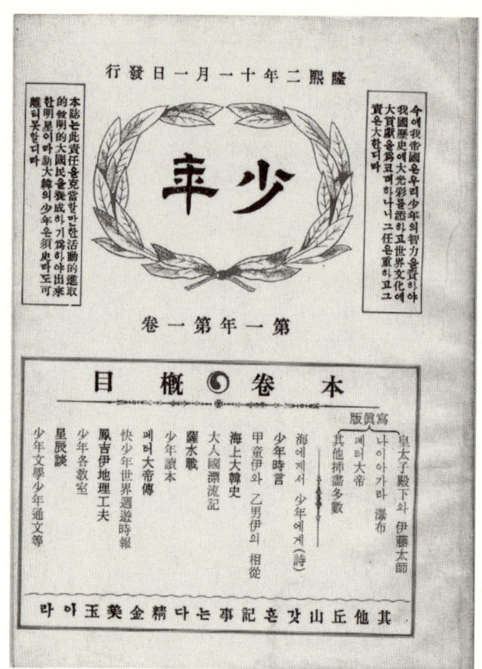

최남선이 1908년 11월 창간한 월간 종합잡지 『소년』. 그는 이 잡지에 외국문학 작품을 많이 번역하여 소개하였다.

를 짐작한다. 그 임의 이름은 조선인가 한다"고 잘라 말한다.3)

짧다면 짧은 일본 유학 생활을 접은 최남선은 1906년 겨울 아버지가 보내준 돈으로 도쿄에 있는 수에이샤(秀英社)에서 조판과 활판 인쇄기를 구입하여 일본인 인쇄 기술자 다섯 명과 함께 고국으로 들어온다. 곧바로 을지로 2가 외환은행 건너편 자택을 개수하여 출판사와 인쇄소를 차리고, 우리나라 신문화 운동의 발상지라고 할 신문관 간판을 내건다. 그로부터 2년 뒤 11월 1일 최남선은 마침내 한국 최초의 월간 종합잡지 『소년』을 창간한다. 1909년 5월 이 잡지에 실린 「세계적 지식의 필요」라는 글에서 그는 이 땅의 젊은이들에게 새로운 세계가 눈앞에 펼쳐졌다고 알리며 세계 진보의 대열에 합류할 것을 부르짖는다.

世界의 大局은 眼前에 展開하얏도다.

濟物浦口에 張來하난 波浪은 이믜 地中海水의 鹽分이 混和하얏고, 白頭

---

3) 고정일, 『애국작법』, 서울: 동서문화사, 2007, 21~32면.

山外에 響動하난 汽笛은 오래 西比利風의 煙氣를 傳播하얏난데 鐘路街衢에는 '사하라' 沙漠의 細沙가 墨軀子의 靴底에서 落下하고 南山 樹木은 '유로파' 中原의 炭氣를 白人의 口裏로서 受吸하니, 於乎 우리 半島도 이미 純粹한 韓天韓地下에 잇슴이 아니로다. (…중략…) 於乎 우리 國民의 生計도 이미 순수한 韓生韓産만을 賴하지 아니 하도다.

此로써 觀하면 世界的 知識을 取得함은 世界를 知하려 함이 아니라 곳 우리 大韓을 知함이오, 他人에게 博學多聞을 誇示코자 함이 아니라 곳 自己가 事理物情에 暗昧하지 아니하려 함이니[4]

「기미독립선언서」에서 느낄 수 있듯이 국한문을 섞어 쓴 장엄한 문체도 문체지만 위 인용문을 읽고 있노라면 무엇보다도 최남선의 선각자적인 깨달음에 새삼 놀라게 된다. 이 글을 발표한 지 어느덧 1백 년이 지났지만 그 메시지는 조금도 세월의 풍화작용을 받지 않았다. 풍화작용을 받기는커녕 지식과 정보를 돈을 주고 사고판다는 정보 시대에 이르러서도 창조의 새 아침처럼 아직도 신선하다. 인천 항구의 파도에 지중해의 염분이 뒤섞여 있고, 백두산 근처에 울려 퍼지는 기적소리에 시베리아 대륙철도에서 내뿜는 연기가 감돌고 있다는 말에 그만 정신이 번쩍 든다. 또한 종로 한 거리에 사하라 사막의 모래가 날리고, 남산에 자라고 있는 나무에도 유럽에서 내뿜는 석탄 가스의 기운을 빨아들인다는 대목도 충격적이기는 마찬가지이다. 자칫 엉뚱한 과장법으로 들릴는지 모르지만 이 무렵 최남선이 얼마나 시대정신과 세계정신을 호흡하고 있었는지 짐작할 수 있다. 또한 이 글

---

4) 최남선, 「세계적 지식의 필요」, 『소년』 제2년 제5권, 1909.5, 4면.

에는 온갖 감각을 자극하는 구체적인 이미지가 가득 차 있어 마치 직접 귀로 듣고 눈으로 보고 코로 냄새를 맡고 손으로 만져보는 듯하다.

웅변가를 무색하게 할 최남선의 부르짖음은 비단 여기에서 그치지 않는다. "어호 우리 반도도 이미 순수한 한천한지 하에 있음이 아니로다. (…중략…) 우리 국민의 생계도 이미 순수한 한생한산만을 뇌하지 아니 하도다"는 문장에 이르러 그야말로 정점에 이른다. '순수한 한천한지', '순수한 한생한산'이라는 구절에서는 똑같은 표현과 똑같은 구절을 반복함으로써 주술적 효과를 자아낸다. 이 문장에서는 국경이 허물어져 버린 채 세계 자본과 상품이 자유롭게 이동하는 후기 자본주의 사회, 그리고 그 사회 질서에서 숨 가쁘게 적응하여야 하는 한반도의 현실이 쉽게 떠오른다. 특히 의식주를 외국 수입품에 의존하여 살아가는 오늘날 우리의 현실에 비추어보면 최남선의 지적은 차라리 예언에 가깝다.

이렇게 새로운 세계가 눈앞에 펼쳐져 있다면 이제 한반도도 중세의 깊은 잠에서 깨어나 기지개를 켜고 근대정신을 호흡하지 않는 것은 가히 시대착오적이라고 할 만하다. 최남선은 새 시대를 살아가는 조국의 청소년들에게 '세계적 지식'을 받아들일 것을 호소한다. 그러나 이러한 지식을 받아들이려는 것은 세계를 알기 위해서라기보다는 어디까지나 조국 대한을 알기 위해서이다. 또한 남에게 박학다식을 자랑하기 위해서라기보다는 오히려 스스로 무지와 몽매에서 벗어나기 위해서라는 것이다. 결국 눈앞에 펼쳐져 있는 세계는 나를 비쳐보는 거울일 뿐이다. 그러므로 최남선에게 서양 문화를 받아들이는 것은 숨을 들이마시는 것처럼 자연스러운 일일 뿐 사대주의와는 거리가 멀다.

적어도 이 점에서 최남선은 서재필과 비슷하다. 서재필은 동양과 서양을 굳이 이분법적으로 갈라 보지 않았다. 동양의 정신에 바탕을 두고 서양의 기술 문명을 받아들이자는 조선의 동도서기(東道西器)나 중국의 중체서용(中體西用) 또는 일본의 화혼양재(和魂洋在)도 그의 정신이 거닐기에는 너무 비좁은 개념이었다. 심지어 서재필은 그토록 끔찍이 싫어하던 일본까지도 지구촌에 사는 한 가족으로 간주할 정도였다. 일본도 궁극적으로는 세계 질서에 참여시켜 세계 평화에 이바지하도록 만들어야 한다고 생각하였다. 참다운 의미에서 서재필은 세계주의자요 사해동포주의자라고 할 만하다.

최남선은 「세계적 지식의 필요」를 발표한 지 정확히 2년 뒤 「왕학(王學) 제창에 대하야」라는 글에서 젊은이들에게 하루 빨리 낡은 지식에서 벗어나 새로운 지식을 받아들일 것을 다시 한 번 목소리를 높여 부르짖는다.

볼지어다. 모든 것이 깨여져도 앗가온 줄을 몰으며 모든 것이 없서져도 슬흔 줄을 몰으며 東이 트고 해가 돗고 날이 다 가도 이러날 줄을 몰으며 남은 씨뿌리고 김매고 打作하야도 일할 줄을 몰으며 해가 지고 밤이 깁허도 불 켤 줄을 몰으니 이 사람이 웃더한 사람인가. 웃지하난 作定일까. 運數의 박휘는 쉴틈업시 돌아도 짜라가기를 아니하고 競爭의 물결은 말미업시 씨쳐가도 막아 보지를 아니하니 웃더한 神通力이 잇단가. 깨닷지 못하난도다, 생각지 못하난도다, 하질 아니하난도다.[5]

---

5) 최남선, 「왕학 제창에 대하야」, 『소년』 제4년 제2권; 1910.5, 8면.

「세계적 지식의 필요」와 비교해 볼 때 이 글에서 최남선의 목소리
는 훨씬 다급하고 절박하다. 앞의 인용문에서 웅변적이면서도 차분
한 목소리로 말한다면 위 인용문에서는 격양된 목소리로 말한다. 말
하자면 방금 앞에서 인용한 글에서는 어조가 한 옥타브 정도 더 올
라가 있다. 동녘에 아침 해가 떠서 어느덧 서쪽 하늘로 저물어 가는
데도 아직 잠자리에서 일어나지 않으니 이것이 어찌 된 일이냐고 다
그친다.

위 인용문에서는 특히 눈길을 끄는 대목은 "해가 지고 밤이 깁허도
불 켤 줄을 몰으니 이 사람이 웃더한 사람인가"라는 구절이다. 여기
에서 최남선이 말하는 '밤'은 중세의 어둠을 가리키고 '불'은 문명개
화의 빛을 가리킴은 두말할 나위가 없다. 그는 일본의 근대 지식인들
이 그러하였듯이 번역을 수단으로 삼아 문명의 빛을 밝히자고 부르
짖는다. 세계 곳곳에서 문명의 수레바퀴가 쉴 새 없이 돌아가고 있는
데 구습에 젖은 채 안주하다가는 경쟁의 거센 물결을 헤쳐 나갈 수 없
다고 밝힌다. 그러면서 어둠에 갇혀 아직도 깨어나지 못하는 동시대
사람들에게 그는 "웃지하난 作定일까" 하고 한탄하기도 한다.

또한 여기에서 최남선이 말하는 '운수의 바퀴'란 곧 문명개화의
역사적 진보와 발전을 뜻한다. 굳이 '운수'라는 어휘를 사용하는 것
은 이러한 문명개화가 이미 정해져 있어 인간의 힘으로는 어쩔 수
없기 때문일 것이다. 그에게 문명이란 단순히 인류가 이룩한 물질적
이고 기술적이며 사회 구조적인 발전만을 뜻하지 않는다. 이 점과
관련하여 신문관에서 발행한 『격몽요결(擊蒙要訣)』 광고문에서 최남
선은 "문명이란 何오" 하고 물음을 던진 뒤 "전등만도 아니오 철도

만도 아니오 하학의 응용만도 아니오 物生의 究明만도 아니라 개인에 在하야던지 사회에 在하야던지 德·體·智 三件事가 평균하게 발달됨을 칭함이라"6) 하고 밝힌다. 다시 말해서 그는 여기에서 서구의 정신문명을 언급한다. 동양문명을 정신문명으로, 서양문명을 물질문명을 간주하는 이분법적 사고를 훌쩍 뛰어넘는다.

그런가 하면 위 인용문에서 최남선이 말하는 '경쟁의 물결'이란 세계 여러 나라가 서로 앞을 다투어 문명개화를 앞당기려는 도도한 역사적 흐름을 가리킨다. 이 도도한 역사적 흐름에 동참하는 것이야말로 근대화를 앞당기는 일이요, 젊은이가 맡은 사명이라고 지적한다. 이러한 역사적 사명을 제대로 깨닫지 못하는 것은 아직도 중세 봉건시대의 몽매와 무지의 깊은 잠에서 깨어나지 못하였기 때문이라고 지적한다. "깨닷지 못 하난도다, 생각지 못 하난도다, 하질 아니 하난도다"라는 마지막 문장에서는 원망과 절망의 한숨마저 느낄 수 있다.

그렇다면 '세계적 지식'을 호흡할 수 있는 가장 좋은 수단은 과연 무엇일까? 또한 '운수의 수레바퀴'를 따라가고 '경쟁의 물결'을 따잡을 수 있는 방법은 과연 무엇일까? 최남선은 한마디로 번역이라고 생각한다. 서재필처럼 비록 드러내놓고 번역의 필요성을 역설하지는 않아도 그 못지않게 번역이 필요하다는 사실을 절감하고 있었다. 최남선은 서양의 문헌과 문학 작품을 국문으로 번역함으로써 그러한 지식을 습득할 수 있고 진보와 발전의 대열에 뒤지지 않고 함께 동참할 수 있다고 굳게 믿고 있었다.

---

6)『소년』제3년 제2권, 1911.2.15. 신문관에서 발행한『격몽요결(擊蒙要訣)』광고문.

최남선에게 번역은 최선책이 아니라 어디까지나 차선책이었다. 외국에 유학하여 서구문명과 문화를 직접 습득하거나 서양의 서적을 섭렵하여 그 지식을 받아들일 수도 있을 터이지만 그렇기 하기 위해서는 먼저 외국어를 습득하는 과정을 거쳐야 한다. 그리고 외국어를 습득하기 위해서는 또 많은 시간을 바쳐야 할 것이다. 고대 그리스시대의 의사 히포크라테스는 일찍이 "인생은 짧고 예술은 길다"고 말하였지만 외국어를 습득하여 세계의 지식을 흡수하기에는 삶이 너무 짧다고 할 수 있다.7) 그러므로 번역은 비록 차선책이라고는 하여도 외국어 습득을 거치지 않고 외국 문물에 직접 이를 수 있는 지름길이라고 할 수 있다. 최남선은 바로 이 지름길을 택하였던 것이다.

여기에서 다시 한 번 서재필을 떠올릴 필요가 있다. 『독립신문』 1897년 8월 5일자 논설에서 그는 서구 문물을 받아들이는 데에는 외국어 습득보다는 번역이 훨씬 더 쉬운 방법이라고 지적한다. 일찍이 실학의 영향을 받은 그는 모든 일에 실사구시에 무게를 실었고, 서구 문명의 수용하는 방법에서도 크게 다르지 않았다.

남의 나라 글과 말을 비혼 후에 학문을 ㄱㄹ치랴 ㅎ거드면 교휵홀 사롬

---

7) 이 말은 본디 "Ars longa vita brevis"라는 라틴어를 번역한 것이다. 우리는 흔히 이 말을 예술가는 덧없이 죽어도 위대한 예술품은 오래도록 남는다는 의미로 받아들인다. 그러나 여기에서 'ars'는 예술이 아니라 기술이나 솜씨, 좀더 정확히 말하면 의술을 뜻한다. 그러므로 "인생은 짧고 의술은 길다"로 번역하여야 맞다. 히포크라테스가 한 말을 좀더 인용해 보면 그 뜻이 분명해진다. "인생은 짧고 의술은 길다. 순간은 덧없이 흐르고 실험은 자꾸만 틀리고 판단은 쉽지 않다. 의사는 자신의 직분을 다하는 것은 물론, 환자, 간호인, 보호자가 합심할 수 있도록 신경 써야 한다." 일본인이 잘못 번역한 것을 한국인이 그대로 가져다 사용하고 있는 가장 좋은 예 가운데 하나로 꼽을 만하다.

이 몃이 못 될지라. 그런고로 각식 학문 칙을 국문으로 번력ᄒ여 ᄀᆞ르쳐야 남녀와 빈부가 다 조곰식이라도 학문을 비호지 한문을 비화 ᄀᆞ지고 한문으로 다른 학문을 비호려 ᄒ거드면 국중에 이십여 년 그 노릇만 홀 사룸이 몃이 못 될지라.[8]

위 인용문에서 서재필은 한문을 언급하고 있지만 그가 말하는 "남의 나라 글과 말"은 비단 한문이나 중국어에 그치지 않는다. 그는 다른 논설이나 글에서 한문보다는 서양어를 더 많이 언급하고 있다. 서양 문헌을 국문(한글)으로 번역하여 외국어를 모르는 백성들에게 읽혀 교육하여야 한다고 힘주어 말한다.

최남선은 일본 유학 생활을 하면서 일본 근대화 과정에서 번역이 일본 사회와 문화에 엄청난 영향을 끼쳤다는 사실을 깊이 깨달았다. 19세기 초엽만 하여도 일본은 이웃나라 조선이나 중국과 크게 다르지 않았다. 이 무렵 서양 열강들이 일본 근해까지 출몰하여 직접 교역과 개방을 요구하였지만 막부(幕府) 정부는 한국이나 중국과 마찬가지로 철저한 쇄국정책을 고수하고 있었다. 그러한 와중에 나마무기[生麥] 사건이 일어나고 매슈 페리 제독이 이끄는 흑선(黑船) 함대가 내항하는 등 충격적인 사건이 잇달아 일어난다. 서양과 몇 차례 전쟁을 치러 패배한 일본은 하루아침에 굳게 걸어 놓았던 빗장을 풀어젖힌다. 서양에게 패배하였다는 사실을 깨닫자마자 쇄국의 이데올로기였던 이른바 존왕양이론(尊王攘夷論)을 버리고 막부를 몰아내는 메이지 유신을 단행하기에 이른다. 또한 메이지 정부는 서양 문물을

<hr>

8) 『독립신문』 제2권 제92호, 1897.8.5.

받아들이기 위하여 유럽과 미국에 유학생들을 보내고 시찰단을 파견한다.

그러나 유학이나 시찰보다 일본 근대화에 훨씬 더 큰 영향을 끼친 것이 바로 서양 서적의 번역이었다. 이 무렵 외국어를 구사할 수 있는 지식인들은 모국어를 해독할 수 있는 사람이라면 누구나 쉽게 접할 수 있도록 서양 책들을 일본어로 번역하기 시작하였다. 서양문화를 받아들이기 위해서는 번역처럼 좋은 수단이 없다는 생각이 널리 퍼지면서 번역서들이 그야말로 홍수처럼 쏟아져 나왔다. 겨우 몇 년 사이에 수만 권이 번역되어 나올 정도였다. 번역서의 분야도 무척 다양하여 거의 모든 영역에 걸쳐서 번역이 이루어졌다. 특히 역사, 지리, 법률, 정치, 과학과 관련한 책이 많았다. 예를 들어 몽테스키외의 『법의 정신』(1748)을 비롯하여 애덤 스미스의 『국부론』(1776), 존 스튜어트 밀의 『자유론』(1859) 등의 저서가 일본어로 번역되어 나왔다.

물론 이렇게 한꺼번에 번역서가 많이 쏟아져 나오다 보니 어떤 책

목판화 우키요에[浮世繪]에 묘사한 매슈 페리 제독. 그는 일본이 개항하도록 하는 데 결정적 역할을 하였다.

들은 수준에 크게 미치지 못하는 것들도 있었다. 졸역에서 오역에 이르는 번역서들이 적지 않았다. 또한 번역을 서두르다 보니 헨리 휘튼의 『만국공법』(1836)처럼 원어에서 직접 번역하지 못하고 한문으로 번역한 것을 다시 일본어로 중역한 책도 있었다. 그러나 번역 수준이나 중역에 크게 관계없이 이 무렵 일본에서 출간되어 나온 온갖 번역서는 근대화나 문명개화라는 나무가 자라나는 데 그야말로 소중한 밑거름이 되었음은 두말할 나위가 없다.

이처럼 에도 막부를 무너뜨리고 근대 자본주의 체제로 전환한 메이지 유신의 기관차는 번역이라는 동력이 없이는 움직일 수 없었다. 물론 일본의 번역 문화의 뿌리를 메이지 유신에 국한시키는 것은 옳지 않을는지 모른다. 그 뿌리는 메이지 시대를 넘어 에도 시대로 거슬러 올라가기 때문이다. 일찍이 독일어에서 네덜란드어로 중역한 해부학 저서 『해체신서(解體新書)』를 1774년 일본어로 번역하면서 서양 저서의 번역은 그 화려한 막이 오른다. 이 책의 번역은 비단 해부학의 도입과 발전에 그치지 않고 좁게는 서양 의학, 넓게는 란가쿠[蘭學], 더 넓게는 서양 학문으로 이어진다. 중국 문헌을 번역의 관점에서 새롭게 바라보기 시작한 것도 바로 이 무렵이었다. 마루야마 마사오[丸山眞男]와 가토 슈이치[加藤周一]가 『번역과 일본의 근대』(1998)에서 지적하듯이 중국의 한자를 자국의 문자로 인식하고 생활해 온 일본인들은 에도 시대에 이르러 비로소 한자를 외국어로 인식하고 한자로 된 문헌을 번역을 함으로써 그것을 자신들의 문화에 접목시킬 수 있었다.9) 일본인들은 이처럼 번역을 촉매로 삼아 자신의 언어

---

9) 마루야마 마사오·마루야마 마사오, 임성모 역, 『번역과 일본의 근대』, 서울 : 이산, 2000,

러시아를 근대화시킨 주역 표트르 대제. 최남선에게 그는 러시아 근대화의 상징으로 본받아야 할 인물이었다.

적 정체성을 자각하기 시작하였던 것이다.

최남선은 이렇게 번역이 일본의 근대화에서 견인차 역할을 하였다는 사실을 잘 알고 있었다. 비록 시기적으로는 일본에 뒤늦었지만 한민족도 번역을 수단으로 삼아 서구 문물을 받아들이고 세계와 나란히 발을 맞추지 않으면 안 된다는 사실을 깨달았다. 그의 말대로 '세계의 대국'이 바로 눈앞에 펼쳐져 있는데도 이러한 역사적 사실을 외면한다면 세계의 진보에서 도태될 수밖에 없을 것이다. 최남선은 "잠자는 그대의 민족을 일깨우라. 기울어가는 그대 나라를 조선정신으로 세우라"고 외친다. 그런데 아직도 깊은 잠에 빠져 있는 민족을 일깨우고 조선 정신으로 무장하는 수단은 다름아닌 번역이었다.

최남선은 『소년』 창간호부터 '소년사전(少年史傳)'이라는 고정 난을 만들어 「러시아를 중흥식힌 페터(彼得)大帝」라는 글을 몇 차례에 걸쳐 연재한다. 이 글에서 그는 표트르 대제가 유럽의 여러 나라를 순방하며 문명개화된 모습을 보고 돌아와 그대로 시행한 점을 높이 평가한다.

30~31면.

또 여러가디 유롭파 書籍을 飜譯식혀 泰西 思想을 輸入하야다가 根本的으로 그 臣下들을 유롭파적으로 만들녀 하고 (…중략…) 果斷勇力으로 開化明進의 일을 敢爲하니 이 일이 곳 러시아 史上에 錦繡를 裝飾한 폐帝의 魏勳이오 또 後史氏가 폐帝의 偉業을 讚頌하난 點일라. 噫吁乎라 쏘 장하도다.[10]

문명개화를 꿈꾸는 최남선에게 유럽의 선진 국가를 향하여 총력을 기울이는 러시아의 황제 표트르의 모습은 그야말로 본받아야 할 이상적인 인물이었다. 표트르가 '개화명진'을 위하여 한 일이 많지만 특히 유럽의 여러 서적을 러시아로 번역하여 서구 사상을 '수입'한 사실을 높이 평가한다. 여기에서 최남선은 '수입'이라는 말을 사용하면서도 조금도 부정적인 함의를 두지 않는다. 그에게 수입은 부끄러운 일이 아니라 차라리 '과단용력' 있는 일이기 때문이다. 최남선은 위 인용문의 전반부를 본문 활자보다 두세 배로 크게 키워 시각적으로 강조한다. 또한 후반부도 글자마다 방점을 찍어 독자들의 주의를 환기시킨다. "噫吁乎라 쏘 장하도다"라는 마지막 문장에서 엿볼 수 있듯이 그는 표트르 대제의 개혁 정신에 자못 깊은 감명을 받았다.

이렇듯 최남선에게 번역이란 서양 문물을 실어 나르는 거룻배와 다름없었다. 서양 문물이 바로 눈앞에 놓여 있어도 거룻배 없이는 그 물건을 강 이쪽 편으로 날러올 수 없을 것이다. 그리하여 그는 거룻배를 만드는 작업에 박차를 가하였다. 20세기 초엽 한편으로는

10) 최남선, 「러시아를 중흥식힌 페터(彼得)大帝」, 『소년』 제1년 제2권, 1908.12.1, 62~63면.

'세계적 지식'과 호흡하기 위하여 민족의 귀중한 옛 책들을 다시 간행하고, 다른 한편으로는 외국 작품을 한글로 번역하여 널리 소개하였다. "나아갈 압길은 잇서도 물너갈 뒷길은 아니 가젓다"는 깃발을 내걸고 그가 전개한 신문화 운동의 마차는 이렇게 두 바퀴로 서서히 움직이기 시작하였던 것이다.

2. 『소년』의 창간과 번역

최남선이 1908년 11월 종합잡지 『소년』을 창간한 것은 근대 번역 문학사에서 그야말로 획기적인 사건이었다. 이 잡지를 내면서 그는 "우리 大韓으로 하야금 少年의 나라로 하라. 그리하랴 하면 能히 이 責任을 勘當하도록 그를 敎導하여라"는 깃발을 높이 내건다. 또한 최남선은 이 잡지를 두고 "활동적, 진취적, 발명적 대국민을 양성하기 위하야 出來한 明星"이라고 밝히기도 한다.11) 흔히 금성이나 효성으로 일컫는 '샛별'은 새벽하늘에 뜨는 별로 장래에 큰 발전을 이룩할 만한 사람을 비유적으로 이르는 말이지만 여기에서는 그러한 젊은이들을 이끌어 줄 잡지를 가리킨다. 그의 말대로 『소년』은 근대 계몽기에 새벽을 밝히는 샛별로서의 역할을 충실히 담당하였다.

그러고 보니 우리나라에서 해마다 11월 1일을 '잡지의 날로' 정하여 기념하는 것도 무리가 아니다. 이 날은 바로 『소년』이 처음 세상에 나온 날이기 때문이다. 물론 이보다 10여 년 앞서 1896년 2월 일

---

11) 최남선이 쓴 이 문구는 『소년』 창간호(1908.11.1) 겉표지에 적혀 있다.

본에 유학 중인 조선 학생이 『친목회회보』라는 잡지를 출간하였고, 그 뒤에도 30여 종의 잡지가 쏟아져 나왔다. 그런데도『소년』이 창간된 날을 굳이 '잡지의 날로'로 삼는 것은 이 잡지야말로 근대적 의미의 첫 잡지요 잡지다운 잡지이기 때문일 것이다. 최남선이 창간한 잡지보다 비록 일찍 나왔어도 다른 잡지들은 계몽용 교재 같은 성격이 짙었고, 거의 대부분 일 년을 채 넘기지 못하고 종간하고 말았다.

『소년』은 종합잡지였지만 문학에 지면을 많이 할애하여 '준문학' 잡지로 보아도 크게 틀리지 않다. 특히 최남선은 창작 시를 비롯하여 전래 민요나 옛 시조 같은 우리 작품을 실을 뿐만 아니라 외국문학 작품을 번역하여 실어 근대 서양문학을 소개하는 데에도 크게 이바지하였다. 한국 근대번역문학사와 근대 서양문학이입사 연구에 개척자 역할을 한 김병철(金秉喆)은 이 잡지의 의미에 대하여 "개화기 잡지 중 서양문학 이입 소개 면에 있어서 가장 뛰어난 존재였으며, 일반적인 문학 지식뿐만 아니라 작품 번역이나 작가와 작품의 이입 소개 면에 있어서도 다른 개화기 잡지들의 추종을 단연 불허한다"12)고 밝힌다.

최남선이『소년』에 소개한 서양 문헌은 비단 외국문학 작품에 그치지 않는다. 문학 작품 말고도 서양의 위인전기를 비롯하여 역사가들이나 정치가들이 쓴 글도 함께 소개한다. 예를 들어「스마일쓰 선생의 용기론」이나「스마일쓰 선생 서절록(書節錄)」같은 글은 문학 작품이라기보다는 오히려 수필이나 논설에 가깝다. 스코틀랜드 출신인 새뮤얼 스마일스는 목사직을 버리고 저널리스로 활약한 사람

---

12) 김병철,『한국근대서양문학이입사연구』상권, 서울 : 을유문화사, 1980, 28면.

으로 근면과 절제 그리고 자기 향상 등을 역설한 『자조론』(1859)이라
는 책을 써서 전 세계적으로 이름을 떨쳤다. 최남선은 미국을 건설
한 국부 가운데 한 사람인 벤저민 프랭클린의 『자서전』(1971)에 나오
는 「좌우명」이나 「푸어 리처드 역서언(曆序言)」을 싣거나 헬런 켈러
의 자서전 『나의 평생』(1903)의 일부를 번역하여 소개한다. 이밖에도
영국의 종교개혁가 존 웨슬리, C. H. 하이트, E. J. 하디 등의 글을 싣
기도 한다.

그러나 최남선이 번역하여 『소년』과 『청춘』에 실은 외국 글은 논
픽션으로 범주화할 수 있는 작품 못지않게 허구적 산물이라고 할 문
학 작품이 훨씬 더 많다. 그가 번역하여 소개한 작품을 보면 서양 문
학에 대한 그의 상식이나 지식의 폭이 무척 넓다는 새삼 놀라게 된
다. 이솝우화를 비롯한 조너선 스위프트의 『걸리버 여행기』(1726,
1735), 대니얼 디포의 『로빈슨 크루소』(1719), 레프 톨스토이의 작품,
그리고 빅토르 위고의 『레미제라블』(1862) 등을 번역하여 싣는다. 최
남선의 관심은 비단 소설 같은 산문 작품에만 그치지 않고 제프리
초서와 존 밀턴을 비롯하여 조지 고든 바이런, 새뮤얼 스미스, 찰스
맥케이, 그리고 앨프리드 테니슨의 시 작품으로 이어진다.

3. 최남선의 첫 번째 번역 단계

최남선이 이렇게 외국문학 작품을 번역하여 소개하는 데에는 크
게 세 가지 과정이나 단계를 거친다. ① 작가와 작품 소개, ② 짧은

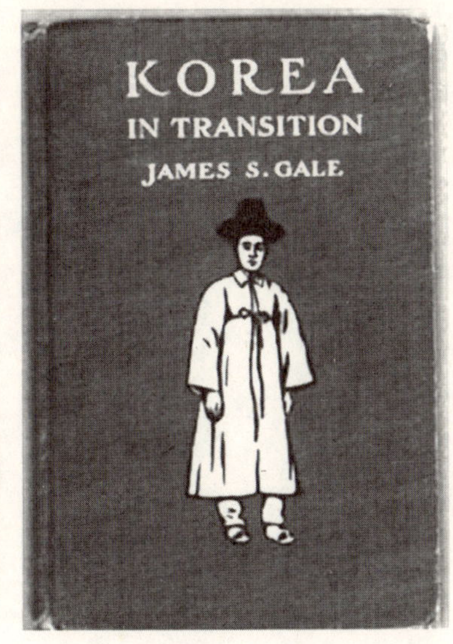

캐나다 출신의 선교사 제임스 게일이 영문으로 발간한 한국에 관한 두 저서.『코리언 스케치』와『전환기의 코리아』.

경구나 문장 소개, ③ 작품 번역이 바로 그것이다. 메이지 시대 문학의 연구가요 번역가인 일본 학자 야나기다 이즈미[柳田泉]는『메이지 초기의 번역 문학明治初期の翻譯文學』(1935)이라는 저서에서 서양 문학이 일본에 이입될 때 ① 일반적인 문학 지식의 이입, ② 개별적이고 구체적인 작가와 작품의 소개, ③ 작품 번역 등의 세 단계를 거쳐 이루어졌다고 지적한다.13)

　　이재선(李在銑)은 일찍이『한국 개화기소설 연구』(1972)에서 개화기 서양 번역문학이 한국에 이입된 과정도 야나기다 이즈미가 지적한 것과 동일한 과정이나 단계로 이입되었다고 주장한다. 이재선은 "서

---

13) 柳田泉,『明治初期の翻訳文学』, 東京 : 松柏館書店, 1935.

최남선이 호랑이를 형상화하여 한반도를 그려 한민족의 진취적 기상을 드러내었다. 『소년』 창간호 표지로 사용하였다.

구문학의 단편적인 지식의 이입이 먼저 선행하고, 그 다음에 번역이 이루어진다는 전제조건이 우리의 경우에도 그대로 옳다"[14]고 밝힌다. 그러나 방금 앞에서 언급한 김병철은 이재선의 주장을 반박한다. 그러면서 감병철은 "우리나라의 개화기에 있어서의 서양 문학 이입은 (…중략…) 3단 순서로 전개된 것이 아니라 동시에 한데 엉켜서 이입된 것이다"[15] 하고 지적한다. 그렇게 주장하는 근거로 그는 "우리 번역문학의 효시" 또는 "한국 번역문학사의 효시를 장식하는 책"[16]으로 일컫는 캐나다 선교사 제임스 게일(한국 이름 : 奇一) 부부가 존 번연을 종교소설을 번역한 『텬로력뎡(天路歷程)』과 '이동'이 이슬람 문학의 고전 『아라비안나이트』를 번역한 『유옥역전』을 꼽는다.

그런데 야나기다가 말하는 서양문학의 이입 과정이나 단계는 적어도 최남선의 경우에는 비교적 잘 들어맞는다. 최남선의 번역 과정

---

14) 이재선, 『한국 개화기 소설 연구』, 서울 : 일조각, 1972, 183~201면.
15) 김병철, 앞의 책, 69~70면.
16) 김병철, 『한국근대번역문학사연구』, 서울 : 을유문화사, 1975, 153·176면. 이하『한국근대번역문학사연구』로만 표기함.

이나 단계도 더러 예외가 없는 것은 아니지만 대략 야나기다가 말하는 순서에 따라 이루어진다. 첫 번째 단계는 외국 작가들이나 그들의 작품에 관하여 소개하는 것이다. 이 경우 작품 자체의 번역보다는 작품에 관하여 짤막하게 언급하거나 작가를 소개하는 것으로 그친다. 가령 최남선은 『소년』 창간호에서 다른 글을 싣고 남은 여백에 "러시아에는 톨쓰토이라는 유명한 어딘 사람이 잇나니 그의 사적을 쉬 내일 터이오"17) 하고 밝힌다. 이렇게 짤막하게 작가를 먼저 소개하는 것은

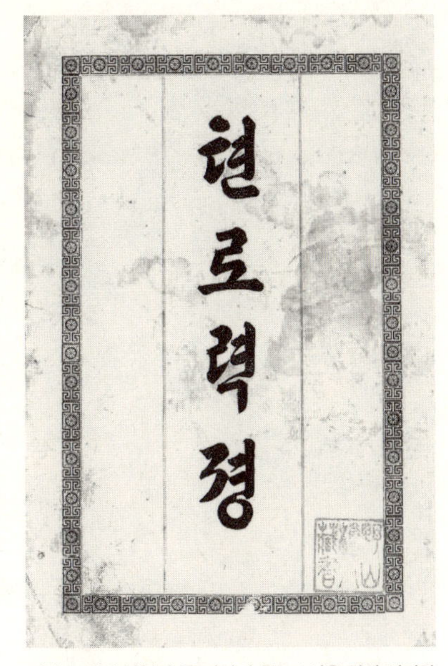

제임스 게일 부부가 존 번연의 종교소설을 함께 번역한 『천로역정』. 한국 번역사의 첫 장을 장식하는 작품으로 평가받는다.

음식에 빗대어 말하면 맛보기나 서양 요리의 오르되브르에 해당한다. 작품을 직접 선보이기 전에 작가를 먼저 소개함으로써 독자들의 구미를 당기게 하기 때문이다.

그로부터 몇 달 뒤 최남선은 『소년』에 '신시대 청년의 신호흡'이라는 고정 난을 신설하고, 그 네 번째 연재물로 「현시대 大導師 톨쓰토이 선생의 敎示」라는 글을 싣는다. '노동 역작의 복음'이라는 부제를 붙인 이 글에서 최남선은 톨스토이를 '현시대의 최대 위인'이요 '그리스도 이후의 최대 인격'으로 높이 평가한다. 이어 최남선은 그의 생애를 간략하게 소개한 뒤 그의 대표작에 대하여 자세히 설명한다.

---

17) 최남선, 『소년』 제1년 제1권, 1908.11.1, 56면.

'이동'이 이슬람 문화권의 고전 『아라비안나이트』를 번역한 『유옥역전』, 『텬로력정』과 함께 최초의 번역 작품으로 꼽힌다.

先生이 처음에는 小說家로 일홈을 나태내니 그 최초의 傑作은 『戰爭과 平和』(1864~1869)란 것이니 此作으로 因하야 先生의 러국 文壇에 처한 지위가 山斗에 擬하게 되고, 그 다음의 傑作은 『안나·카렌나』니 이는 先生이 半生의 관찰을 다하야 러국 班貴의 측면을 寫出한 것이라. 이로 因하야 先生의 名聲이 八域에 雷震하야 泰西 各國이 다토아 譯刊하얏스며 그 다음의 傑作은 『復活』이란 것이니 이는 先生의 著作 중에 가장 귀중한 것으로 꾀데의 『파우쓰트』와 쇠익쓰피여의 戲本과 짠테의 『神曲』 등과 갓히 萬世不朽의 大作이라 하난 것이라. 이 三書를 합하야 '톨쓰토이의 三大著'라 일컷나니라.[18]

이 글에서 최남선은 러시아의 대문호 톨스토이의 삶과 작품에 대하여 설명할 뿐만 아니라 그의 사상에서 일어난 일대 전환에 대해서도 언급한다. 톨스토이가 『안나 카레니나』(1877)를 출간한 뒤 쉰 살이 되었을 때 "문학적 여장을 벗고 법교적 자각으로" 들어갔다고 밝힌다. 여기에서 최남선은 두말할 나위 없이 톨스토이가 사해동포주의와 인류애에 기초한 기독교적 휴머니즘으로 전향한 사실을 언급하고 있다. 이 글을 읽는 독자들은 톨스토이가 과연 어떤 작가이며 어떤 작품을 썼는지 또한 그의 문학관이나 세계관에 어떠한 변화가 일어났는지 등을 비록 어렴풋하게나마 짐작할 수 있을 것이다. 또한 그가 쓴 작품을 직접 읽고 싶은 충동을 느낄 것이다.

위 인용문에서 최남선은 톨스토이를 소개하면서 요한 볼프강 폰 괴테와 단테, 그리고 윌리엄 셰익스피어를 언급하고 지나가기도 한

---

18) 최남선, 「현시대 大導師 톨쓰토이 선생의 敎示」, 『소년』 제2년 제6권, 1909.7.1, 6면.

다. 두말할 나위 없이 톨스토이의 『부활』(1899)을 단테의 『신곡』, 괴테의 『파우스트』(1832) 그리고 셰익스피어의 희극 작품과 함께 '만세불후의 대작'으로 간주하기 위해서이다. 중요한 작가를 집중적으로 소개하면서 최남선은 이렇게 간접적으로 다른 작가들을 즐겨 소개한다. 이러한 사정은 빅토르 위고의 경우에도 마찬가지여서 최남선은 '공육(公六)'이라는 필명으로 『소년』 두 번째 호에서 「나폴네온 대제전(大帝傳)」을 싣는다. '위인을 중심으로 한 각국 시대사(各時代史)'라는 고정 난의 두 번째 글이다. 이 글에서 최남선은 "프랑쓰國은 實노 이러한 形便이라 빅토루·유고가 그 名著 『미써레이블』에 형용함과 갓히 그때 사회는 마티 噴火山 꼭대기에 올녀논 形勢로 어늬 째 터딜난디 모를네라"19) 하고 말한다. 즉 나폴레옹을 전기를 번역하여 실으면서 위고와 그의 작품을 잠깐 언급하고 지나가는 것이다. 이렇게 함으로써 최남선은 말하자면 일석이조의 효과를 노릴 수 있다.

4. 최남선의 두 번째 번역 단계

외국문학의 이입과 관련하여 최남선이 시도하는 두 번째 단계는 외국 작가들의 경구적인 문장이나 명언, 격언 등을 뽑아 번역하는 것이다. 여기에서 그가 번역하는 글은 작게는 한 문장에서 많게는 서너 문장으로 되어 있다. 가령 『소년』 창간호에서 그는 '바다란 것은 이러한 것이오'라는 제목의 글에 존 릴리와 애디슨 같은 영국 작가의 글을 번

---

19) 최남선, 「나폴네온 대제전」, 『소년』 제1년 제2호, 1908.12.1, 14~15면.

역하여 싣는다. 예를 들어 바다에 대하여 릴리는 "大洋을 지휘하난 자는 貿易을 지휘하고 세계의 貿易을 지휘하난 자는 세계의 財貨를 지휘하나니 세계의 財貨를 지휘함은 곳 세계 總體를 지휘함이오"[20] 하고 말한다. 르네상스 시대 영국 시인이요 극작가인 릴리는 '위트의 해부'라는 부제가 붙어 있는 『유휘이스』(1580)라는 작품을 써서 널리 알려져 있다. 오늘날 미사여구를 즐겨 구사하는 화려한 문체를 '유휘이즘'이라고 일컫는 것은 바로 이 작중인물 이름에서 따온 것이다.

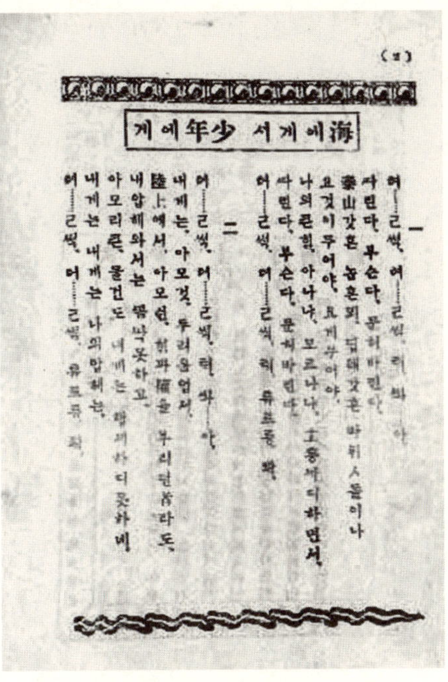

『소년』에 실린 최남선의 「해에게서 소년에게」. 새대한의 주인공인 소년의 진취적 기상을 노래한 작품으로 한국 최초의 신체시로 평가받는다.

　한편 최남선은 애디슨의 "내가 今日까디 目睹한 모든 물체 중에 海洋갓히 나의 상상력을 衝起하는 者ㅣ 없소"라는 말을 인용한다. 그런데 애디슨은 리처드 스틸과 함께 『스펙테이터』라는 잡지를 창간한 영국의 수필가요 시인인 조지프 애디슨임에 틀림없다. 앞으로 좀더 자세히 밝히겠지만 이 무렵 최남선은 어느 누구보다도 바다나 대양에 남다른 관심을 기울이고 있었다. 신대한의 소년이라면 바다나 대양 같은 웅대한 꿈과 이상을 품고 그것을 달성하기 위하여 매

---

20) 최남선, 「바다란 이러한 것이오」, 『소년』 제1년 제1권, 1908.11.1, 37면.

진하여야 한다고 생각하고 있었기 때문이다. 그러고 보니 최남선이 창작한 첫 작품이요 한국문학사에서 흔히 신체시의 효시로 일컫는 「해에게서 소년에게」를 쓴 것은 결코 우연한 일이 아니다. 그는 이 작품에서 새 시대를 열어갈 소년에 대한 기대와 문명개화를 실현해 나갈 의지를 노래하였다.

또한 젊은이에게 주는 짤막한 교훈을 모아놓은 '소년훈'이라는 고정 난에서 최남선은 서양의 여러 작가들의 말을 인용한다. 그런데 놀라운 사실은 그가 언급하는 작가들이 무척 다양하다는 점이다. 예를 들어 "이불 쓰고 두러눕거나 방석 쌀고 안자서 명성을 들날닌 사람은 업소"라는 단테의 말을 인용한다. "勇氣 없난 놈은 목숨이 씬 허지기 전에 수업시 죽음닌다"는 셰익스피어가 한 말을 인용한다. 또한 존 밀턴의 "살어서 적으려 하거던 차라리 죽어서 크시오"라는 말을 인용하는가 하면, "살엇단 것은 呼吸이 붓흠을 두고 이름이 아니라 事爲가 잇슴을 두고 하난 말이오"라는 장—자크 루소의 말을 인용한다.21) 이밖에도 최남선은 17세기 프랑스의 대표적인 시인이자 우화 작가인 장 드 라퐁텐을 비롯하여 18세기 영국의 풍자시인 알렉산더 포프, 역시 18세기 영국 시인으로 찬송가 가사를 많이 지은 윌리엄 쿠퍼, 19세기 미국 시인 헨리 롱펠로와 랠프 왈도 에머슨, 그리고 심지어 시인이요 비평가로 영국 상징주의 시단을 이끈 아서 시먼즈 같은 시인들까지 폭넓게 인용하기도 한다.

1910년부터 최남선은 '소년훈'이라는 고정난을 '소년 금광'이라는 이름을 바꾸고 아예 원문만을 싣거나 원문과 함께 번역문을 나란히

---

21) 최남선, 「소년훈」, 『소년』 제2년 제2권, 1909.2.1, 28면.

신는다. 가령 『소년』 제3년 제5권에는 조광조(趙光祖), 김시습(金時習), 강희맹(姜希孟) 같은 조선시대 학자들의 글을 원문인 한문 그대로 신는다. 그러다가 그 다음 호부터는 외국 작가들의 작품에서 따온 원문과 함께 번역문을 나란히 신는다. 그 가운데에서 몇 가지만 간추려 보면 다음과 같다.

> 깁히 덥흔 불이 가장 잘 타오. —쇠익쓰피어.
>
> Fire that is closest kept burns of all.

> 하늘을 허믈하지 마시오. 하늘은 그 職分을 다하얏소. 당신은 다 만 당신의 職分을 다하시오. —밀톤
>
> Accuse not nature, she has done her part; do thou but thine.

> 아첨은 바보의 먹이(食物)이오. —스위프트
>
> Flattery is the food of fools.[22]

이 중에서 셰익스피어의 "깁히 덥흔 불이 가장 잘 타오"라는 말은 무슨 말인지 뜻이 제대로 통하지 않는다. '깊이 덮은 불'이 무엇을 가리키는지 좀처럼 알 수 없기 때문이다. 『베로나의 두 신사』(1598)에서 뽑은 이 구절은 가장 잘 밀폐되어 있거나 덮어 둔 것을 가리키는 것 같다. 그렇다면 이 문장은 "가장 잘 밀폐된 불이 가장 잘 타오른다"로 번역하여야 좀더 정확할 것이다. 번역뿐만 아니라 영어 원

---

22) 최남선, 「소년훈」, 『소년』 제3년 제6권, 1910.6.15, 43~44면.

문도 부정확하기는 마찬가지이다. 가령 셰익스피어의 인용구에서 ‘most of all’이라고 하여야 할 것을 ‘most’를 빠뜨리고 ‘of all’만 표기하고 있다.

위에서는 주로 영국 작가의 작품만을 인용하였지만 ‘소년 금광’에서 최남선은 영국 작가 말고도 볼테르 · 몰리에르 · 라퐁텐 · 루소 같은 프랑스 작가들, 그리고 프리드리히 쉴러 같은 독일 작가들의 말을 번역하여 싣기도 한다. 이렇듯 최남선은 한국 작가에서 서양 여러 나라의 작가에 이르기까지 총망라하여 명구를 뽑아 번역한다. 그런데 영미 문화권 외의 작가의 경우에도 프랑스어나 독일어 같은 원문에서 직접 인용하지 않고 아마 영어로 인용한다는 점이 흥미롭다. 번역 원문을 영어로 된 텍스트에서 뽑았기 때문일 것이다. 무슨 까닭에서인지는 몰라도 이 무렵을 전후하여 최남선은 『소년』에서 영어를 부쩍 자주 사용하기 시작한다는 점도 주목해 볼 필요가 있다.

5. 최남선의 세 번째 번역 단계

국내 독자들에게 외국문학을 소개하는 마지막 단계로 최남선은 외국 작가들의 작품을 본격적으로 번역하여 싣는다. 첫 번째 단계와 두 번째 단계는 말하자면 이 세 번째 단계를 위한 준비 단계였다고 할 수 있다. 앞에서 언급한 야나기다 이즈미가 말하는 외국 작품의 이입 과정에서 작가와 작품 소개의 첫 단계, 그리고 짧은 경구나 문장 소개의 두 번째 단계를 거쳐 이제 마침내 직접 작품을 번역하여 소개하는 세 번째 단계에 이른 것이다. 최남선은 『소년』 창간호에 이솝우화 3편을 번역하여 「이솝의 이약」이라는 제목으로 싣는다. 이 우화에 대하여 그는 "이 이약은 偶語家로 古今에 그 쫙이 업난 이솝의 述한 것이라 世界上에 이와갓히 愛讀者를 만히 가던 책은 聖書 밧게는 쏘 업다하난 바ㅣ니"23) 하고 소개한 뒤 직접 우화를 번역하여 소개한다. 최남선은 앞으로 기회 있을 때마다 이솝우화를 편씩 번역하여 나누어 싣는다.

최남선은 『소년』 창간호에 이솝우화 말고도 조너선 스위프트의 풍자소설 『걸리버 여행기』 하권의 일부를 번역한 「거인국 표류기」를 싣는다. 스위프트의 이 작품은 『소년』 1909년 1월에 발행한 제2년 제1호에 실린 「거인국 표류기」 하편과 또 별도로 번역한 「소인국 표류기」를 한데 묶어 『썰늬버 유람기』라는 제목으로 신문관에서 '10전(錢) 총서'의 한 권으로 발간되었다. 이 작품에 대하여 최남선은 "珍怪한 일과 奇妙한 말이 足히 사람의 귀를 놀내일 만하외다" 하고 밝히는가 하면, "'쪼오지' 제1세 시절의 習俗을 풍자한 것이나 이러한 政治 寓話는 姑舍하고 다만 그 小說的 趣味로만 보아도 한 絶大한 妙味가 잇난 것이라" 하고 밝히기도 한다.24)

또한 최남선은 『소년』 제2년 제2권부터는 스위프트의 작품에 이어 대니얼 디포의 『로빈슨 크루소』를 번역하여 「로빈손 무인절도 표류기」라는 제목으로 연재한다. 그런데 이 작품은 이미 한 해 전에 김찬(金瓚)이 번역하여 의진사에서 『절세기담 라빈손 표류기(羅賓孫漂流

---

23) 최남선, 「이솝의 이약」, 『소년』 제1년 제1권, 1908.1.1, 24면.
24) 『소년』 제2년 제2권, 1909.2.1, 27면 (제2년 제10권, 1910.11.1, 속 면지 광고란).

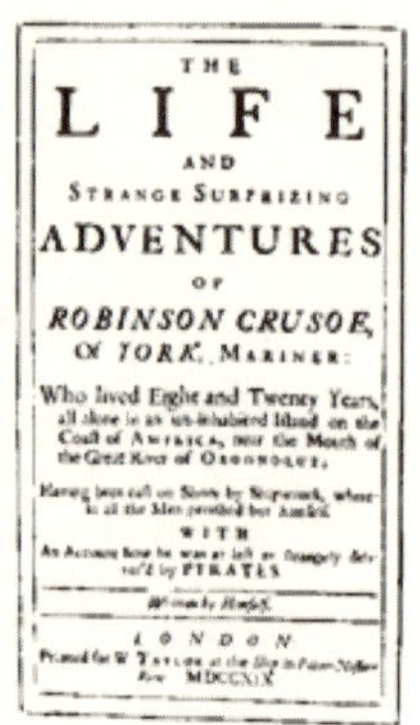

영국에서 간행된 대니얼 디포의 『로빈슨 크루소』 초판의 속 표지. 왼쪽에는 주인공 크루소의 모습이 그려져 있다.

記)』라는 제목으로 출간하였다. 이 무렵 이솝우화가 여러 곳에서 거의 동시에 나온 것처럼 디포의 소설도 서로 다른 사람이 번역하여 출간하였다. 아직 번역 저작권법이 실행되기 훨씬 이전이라서 번역자들은 아무런 구애를 받지 않고 자유롭게 번역하여 출간할 수가 있었기 때문이다.

최남선이 디포의 『로빈슨 크루소』를 번역하면서 이 무렵 번역 소설로서는 처음으로 주석을 붙이고 있다는 점을 찬찬히 눈여겨보아야 한다. 가령 주인공 로빈슨 크루소가 항구를 떠난 지 엿새 만에 겨우 도착한 '야아마우쓰 繫留處'에 대하여 최남선은 "逆風이 불든지 風浪이 이러나면 一時 碇泊하야 和日淳風을 기다리난 곳"이라고 풀이한다. 학술서는 몰라도 문학 작품을 번역하면서까지 주석을 붙일 것인가 하는 문제는 번역 이론가 사이에서 아직 논란거리로 남아 있다. 일부 이론가들은 번역에 반드시 주석을 붙여 독자들의 이해를 도와주어야 한다고 주장하는가 하면, 다른 이론가들은 주석이 작품을 읽는 데 걸림돌이 된다는 이유를 들어 굳이 설명이 필요하다면 번역문 안에서 자연스럽게 처리하여야 한다고 지적한다. 자칫 지나쳐 버리기 쉽지만 최남선이 디포의 작품을 번역하면서 각주를 단 것은 한국 근대 번역사에서 가히 획기적 일이라고 할 만하다.

물론 최남선이 주석을 많이 사용하는 것은 문학 작품보다는 논설이나 논설에 가까운 글을 번역할 때이다. 예를 들어 「쑤리탠國 德學 大家 스마일쓰 선생의 용기론」이라는 글에서 그는 인명과 내용을 설명하는 주석에서 문화적 배경을 설명하는 주석에 이르기까지 무척 다양하게 주석을 단다. 가령 '쎼이콘'에 대하여 최남선은 "쑤리탠國 유명한 近時 한 理學家"로 풀이하고, '스피노싸'와 '쎄카르트'에 대해서는 "제17세기 窮理學者"로 풀이하며, '코페르니쿠쓰'에 대해서는 간단하게 '푸루시아인'이라고만 풀이한다. 한편 최남선은 '물질적 용기'에 대해서는 "泰東의 선철이 血氣之勇이란 한 것과 다르니 功名에 썰녀서 奮發한 용기를 이름이라" 하고 풀이한다. '유물주의'에 대해서는 "정령이 安在하리오 물질이 곳 본체란 학설"이라고 설명한다.

그런가 하면 최남선은 이러한 내주(內注)와는 달리 세 번에 걸쳐 텍스트 밖에 별도로 반쪽에 이르는 긴 형식의 주석을 달기도 한다. 이러한 외주에서는 마치 학술서의 번역에 단 학구적 주석이 떠오른다. 또한 그는 '사도'("예수의 제자")를 비롯하여 '순교자'("올흔 일에 몸을 바린 사람을 이름")나 '무사도'("무사의 규범")에 이르기까지 꼼꼼히 주석을 붙인다. 그러나 이 경우는 주석이라기보다는 사전 풀이에 가깝다. 물론 그가 이렇게 자세하게 주석을 붙이는 것은 어디까지나 독자의 이해를 돕기 위해서일 것이다. 그러나 때로는 사족에 지나지 않는 주석도 있어 오히려 작품을 읽는 데 걸림돌이 되기도 한다.

스위프트와 디포의 작품 번역에 이어 최남선은 이번에는 레프 톨스토이의 작품을 잇달아 번역한다. 그가 이미 『소년』에 두 번에 걸쳐 톨스토이를 소개한 적이 있어 독자들은 이 러시아 작가가 그렇게 낯설지 않게 느껴질 것이다. 1909년 7월 「사랑의 승전(勝戰)」을, 같은 해 8월과 11월에 각각 「조손(祖孫) 삼대」와 「어룬과 아해」를 번역하여 싣는다. 그런데 여기에서 한 가지 흥미로운 것은 작중인물의 이름을 '순녀(順女)'나 '복녀(福女)'처럼 한국식 이름으로 바꾸어 번역한다는 점이다. 번역학이나 번역 이론에서 이러한 유형의 번역을 흔히 '번안(飜案)'이라고 부른다. 외국문학 작품의 줄거리나 사건은 그대로 두되 인물·장소·풍속·인정(人情) 등을 목표 언어에 맞게 개작하는 것을 말한다. 신소설이 태어나기 바로 앞서 개화기에 유행한 번안 소설이 좋은 예가 된다.

그런데 최남선이 톨스토이의 단편 소설을 번역하여 '나는 이 짜위 소설이 편기(偏嗜)'라는 고정난에서 싣는다는 점이다. 『소년』에는 연재물을 유난히 많이 싣고 있었고, 이러할 경우 제목을 따로 정하는 것이 관례였다. "이 따위" 운운 하면 자칫 앞에 언급한 대상을 낮잡거나 부정적으로 이르는 말처럼 들릴지 모르지만 최남선은 앞에 나온 것과 같은 종류의 것을 나열하는 말로 사용하고 있을 뿐이다. '편기'라는 말은 지나칠 정도로 치우쳐 좋아하는 뜻이므로 이 고정난은 최남선이 특별히 선호하는 외국 작품을 번역하여 소개하는 자리이다. 실제로 그는 서양 작가 중에서 누구보다도 이 러시아 문호를 유난히 좋아하였다.

최남선이 톨스토이를 좋아한다는 것은 1911년 8월호 『소년』에 톨스토이 서거를 맞이하여 '톨쓰토이 선생 下世 기념'이라는 특집호를 마련하는 사실을 보아도 잘 알 수 있다. 1910년 11월 톨스토이는 여행 도중 병에 걸려 랴자니 우랄선 중간의 한 시골역 근처에서 여든

두 살의 나이로 숨을 거두었고, 최남선에게 그의 죽음은 큰 충격이었다. 이 특집 기사에서 최남선은 「톨쓰토이 선생을 哭함」이라는 애도시와 함께 그의 전기와 연보를 싣는다. 그러면서 그는 이 위대한 문호가 살아 있을 때 그의 작품을 한국어로 번역해 내지 못한 사실을 한편으로는 부끄럽게 생각하고 다른 한편으로는 무척 애석하게 생각한다.

先生의 몸은 비록 한 나라에 살앗스나 그 思想과 發明은 世界의 共有ㅣ라. 모든 國語가 다 先生의 著作을 自己 庫中에 譯藏함으로 크게 滿足히 하난 바어늘 애닯다 우리 朝鮮語는 붓그럽게 그 한아토 옴겨내지 못하얏도다.

종작업시 하얏스나 그 短篇 멧 種이라도 朝鮮에서 곳등으로 飜譯한 者는 實노 우리 『少年』이니 대개 우리의 뜻은 未嘗不 先生의 生存 中에 그 名著를 一篇이라도 우리말노 記錄하야 선생끠 보시게 하기를 期約하얏스나 이내 드듸지 못하얏스니 섭섭하도다.[25]

위 인용문에서 최남선이 톨스토이가 비록 제정 러시아에 살았지만 국경을 뛰어넘어 여러 나라 독자들에게 감명을 준다고 밝히고 있다는 점에 주목할 필요가 있다. 다시 말해서 이 러시아 작가는 특수한 러시아 경험을 인류에 보편적인 문제로 끌어올리고 있다는 말이다. 최남선이 그를 그토록 좋아하는 것도 아마 그가 여러 작품에서 보편적인 주제를 다루고 있기 때문일 것이다. 그런데 최남선은 톨스

---

25) 최남선, 「톨쓰토이 선생을 哭함」, 『소년』 제3년 제9권, 1910. 12. 15, 1면.

토이의 작품을 한국어로 옮겨놓은 것이 하나도 없는 사실을 무척 애석하게 여긴다. 최남선이 둘째 단락에서 밝히듯이 그의 작품을 처음 한국어로 번역한 것은 바로 『소년』 잡지이다. 방금 앞에서 언급한 것처럼 톨스토이가 사망하기 한 해 전 최남선은 「사랑의 승전」과 「조손 삼대」와 「어룬과 아해」 등 세 작품을 이미 번역하였던 것이다. 그렇다면 최남선은 아마 이 세 작품을 톨스토이의 본격적인 작품이라기보다는 산문 소품 정도로 간주하는 듯하다. 그가 부끄럽게 생각하는 것은 톨스토이 문학을 대표할 만한 단편 작품이나 장편소설을 제대로 번역하지 않았기 때문일 것이다.

톨스토이가 갑자기 서거한 뒤 최남선이 한국어로 번역하여 소개하는 단편 작품은 톨스토이가 기독교적 휴머니즘으로 전향한 뒤 집필한 가장 대표적인 작품이라고 할 「한 사람이 얼마나 쌍이 잇서야 하나」를 비롯하여 「너의 니웃」과 「다관(茶館)」이다. 오늘날의 기준에서 보면 지나치다 싶을 만큼 진부하게 도덕과 윤리를 전달하려는 교훈적인 작품이지만 이 무렵 청소년 독자들에게는 더할 나위 없이 좋은 작품이었다. 실제로 이 가운데에서 첫 번째 작품은 오늘날까지도 청소년들한테 많이 읽히고 있다.26) 1914년 『청춘』 창간호에 최남

---

26) 최남선이 처음 선보인 톨스토이의 작품은 앞으로 10여 년 뒤에 이르러서야 비로소 본격적으로 한국에 소개되기 시작한다. 예를 들어 1918년 박현환(朴賢煥)은 『부활』을 『賈珠謝애화 해당화』라는 제목으로 번역하여 신문관에서 단행본으로 출간한다. 그 뒤 이 작품은 춘계생(春溪生)이 번역하여 1922년부터 1923년까지 『매일신보』에 연재하기도 한다. 그러나 이 작품이 좀더 본격적으로 번역된 것은 해방 뒤 1947년으로 이석훈(李石薰)이 번역하여 대성출판사에서 출간하면서부터이다. 1963년 함일근(咸逸根)이 정음사에서 발행하는 '세계문학전집' 전기 23권에 『부활』을 완역하기에 이른다. 한편 1921년에는 안서(岸曙) 김억(金億)이 번역한 『나의 참회』가 한성도서출판사에서 출간되었고, 1938년에는 조명희(趙明熙)가 번역한 『산송장』이 평문관에서 출간되었다. 또한 1948년에는 최운걸(崔雲杰)이 번역한 『사람은 무엇으로 사나?』가 정음사에서 출간되었다.

선은 톨스토이의 『부활』을 '재생'이라는 제목으로 번역하여 싣는다. 그가 얼마나 이 러시아 문호에 심취해 있었는지 가늠해 볼 수 있는 대목이다.

최남선이 톨스토이 다음으로 가장 좋아하는 작가는 프랑스의 소설가 빅토르 위고이다. 1910년 7월 『소년』 제3년 제7권에 『레미제라블』(1862)을 번역하여 「역사소설 ABC契」라는 제목으로 싣는다. 이 작품에 대하여 최남선은 "빅토르·유고(Victor Hugo)는 19세기 중 最大 文學家의 一이오 『미써리쌜(Les Meserables)』은 유고 著作 중 最大 傑作이라"27) 하고 밝힌다. 그러면서 그는 독자들에게 이 작품을 문학 작품보다는 어디까지나 교훈을 얻을 수 있는 역사적 기록으로 읽을 것을 권한다. 이처럼 이 무렵 그는 문학 작품의 예술적·심미적 기능보다는 공리적·실용적 기능에 무게를 싣고 있었다. 최남선이 위고의 작품에 얼마나 깊은 관심을 기울이고 있었는가 하는 것은 1914년 『청춘』 창간호에 이 작품을 번역하여 「너 참 불상타」라는 제목으로 다시 싣는 데에서도 엿볼 수 있다. 그로부터 몇 년 뒤 이 작품은 민우보(閔牛步)가 번역하여 『애사』라는 제목으로 1918년 7월부터 이듬해 2월까지 『매일신보』에 연재하여 관심을 끌었다. 해방 뒤 1949년에는 소설가 김광주(金光洲)가 위고의 이 작품을 다시 『인간무정』이라는 제목으로 번역하여 숭문사에서 출간하기도 하였다.

최남선은 디포의 『로빈슨 크루소』를 번역하면서 주석을 단 것처럼 『레미제라블』을 번역하면서도 주석을 붙인다. 앞의 작품에서 그리하였듯이 인명과 작품 그리고 서양 역사나 문화에 대한 이해를 돕기 위

---

27) 빅토르 위고, 최남선 역, 「역사소설 ABC契」, 『소년』 제3년 제7권, 1910.7.15, 32면.

하여 내주를 달 뿐만 아니라 좀더 길게 설명할 필요가 있는 때에는 별도로 텍스트 밖에 주석을 단다. 그런데 여기에서 한 가지 흥미로운 것은 주석에서 영어를 유난히 많이 사용한다는 점이다. 가령 '쿠우쩨타'에 대하여 최남선은 "不意에 兵力을 써서 政變을 行함을 '쿠우쩨타'(Coup d'etat)라 稱하나니라"고 설명한다. 또한 '공공권력', '개인 행복', '평등', '공평'에 각각 'public power', 'individual happiness', 'equality', 'equity'라는 영어를 붙여 놓는다. 심지어는 '마지막 시간'이나 '역사'처럼 굳이 주석이 필요할 것 같지 않은 경우에도 'last hour'니 '히스토리'니 하고 영어 원문이나 영어의 우리말 표기를 덧붙여 놓기도 한다.

이밖에도 최남선은 『레미제라블』을 번역하면서 '신성권(divine- right)', '자연권(natural-right)', '민권(rights of people)', '인권(rights of men)', '인도(human-ity)', '민주정치(democracy)', '공화정치(republic)', '문명(civilization)', '진보(pro-gress)' 같은 용어에도 영어를 삽입한다. 그가 이러한 용어에 굳이 영어를 붙이는 까닭은 이 용어가 하나같이 서양 사상과 문물이 이입되면서 처음 번역되어 사용하기 시작하였기 때문이다. 하나같이 서양에서 들어온 이러한 용어나 개념은 그 동안 유교나 유가 문화권의 영향을 받아 온 한국 독자들에게 서양 문물만큼이나 무척 낯설게 느껴질 것이다. 최남선도 이 점을 의식한 듯 "우리나라 일반 청년에게는 사실이 좀 어려운 중 더욱 譯文이 生硬하야 닑기가 편치 못할 듯하나 勉强하야 한두 번 닑으시면 三伏紅爐 중에 흘닌 갑슨 잇스리라 하노라"28) 하고 밝힌다.

---

28) 위의 글, 32면. 여기에서 최남선이 한국어의 '공부'에 해당하는 일본어 어휘 '勉强'을 사용하는 것도 흥미롭다. 또한 '三伏紅爐'를 언급하는 것은 이 번역문이 여름호 잡지에 실렸기

그런데 최남선이 주를 달고 있는 용어나 개념은 거의 대부분 '일본의 볼테르'로서 메이지 유신을 이끈 후쿠자와 유키치[福澤諭吉]를 비롯하여 모리 오가이[森鷗外]와 니시 아마네[西周] 같은 사상가들과 학자들이 처음 만든 것이다. 그들은 근대 이후 서양어를 대량으로 번역하는 과정에서 한자를 이용하여 새로운 용어나 개념어를 만들어 내었다. 이렇게 새롭게 만든 번역 어휘를 흔히 '신한어(新漢語)'라고 불러 에도 시대 말기에서 메이지 시대 이전의 일본식 한자어 또는 일본제 한자어와는 구별 짓는다. 과거에는 중국에서 한국과 일본으로 수출되었던 한자어가 도리어 일본에서 두 나라로 역수출되는 상황에 이르렀다.

예를 들어 후쿠자와는 한자로 사용하여 '개인'을 비롯한 '회의', '연설', '자유', '권리', '토론', '판권' 등 오늘날 하루에도 수없이 사용하는 번역어를 만들어 내었다. 계몽 교육자 아마네는 영어 'philosophy', 독일어 'Philosophie' 그리고 프랑스어 'filosofia'를 바탕으로 삼아 '철학'이라는 용어로 만들었다. 이밖에도 그는 '과학', '예술', '주관', '객관', '개념', '관념', '귀납', '연역', '명제', '긍정', '부정', '이성', '현상' 등 수많은 철학 용어를 만들어 내었다. 그런가 하면 메이지 시대의 독문학자 모리는 '정보'를 비롯한 신조어를 만들어 내었다. 물론 이러한 신조어들은 처음에는 심지어 일본 사람들한테도 무척 낯설었다. 그렇다면 국내 독자들에게는 더더욱 낯설게 느껴질 수밖에 없었을 것이다. 최남선이 굳이 이러한 신조어에 주석을 단 까닭을 알 만하다. 오늘날의 독자한테는 익숙할는지 모르지만 20세기 초엽의 독자한테는 마치

때문이다.

서양 사람들이 착용하고 있는 양복이나 구두처럼 낯설었을 것이다.

　그런데 일본의 번역가들이 이러한 서양의 용어나 개념어를 만들어 내는 데 크게 두 가지 방법을 사용하였다. 첫 번째 방법은 '사회', '개인', '근대', '미', '연애', '존재' 등처럼 에도 시대 말기부터 메이지 시대에 걸쳐 번역을 위하여 신조어를 아예 처음으로 만들어 내는 것이다. 두 번째 방법은 '자연', '권리', '자유' 등의 경우처럼 이미 일본에서 사용해 온 한자어에 새로운 의미를 부여하는 것이다. 최남선이 『레미제라블』을 번역하면서 주석을 달고 있는 번역어들은 거의 대부분 전자의 경우에 해당한다. 그러므로 같은 번역어라고 하여도 전자는 함축적 의미에서 후자와는 조금 다를 수밖에 없다.[29]

　가령 최남선이 방금 앞에서 언급하고 있는 '민권'만 하여도 그러하다. 이 새로운 번역어에 대하여 마루야마 마사오와 가토 슈이치는 앞에서 언급한 대담집 『번역과 일본의 근대』에서 일본의 근대 사상가 미쓰쿠리 린쇼[箕作麟祥]가 프랑스어 'droit civil'을 번역한 것이라고 밝힌다. 그러면서 미쓰구리가 이 용어를 처음 만들었을 무렵 적잖이 비판을 받았다고 말한다.[30] 이 번역어를 비판하는 사람들은 '민권'이라는 용어는 논리적 모순이라고 지적하면서 백성[民]에게 권력[權]이 있다는 것이 도대체 말이 되느냐고 주장하였다는 것이다. 'right'란 어디까지나 개인의 권리를 뜻하기 때문에 '민권'이라는 의미로는 쓸 수 없기 때문이라는 것이다. 마루야마와 가토에 따르면 이 점을 맨 처음 간파한 사람이 바로 후쿠자와 유키지였다. 후쿠자

---

29) 야나부 아키라[柳父章], 서혜영 역, 『번역어 성립 사정』, 서울 : 일빛, 2003.
30) 마루야마 마사오 · 가토 슈이치, 앞의 책, 88~89 · 103면.

와는 사람들이 '민권'이라고 말하는 것은 '인권'과 '참정권'을 혼동하기 때문이라고 지적하였다.

또한 최남선이 『레미제라블』을 번역하면서 주석을 붙일 뿐만 아니라 경구적이라고 생각되는 문장에는 괄호 안에 영어 원문을 표기한다는 점도 눈여겨볼 만하다. 예를 들어 "꽃은 다만 칼을 감출 때에만 조흐다"라는 문장 바로 다음에 영어로 "Flowers were good only to hide the sword"라고 적는다. "善한 자는 純眞하여야 한다"는 문장 뒤에는 "The good must be innocent"라는 영어를, "漸進은 神의 全 政略이라"라는 문장 뒤에는 "Slow progress is the whole policy of God"라는 영어를 적는다. 마땅히 프랑스어로 표기하여야 할 터인데도 이렇게 영어로 적는 것을 보면 최남선이 이 작품을 한국어로 옮기면서 영어 번역본을 저본으로 삼았거나 영어 번역본에서 중역한 일본어 번역본을 저본으로 삼았기 때문일 것이다. 그런가 하면 젊은이들이 모여 사랑의 노래를 부르는 장면에서는 영어를 인용하지 하지 않고 아예 프랑스어 원문으로 직접 적는 것이 흥미롭다. 연가(戀歌)의 내용을 전하기보다는 아마 그 분위기를 전하는 데 초점을 맞추려고 하였기 때문일 것이다.

6. 산문 번역에서 운문 번역으로

최남선은 외국문학 작품을 번역하면서 처음에는 산문 쪽에 좀더 깊은 관심을 기울였지만 그렇다고 운문을 등한시하지 않았다. 앞에서 이미 밝혔듯이 그는『소년』제1년 제2권에 새뮤얼 F. 스미스가 쓴 애국시 「아메리카」를 시작으로 기회 있을 때마다 외국의 시 작품을 번역하여 싣는다. 그 이듬해에는 시인이 밝혀지지 않은 「대국민의 기백」을 비롯하여 제임스 먼트가머리의 「청년의 소원」, 찰스 맥케이의 「씌의 江畔의 방아ㅅ군」, 그리고 캐롤라인 F. 온의 「노작」 등을 싣는다. 시 작품을 실으면서 최남선은 "常綠繁陰 아래서 이러한 詩를 외옴도 한 樂事라"는 구절을 적어 놓는다.

이 구절에서도 엿볼 수 있듯이 최남선은 소설 같은 산문 작품을 다분히 공리적인 관점에서 번역한 것과는 달리 시 작품을 번역하면서는 공리성이나 실용성에서 벗어나 좀더 심미적이고 예술적인 측면에도 관심을 기울인다. 실제로 운문 형식을 취하는 시는 산문 형식을 취하는 소설과 비교해 볼 때 공리성이나 실용성에서 아무래도 떨어질 수밖에 없다. 이미 앞에서 언급하였듯이 최남선은 "동이 트고 해가 돗고 날이 다 가도 이러날 줄을 몰으며 남은 씨뿌리고 김매고 타작하야도 일할 줄을 몰으며 해가 지고 밤이 깁허도 불 켤 줄을 몰으니 이 사람이 웃더한 사람인가" 하고 말하며 젊은이들에게 중세의 잠에서 깨어나 서구 근대정신을 호흡할 것을 부르짖었다. 그렇다고 언제나 근대화를 이룩하는 일에만 매진할 수는 없을 것이다. 그의 말대로 때로는 녹음이 우거진 나무 그늘 아래에서 시를 읊조리며 '낙사', 즉 재미있고 즐거운 일도 즐겨야 한다. 비록 이 점을 염두에 둔다고 하여도 최남선이 번역하는 시 작품은 거의 대부분 적어도 교훈적이라는 점에서 공리적이라고 할 수 있을 것이다.

영국 시인이라는 사실을 제외하고는 지은이가 밝혀지지 않은 「대

성서 번역에 온힘을 쏟고 있던 미국 선교사들. 맨 앞줄 중앙에 앉아 있는 사람이 호러스 그랜트 언더우드.

「국민의 기백」은 영국에서 사회·지성·종교적 발전 문제를 다루기 위하여 1861년 창간한 잡지 『퀴버』에 처음 실린 작품이다. 사진이나 삽화를 싣는 이 잡지에는 현직 목사들이나 전직 목사들이 필진으로 많이 참여하였다. 이 잡지는 소설을 비롯한 산문 작품을 주로 실었지만 가끔 시를 싣기도 하였다. '전진(Progress)'이라는 원래 제목답게 진취적인 기상을 고취시키는 다분히 교훈적인 작품이다. 이 무렵 최남선이 추구하고 있던 이상과 잘 맞아떨어진다.

한편 「청년의 소원」을 쓴 먼트가머리는 스코틀랜드 태생의 신문 편집인으로 찬송가 작사가로도 유명하다. 무려 400여 곡의 찬송가 가사를 썼으며, 그 가운데에서 「시험 받을 때에」나 「예루살렘, 나의 행복한 집」을 비롯한 100편은 전 세계에 걸쳐 아직도 널리 불리고 있다. 1984년 미국 장로교 선교사 호러스 그랜트 언더우드(한국 이름 : 元杜尤)가 편찬하여 출간한 『찬양가』에는 먼트가머리가 작사한 찬송가 「턴당 굿치잇기」와 「예루살넴 복잇는디」 두 편이 수록되어 있다.

그러가 하면 「쯰의 강반의 방아ㅅ군」은 역시 스코틀랜드 시인 맥케이가 쓴 발라드풍의 민요이다. 영국 북서부 체스터 지방 강변에서 방앗간 일을 하며 살아가는 이 시의 화자는 비록 가난하지만 사랑하는 가족과 친구가 있으니 이 세상에서 부러울 것이 없다고 노래한다. 그러자 길을 지나가다가 우연히 이 말을 엿듣고 있던 헬 왕은 감탄하여 "자네 갓흔 사람은 / 우리 영국의 / 자랑하난 보배ㄹ세 / 귀한 방아ㅅ군"31) 하고 말한다. 자칫 계급 질서를 두둔하는 작품으로 읽을 수도 있지만 자신의 삶에 만족하며 살아가는 서민의 삶을 노래한 작품이다.

이렇게 노동의 신성함을 노래하고 주어진 삶에 자족하며 살아가는 모습을 노래한다는 점에서 온의 「노작」은 여러모로 「쯰의 강반의 방아ㅅ군」과 비슷하다. 「노작」은 한때 미국의 초등학교 교과서에 수록될 만큼 꽤 알려진 작품이다. 뉴잉글랜드 출신인 온은 톱으로 나무토막을 자르는 나무꾼에게 어떤 사람이 그 일이 무척 힘이 들겠다고 말하자 "물론 힘들지요. 하지만 아무 일도 하지 않는 것은 더욱 힘이 들지요" 하고 대답하였다는 일화에서 힌트를 얻어 지었다는 작품이다. 이 작품에서 시인은 무쇠로 연장을 만드는 대장장이 일에서 뙤약볕에서 밭일을 하는 농부, 거친 파도와 싸우며 바다에서 일하는 뱃사공, 그리고 인간의 영혼을 위하여 밤낮으로 일하는 정신노동자

---

31) 제임스 먼트가러미, 최남선 역, 「쯰의 호반의 방아ㅅ군」, 『소년』 제2년 제5권, 1909.5.1, 60면.

에 이르기까지 온갖 노동자들을 찬양한다. 일을 하지 않으면 먹지도 말라는 개신교 윤리를 엿볼 수 있는 작품이다.

그런데 여기에서 한 가지 주목할 것은 최남선이 「노작」을 번역하면서 소설을 번역할 때와 마찬가지로 주석을 달고 있다는 점이다. 두 번째 연의 "단단한 흙덩이를 / 밧가난 者야 / 너의들의 생각에 / 이 흙덩이가 / 녜로부터 詛呪를 밧다하리라"는 구절에 대하여 그는 비교적 자세하게 주석을 붙인다. 즉 "이 말은 太初에 人類의 始祖 아담과 이브가 하나님끠서 먹지 말나 하신 生命果를 먹은 罪로 '에덴' 福地에서 내치실 째에 그 刑罰노 土壤을 詛呪하야 아담을 苦롭게 하실 次로 하나님끠서 '내가 命하야 먹지 말나 한 나무의 實果를 먹엇스니 짜이 너를 因하야 詛呪를 밧고 네가 終身토록 수고하여야 먹을 것을 엇으리라'(「창세기」, 3장 17절) 하심을 引用함이니"32) 하고 밝힌다. 지금 생각해 보면 사족과 같은 주석이라고 할는지 모르지만 기독교가 아직 뿌리를 내리지 못한 이 무렵에는 아마 이러한 주석이 필요하였을 는지 모른다.

시를 번역하면서 최남선이 주석을 다는 것은 이 「노작」이 처음이다. 시 작품을 외국어 원문에서 직접 번역하였을 뿐만 아니라 번역 작품의 양으로 보아도 어느 누구도 따르기 힘들 만큼 많이 번역한 안서(岸曙) 김억(金億)만 하여도 좀처럼 주석을 달지 않는다. 가령 한국에서 첫 번째 역시집으로 일컫는 『오뇌의 무도』(1921)를 보면 샤를 보들레르의 「비통의 연금술」을 번역하면서 '헤르메쓰(헤르메스)'와 '마이다(마다스)'에 대해서만 간단하게 주석을 붙일 뿐이다. 작품의

---

32) 캐롤라인 F. 온, 최남선 역, 「노작」, 『소년』 제2년 제6권, 1909.7.1, 20면.

난해성이나 역사적 사실 또는 문학적 인유 등으로 말하자면 『오뇌의 무도』에 실린 작품이 훨씬 더 주석을 달 필요가 있을 것이다.

최남선의 번역 수준을 가늠해 보기 위하여 여기에서 잠깐 새뮤얼 스미스의 작품 「아메리카」의 번역문과 원문을 좀더 꼼꼼히 살펴보는 것이 좋을 것 같다. 번역자는 이 작품을 '아메리카 합중국 국가'라고 부르고 있지만 국가보다는 애국시로 간주하는 쪽이 더 옳다. 이 작품을 쓴 스미스는 미국 침례교 목사요 저널리스트로 1831년 친구의 부탁을 받고 이 시를 지었다고 알려져 있다.

내가 노래하야 기리난

自由의 故鄕이오,

우리 祖先이 둑고 사던 데오,

淸敎徒가 남에게 댜랑하난 곳인,

우리 나라여

山ㅅ구석 골ㅅ속까디라도

自由가 찌르를 우러옴닥이소사.[33]

My country, 'tis of Thee,

Sweet Land of Liberty

Of thee I sing;

Land where my fathers died,

Land of the Pilgrims' pride,

33) 새뮤얼 스미스, 최남선 역, 「아메리카」, 『소년』 제1년 제2권, 1908.12.1, 76면.

From every mountain side

Let Freedom ring.

"Sweet Land of Liberty"라는 구절은 원문에 좀더 충실하게 번역한
다면 "자유의 고향"보다는 "아름다운 자유의 땅"이나 "소중한 자유
의 나라"로 옮기는 것이 좀더 정확할 것이다. 영어 'land'는 ① 뭍, 육
지, ② 토지, 땅, ③ 영토, 지방, ④ 시골, 전원, ⑤ 나라, 국토, ⑥ 영역,
세계 등 여러 의미가 있으며, 어떤 뜻으로 옮기느냐에 따라 함축적
의미에서 조금씩 차이가 난다. 이 작품 전체 맥락에서 보면 '고향'보
다는 '나라'나 '땅'으로 옮기는 쪽이 옳다. 바로 앞 행 "My country,
'tis of Thee"의 'country'도 함축적 의미에서 이 'land'와 매우 비슷
하다. 그러므로 "My country…… / Of thee I sing"이라는 구절도 "내
가 노래하야 기리난 …… / 우리 나라여"로 옮기기보다는 "내 조국이
여…… 나는 그대를 노래하노라"로 옮기는 것이 좋다. 돈호법을 먼
저 사용한 뒤 그 대상을 다시 받아 옮겨야 시인의 의도를 훨씬 더 잘
살려낼 수 있을 것이다.

또한 넷째 행 "Land where my fathers died"도 "우리 祖先이 둑고
사던 데"로 번역하기보다는 "우리 선조가 죽은 땅"으로 옮기는 쪽이
더 낫다. 단순히 "둑고 사던 데"로 옮겨서는 그들이 종교적 자유를
지키고 또한 영국과 벌인 독립전쟁에서 자유를 지키기 위하여 목숨
을 바쳤다는 함의가 뚜렷하게 드러나지 않기 때문이다. 최남선의 번
역문에서 독자는 선조가 태어나 죽은 땅이라는 일반적 의미밖에는
읽을 수 없다. 모든 국민은 자신이 태어난 조국에서 살다가 죽게 마

련이다. 스미스가 사용하는 ‘my fathers’라는 어휘에서는 신앙의 자유를 찾아 죽음을 무릅쓰고 거친 대서양을 건너와 신대륙에 식민지를 개척한 청교도 순례자 선조(Pilgrim fathers), 그리고 영국의 식민주의에 맞서 피를 흘리며 독립을 쟁취하여 신생국가 미국을 세운 국부(Founding fathers)라는 의미가 강하게 함축되어 있다.

그렇기 때문에 다섯째 행 “Land of the pilgrims’ pride”도 “淸敎徒가 남에게 다랑하난 곳”보다는 “순례자들의 긍지가 살아 있는 땅”으로 옮기는 것이 좋다. 원문의 내용을 보면 미국이라는 나라는 순례자(청교도)가 자랑하는 나라라는 뜻이 아니라, 순례자(청교도)의 자긍심을 느낄 수 있는 나라, 또는 지금 이 땅에 살고 있는 사람들이 선조 순례자(청교도)가 이룩한 업적에 대하여 긍지를 느낄 수 있는 곳이라는 뜻이다. 그렇다면 최남선은 자랑이나 긍지의 주체를 잘못 이해하고 번역한 셈이다.

여기에서 ‘pilgrims’을 ‘청교도’로 옮기는 것부터가 옳지 않다. 좀 더 엄밀히 말하면 ‘청교도(Puritans)’와 ‘순례자(Pilgrims)’는 성격이 조금 다르다. 청교도들이나 순례자들이나 영국 국교의 권위와 형식에 반대하는 비국교주의자들이라는 점에서는 서로 비슷하지만 국교에 반대하는 방법에서는 차이가 난다. 영국 국교로부터 완전한 단절을 꾀하려는 순례자들과는 달리 청교도들은 국교와 완전히 단절하여 새로운 교회를 설립할 의도가 없었다. 그리하여 청교도들은 영국에 계속 남은 반면 순례자들은 박해를 견디지 못하고 1620년 마침내 메이플라워호를 타고 대서양을 건너와 신대륙에 ‘새 예루살렘’이나 ‘새 가나안 땅’을 건설하였던 것이다.

그런데 최남선이 번역한 시 작품들은 하나같이 직업적인 시인들이 쓴 작품이라기보다는 아마추어 시인들이 쓴 작품이다. 문학사의 한 귀퉁이에서 갇혀 있을 뿐 오늘날에는 별로 알려져 있지 않은 시인들이 거의 대부분이다. 이 점을 의식하였는지 최남선은 온의 「노작」을 싣고 난 바로 다음에 「농부가」를 실으면서 "이 詩도 쪼한 어늬 職業 詩人 아닌 친구의 天然한 情緖로서 나아온 詩라. 웃더케 그가 勞動 — 더욱 農事에 대하야 간절한 뜻을 부처 將來의 帝國建設者 우리 少年에게 가르침이 잇고자 함을 보아라"[34]고 밝힌다. 적어도 이 무렵 작가나 작품의 선택에서 최남선은 소설과 비교해 볼 때 시에서는 선별력이 훨씬 떨어진다고 할 수 있다. 그가 서양 문학사에서 중요한 위치를 차지하는 좀더 본격적인 작품을 번역하기 시작하는 것은 그로부터 몇 년 뒤의 일이다.

잘 알려져 있는 시인이건 잘 알려져 있지 않은 시인이건 근대 계몽기에 이렇게 외국 시를 국내 독자들에게 처음 번역하여 소개한 사람은 다름아닌 최남선이다. 『소년』이 창간된 1908년 이전까지는 주로 위인전기와 역사 그리고 소설만을 소개하였을 뿐 시에 대해서는 어떤 번역자도 이렇다 할 관심을 기울이지 않았다. 이러한 관례를 깨뜨리고 최남선이 시를 처음 번역하여 싣기 시작한 것은 선구자적인 각성이 없이는 좀처럼 할 수 없는 일이었다. 바로 이 점에서도 근대문학에서 그가 끼친 영향과 그가 이룩한 성과를 쉽게 간과할 수 없다.

---

34) 최남선, 「농부가」, 『소년』 제2년 제6권, 1909.7.1, 20면.

7. 해양과 소년의 웅지

최남선이 번역하여 『소년』에 소개하는 시 작품 중에서 특히 눈여겨보아야 하는 작품은 그가 1910년부터 소개하기 시작한 작품이다. 이때부터 그는 영문학사에서 굵직한 획을 그은 조지 고든 바이런과 앨프리드 테니슨 같은 대표적인 시인들을 소개하기 시작한다. 바이런의 작품으로는 「해적가(海賊歌)」 번역하고, 테니슨의 작품으로는 「제석(除夕)」을 번역한다. 바이런의 작품은 그의 장편 서사시 『해적(The Corsair)』(1814)의 일부를 뽑아 번역한 것이다. 흔히 '터키 이야기'라는 이름으로 집필한 여섯 작품 중 세 번째 작품에 해당하는 『해적』은 출간 당일에만 무려 1만여 부가 팔릴 정도로 무척 큰 인기를 모았다. 바다를 찬양하고 해적을 이상적인 인물로 묘사하는 등 바이런이 자신의 낭만주의적 정서를 유감없이 발휘한 작품이다. 뒷날 주세페 베르디가 이 시를 토대로 『일 코사로』라는 오페라로 만들기도 하였다. 1863년 러시아의 안무가 마리우스 프티파가 다시 발레로 만들었고, 우리나라에서도 1994년에 국립발레단이 공연할 정도로 큰 인기를 끌었다.

최남선이 「빠이론의 해적가」라는 제목으로 번역한 부분은 세 칸토로 구성되어 있는 『해적』 중에서 첫 칸토의 첫 연으로 분량이 다섯 쪽밖에 되지 않는다. 이 장면에서 이 작품의 화자(話者)는 에게해(海)의 한 섬에서 해적들이 바다의 삶의 터전으로 삼아 자유분방하게 살아가는 모습을 찬양한다.

속깁히 무르녹아 파란 바다의

조흔 일이 잇난 듯 쒸노는 물 위

우리들의 생각이 限끗이 업고,

우리들의 마음이 自由로와서

바람 불어 지치난 盡頭싸지와,

물썰 닐어 춤추난 왼 地境 안을

우리의 帝國으로 알고 지내며

우리 사난 집으로 녁여 보노나. 35)

화자는 곧이어 이 작품의 주인공이요 해적의 두목인 콘라드를 소개한다. 콘라드는 깊은 우수에 젖어 있고 정열적이며 죄책감으로 언제나 고뇌에 차 있지만 죄를 뉘우치지 않고 방랑하는 전형적인 '바이런적 인물'이다. 그런데 최남선이 이 작품에 큰 관심을 보이는 것은 낭만적인 '바이런적 인물'보다는 그 인물이 자신의 "제국으로 알고 지내며" 또한 자신이 "사는 집으로 여기는" 활동 무대, 즉 드넓은 바다 때문이다. 앞으로 자세히 밝히겠지만 이 무렵 최남선에게 바다는 아주 각별한 의미가 있었다.

또한 최남선이 바이런의 작품을 7·5조의 리듬으로 번역한다는 점도 찬찬히 눈여겨볼 필요가 있다. 이 작품에서 바이런이 구사하고 있는 '운문으로 된 이야기'는 이미 스코틀랜드 시인이요 소설가인

---

35) 최남선, 「쌔이론의 해적가」, 『소년』 제3년 제3권, 1910.3.15, 4면. 위에 번역한 원문은 "O'er the glad waters of the dark blue sea, / Our thoughts as boundless, and our souls as free, / Far as the breeze can bear, the billows foam, / Survey our empire, and behold our home!" 이다.

월터 스코트가 널리 유행시킨 형식이다. 바이런은 이 작품에서 모두 세 칸토에 걸쳐 2행씩 운(韻)을 밟아 대구(對句)를 이루는 시 형식인 '영웅시격'을 사용한다. 약강(弱强) 5보격의 운을 밟는 이 형식은 『해적』처럼 일정한 줄거리를 지니며 모험담을 다루는 작품에 안성맞춤이다. 최남선도 이러한 원문시의 운율 특성을 염두에 둔 듯 한국의 고유 율격이라고 할 7·5조의 리듬으로 번역하였다.

그런데 지금까지 이 7·5조에 대하여 한국의 전통적인 율격이라는 주장과 일본에서 빌려온 율격이라는 주장을 두고 학자들 사이에 의견이 팽팽히 맞서 왔다. 그러나 이 율격은 본디 일본의 율격이 아니라 한국에서 일찍이 유행하던 것으로 알려져 있다. 백제시대 일본에 처음 한자를 전한 왕인(王仁)이 5세기 초엽에 지은 와카[和歌]「난파진가(難波津歌)」에서 이 율격을 처음 사용하였다. 더구나 일본에서 7·5조는 고대에 천황들이 한국 신(神)을 제사 지내던 축문이라고 할 카구라노우타[神樂の歌]가 영향을 끼쳤다는 것이 일본 학자들의 통설이다. 또한 백제 가요 「정읍사」에서 자주 사용하는 3·4·5조 율격도 넓은 의미에서는 7·5조로도 볼 수 있다. 그렇다면 이 율격은 일본의 것이 아니라 본디 한국의 고유한 율격인 셈이다. 물론 최남선이 바이런의 작품을 옮기면서 일본 번역자 키무라 타카타로[木村鷹太郎]가 번역한 것을 중역하였기 때문에 이 과정에서 일본인 번역자가 사용한 율격을 그대로 옮겨놓았을 가능성을 배제할 수는 없다.[36]

---

36) 최남선에 이어 외국문학 작품을 많이 번역한 김억은 일본에서 7·5조와 5·7조를 완성시킨 시인 시마자키 토우손[島崎藤村]의 영향을 받은 것으로 알려져 있다. 김억이 사용한 이 율격은 그의 제자 김소월한테도 영향을 끼쳤다. 이와는 관계 없이 청록파 시인 박목월은 「나그네」와 「윤사월」에서 7·5조를 기본 율격을 사용한다.

「해적가」를 번역하여 발표한 지 세 달 뒤 최남선은『소년』에 바이런의 또 다른 작품 「대양」을 싣는다. 이번에는 그가 번역하지 않고 '오랑(鰲浪)'이라는 사람이 번역한 것으로 되어 있다. 그런데 문제는 '오랑'이 과연 누구인가 하는 것이다. 김병철은 '오랑'이 어쩌면 벽초 홍명희일는지 모른다고 추측하였다.37) 지금으로서는 정확히 알 길이 없지만 홍명희보다는 최남선으로 추측해 볼 수도 있다. 최남선은 '오랑'이 「대양」을 번역하여 발표하던 바로 그 해에 바이런의 「쌔이론의 해적가」를 번역하여 소개하였다. 그가 '육당'을 비롯하여 '육당학인(六堂學人)', '한샘', '남악주인(南嶽主人)', '곡교인(曲橋人)', '축한생(逐閑生)', '대몽(大夢)', '백운향도(白雲香徒)' 등 다양한 호를 사용해 왔다는 점도 그가 '오랑'일 가능성을 뒷받침한다. 더구나 이 무렵 잡지나 신문에 '오랑'이라는 이름은 두 번 다시 나오지 않는다. 자라 '오' 자와 물결 '랑' 자를 사용한다는 사실을 미루어보아도 이 호의 장본인이 최남선일 가능성이 높다.

「대양」은 「해적가」와 마찬가지로 바이런의 독립된 작품을 번역한 것이 아니라 장편 서사시(敍事詩)『차일드 해럴드의 순례』(1818)의 일부를 뽑아 번역한 것이다. "어느 날 아침, 잠에서 깨어나 보니 자신이 갑자기 유명해졌더라" 하고 말할 만큼 이 작품으로 바이런은 그야말로 하룻밤 사이에 유명한 시인이 되다시피 하였다. 지중해 여행을 배경으로 하는 이 작품은 사교적 환락 생활에 권태를 느낀 해럴드가 여러 나라를 여행하면서 각 지방에 얽힌 고사나 견문을 통하여

---

37) 김병철,『한국근대번역문학사연구』, 298 · 376면. 그가 이러한 추측을 펴는 근거로 김윤식의 주장을 든다. 김윤식, 「'소년' 誌攷」,『향연』창간호, 서울대학교 교양학부, 1969.2.28, 46면.

많은 것을 배우고 정신적으로 성숙해가는 과정을 그린 작품이다.

> 쮜놀아라, 너의, 깁고 식컴은 大洋아— —쮜놀아!
> 萬千雙 艨艟이 너의 위로 달려간들 너를 웃지해.
> 사람이 或 陸地 위에는 좀 작난한 痕迹을 내이기하나,
> 그 힘이 겨오 海邊에 와서 쯔치난도다.
> 질펀한 물 위에 잇난 欠 집은 모도다 네가 내인 것이라.
> 사람의 손에난 생채기는 손톱만콤도 업서.[38]

'오랑'이라는 번역자가 과연 누구이든 「해적가」와는 달리 「대양」
에서는 번역문 끝에 "『차일드 · 하롤드 여행기』에서"라고 원전을 밝
히는 것이 흥미롭다. 또한 '아마다(Armada)'와 '트라팔가(Trafalgar)'에
대하여 자세히 주석을 붙인다는 사실도 다시 한 번 눈여겨볼 필요가
있다. 그런가 하면 다른 번역 시와는 달리 「대양」에서는 두 쪽에 이
르는 긴 영어 원문을 덧붙여 놓기도 한다. 바로 이 점에서도 '오랑'
은 홍명희보다는 최남선일 가능성이 높다.

그런데 드넓은 바다를 소재로 한 바이런의 이 두 작품은 최남선에
게는 아주 각별한 의미가 있다. 그가 바다에 깊은 관심을 기울이고
있다는 것은 이미 잘 알려진 사실이다. 『소년』을 읽다 보면 바다의
거친 파도소리가 거의 언제나 귓가에 들리는 듯하다. 이 잡지의 창
간호 첫 장을 「해에게서 소년에게」로 장식하는 것은 결코 우연이 아
니다. 이 작품은 한국 최초의 신시 또는 신체시로서의 문학사적 의

---

38) 조지 바이런, 오란 역, 「대양」, 『소년』 제3년 제6권, 1910.6.15, 5면.

미를 떠나 젊은이들에게 망망대해에 씩씩하게 도전하라고 일깨운다는 점에서도 자못 의미가 크다. 단순히 바다를 뜻하는 '양(洋)'자가 서양을 가리키는 환유나 제유로 사용하는 것처럼 이 무렵 바다는 곧 서구 문명과 크게 다름없었다. 서구 문명은 거의 언제나 바다를 통하여 건너왔기 때문이다.

최남선은 국운이 점차 쇠퇴하여 국가의 운명이 풍전등화처럼 위태로운 상황에서 의욕을 잃은 청소년들에게 바다나 대양에 대한 모험을 일깨우면서 새로운 용기를 북돋아주려고 하였다. 대륙 쪽이 아니라 대양 쪽으로 젊은이들의 눈을 돌리려고 하였다는 점에서 그는 서재필과 비슷하다. 서재필도 좁게는 청나라, 넓게는 중화 문화권에서 벗어나는 것만이 근대화를 이룩할 수 있는 지름길이라고 생각하였다. 그러고 보니 최남선은 바다와 관련한 시를 창작하고 번역하였을 뿐만 아니라 해상 모험을 다룬 조나단 스위프트의 『걸리버 행기』나 대니얼 디포의 『로빈슨 크루소』를 번역한 것도 이와 같은 맥락에서 이해할 수 있을 것이다.

이렇게 최남선은 『소년』 창간호부터 바다나 대양에 무척 깊은 관심을 기울였다. 「해상 대한사」를 연재하면서 그는 "문자로만 푸러도 海는 넓음을 의미하고 말노만 드러도 큰 것이 생각되나니 그와갓히 바다는 廣闊혼 것 雄大한 것 深淵한 것이라. 그럼으로 天으로써 作配하야 우리 少年의 胸懷를 形言하고 岳으로써 牉緣하야 우리 少年의 志望을 摸寫난구려"39) 하고 말한다. 더구나 거대한 파도를 뚫고 바다로 나아가는 조선 소년이 마침내 도달하게 될 종착지는 두말할

---

39) 최남선, 「해상 대한사」, 『소년』 제1년 제1권, 1908.11.1, 33면.

나위 없이 서구 문명일 것이다. 최남선이 왜 '소년에게서 해에게'로 하지 않고 '해에게서 소년에게'로 하였는지 의문을 제기할 사람도 없지 않을 것이다. 그러면서 소년을 '발신자'가 아닌 '수신자'로 간주한 탓에 조선 소년은 지난 백 년 동안 성숙하지 못한 채 소년으로 계속 남아 있을 수밖에 없었다고 말할 것이다. 그러나 이러한 주장은 최남선의 의도를 제대로 헤아리지 않았기 때문에 얻은 엉뚱한 결론이다. 이 무렵 그에게 '수신자' 조선 소년이 지향하여야 할 목적지는 무릇 바다가 상징하는 서양 문명이었다.

최남선은 이번에는 빅토리아 시인 앨프리드 테니슨의 작품 「제석」을 번역하기도 한다. 모두 8연으로 되어 있는 이 작품은 얼핏 보면 바이런의 두 작품과는 전혀 관련이 없는 것 같지만 좀더 꼼꼼히 따져 보면 서로 연관되어 있음이 드러난다. 제1연에서 테니슨은 "울여라 울엉찬 鍾 / 碧落한 하늘 위에 / 날으난 구름에며 / 쩐뒤이난 밤ㅅ빗혜. / 올해는 오늘ㅅ밤에 / 죽으려 하난도다 / 울녀라 울어찬 鍾 / 그래 죽게 두어라"[40] 하고 노래한다. 바이런의 작품 못지않게 이 작품도 조선의 소년들에게 역동적이고 진취적인 기상을 일깨운다. 이 작품에서 최남선은 송구영신의 새해를 맞이하여 조선의 낡은 폐습은 종소리에 실려 보내 버리고 새 시대의 도래가 종소리에 실려 오기를 간구한다. 여기에서 최남선이 『소년』 창간호에서 "활동적, 진취적, 발명적 대국민을 향성하기 위하야" 이 잡지를 출간한다고 부르짖었다는 점을 다시 한 번 떠올리는 것이 좋을 것이다.

1914년부터 최남선은 영국문학사에서 최초의 시인으로 흔히 일컫

---

40) 앨프리드 테니슨, 최남선 역, 「제석」, 『소년』 제3년 제9권, 1910.12.15, 44면.

는 제프리 초서와 존 밀턴 같은 대표적
인 시인들의 작품을 번역하여 소개하기
도 한다. 그런데 최남선이 이러한 대표
적인 시인들을 번역하는 것은 새로운
잡지 『청춘』을 창간한 사실과 깊이 관
련되어 있다. 『소년』은 한일병탄(韓日倂
呑)을 비판하는 가사를 실은 것이 문제
가 되어 창간된 지 4년 만에 1911년 5월
통권 23호로 총독부에 의하여 강제 폐
간된다. 이 잡지가 폐간되자 최남선은
이번에는 『청춘』이라는 잡지를 창간한
다. 1914년 10월 창간된 이 잡지는 매달
2,3천 권이 팔릴 만큼 이 무렵 젊은이들

『소년』이 폐간 조치되자 이어 최남선이 발행한 월간
종합잡지 『청춘』. 서양문학 작품을 번역하여 소개하였
다.

사이에 크게 인기를 끌었다. 1915년 3월 조선총독부에 의하여 정간되
었다가 그 이듬해 5월 다시 인가를 얻어 속간호를 낸다. 이 속간호의
인기도 아주 대단하여 겨우 며칠 동안에 4천 권이 매진되고 재판을
찍을 정도였다. 『청춘』은 일본 제국주의 무단정치 아래에서 간행된
탓에 정치와 시사 문제는 다루지 못하였어도 민중의 계몽과 근대화,
민족의식 고취, 그리고 문학 발전에 크게 이바지하였다. 이 가운데에
서도 특히 외국의 문학 작품을 번역하여 소개함으로써 근대문학의
기틀을 잡았다는 점은 높이 평가할 만하다.

밀턴에 대한 언급은 최남선에 앞서 1906년 오늘날의 교육과학부
에 해당하는 학부(學部) 편집국에서 간행한 『만국사기(萬國史記)』에

처음 언급된다. 사학가 현채(玄采)가 역술한 이 책은 유럽의 역사, 그것도 혁명을 중심으로 한 정치사를 주로 다루고 있지만 가뭄에 콩 나듯 어쩌다 서양 문학에 대하여 언급하고 지나가기도 한다. 예를 들어 이 책에는 "詩家의 密爾敦은 失樂園 詩를 作ㅎ미 一代 宗匠이 되고"라는 문장이 나온다.41) 여기에서 '密爾敦'은 밀턴을 한자로 표기한 것이다. 그로부터 2년 뒤 목단산인(牧丹山人)이라는 사람은 『태극학보』에 기고한 글에서 이 "理想界의 先導者 밀톤, 쎅스피어 기타 無量無數의 偉人傑士가 特殊獨得의 力量을 所謂 四大機關의 上에 加ㅎ 結果로 其 精妙雄大호 富强音調를 發ㅎ는도다"42) 하고 밝힌다.

그러나 밀턴과 그의 작품을 단순히 언급하는 것에 그치지 않고 그의 작품을 한글로 직접 번역한 사람은 바로 최남선이다. '세계문학개관'이라는 고정 난에서 최남선은 밀턴의 서사시 『실낙원』(1667)을 처음 번역하였다. 작가와 작품을 소개하는 글에서 그는 "失樂園 작자 詩聖 밀톤은, 켐브리지대학을 졸업하고 二十年間을 政界에 飛躍하다가 크럼웰 共和政府 顚覆된 뒤 다시 文壇에 몸을 버리고 二十九 歲로부터 敍事詩에 뜻을 두어" 하고 말하면서 밀턴의 삶을 비교적 자세히 기술한다. 그런데 여기에서 놀라운 것은 밀턴을 '시성'으로 높이 평가한다는 점이다. 최남선은 계속하여 "四十六歲에 失明의 悲運에 陷아얏슨즉 失樂園은 실로 그 盲目時代의 著作이라" 하고 밝힌다. 더욱 놀라운 것은 밀턴을 단테와 비교한다는 점이다. 이

---

41) 현채 역, 『만국사기』 권21, 서울 : 학부 편집국, 1906, 17면.
42) 牧丹山人, 「最善의 文明開化는 各種 産業의 發達에 在홈」, 『太極學報』 제18호, 1908. 2. 24, 10면.

에 대하여 최남선은 "딴테의 神曲과 가치 地獄을 摸寫한 것이나 彼
는 詳細하고 此는 漠然하며 彼는 優美하고 此는 豪壯하야 同音異曲
에 각각 엇기 어려운 곳이 잇스니, 참 世界文學의 中天在 不朽할 珍
物이니라" 하고 결론을 짓는다.[43]

그런데 여기에서 한 가지 눈여겨볼 것은 최남선이 『실낙원』을 번
역하면서 원문 그대로 운문으로 번역하지 않고 산문으로 번역한다
는 점이다. 산문으로 번역하더라도 어차피 앞부분만을, 그것도 그
줄거리 중심으로 번역하기 때문에 크게 문제될 것은 없다. 모두 12
권으로 구성되어 있는 방대한 작품을 겨우 아홉 장밖에 되지 않는
분량에 번역한다는 것은 아예 처음부터 엄두도 낼 수 없는 일일 것
이다.

太古라도 天地開闢하기 몃 千萬年 이전 太古쩍에, '啓明星' 류시퍼(Lucifer)
라는 天使가 分外妄想으로 叛逆의 뜻을 품고 사단(Satan, 악마)이 되어서 宇
宙大神에게 활을 잡어단이다가 連戰連敗하야 瞬息間에 全陳이 陷沒하고 軍
隊까지 모도 虛空에 投落하야 캉캄한 混沌界를 通過한지 아흐래 만에 畢竟 黑
炎이 漲滿한 地獄에 到達하니라.[44]

최남선이 『실낙원』을 번역한 맨 첫 부분이다. 서사시의 관습에 따

---

43) 최남선, 「'실낙원' 머리말」, 『청춘』 제1권 제3호, 1914.12.1, 107면. 이보다 6년 뒤 1920년
   시인 노자영(盧子泳)이 밀턴과 『실낙원』에 대하여 "밀톤은 판수이엇으나 조곰도 낙망하지
   아니하고 펜을 둘러 파라짜이스·로쓰트 같은 名作을 세상에 傳하얏으며" 하고 언급하는
   것이 흥미롭다. 노자영, 「英氣의 함양」, 『개벽』 제4호, 1920.9.25, 58면.
44) 존 밀턴, 최남선 역, 「실낙원」, 『청춘』 제1권 제3호, 1914.12.1, 108면.

라 무사이 신에게 기원하는 처음 몇 행을 생략하고 곧바로 천상에서
반란을 일으킨 사탄이 지옥에 추락한 뒤 동지를 규합하는 장면으로
시작한다. 사탄이 동지를 설득하는 그 유명한 구절을 최남선은 "地
獄을 天國이 되게 하든지 天國을 地獄이 되게 하든지, 要하건댄 마
음 한 가지라. 우리의 野心은 王者의 地位라, 地獄의 王이 天國의 종
보담 낫지 안이한가" 하고 옮긴다. 기독교에서 말하는 천상의 위계
질서를 '왕' · '왕자' · '종' 같은 유교 질서에 빗대어 번역하는 것이
무척 흥미롭다.

그 뒤 최남선은 사탄이 새로 창조되는 인간 세계를 탐색하기 위하
여 출발하는 장면과 천상에서 하나님이 그 아들을 인간을 위하여 대
속하기로 결심하는 장면을 번역한다. 곧이어 사탄이 에덴동산에 침
투하여 아담과 하와를 유혹하여 낙원을 상실하게 하는 장면을 옮긴
다. 마지막 12권에서 하와와 아담은 예수 그리스도가 도래할 것이라
는 말을 들으며 미카엘의 손에 이끌려 낙원을 나서는 장면으로 끝을
맺는다.

　　이러한 豫言에 勇氣를 어더 始祖, 아담이 山에서 나려오다가, 마츰 잠이
　　쌔서 나오는, 이와를 맛나 天使의 督促으로, 오래 情드린, 에덴을 離別하
　　고 압헤 잇는 널은 世界로 거름을 옴기며, 여내, 에덴을 도라다보니 園을
　　守護하는 天軍의 劍光이 森嚴하기 서리빨 갓더라.45)

위 인용문에서도 엿볼 수 있듯이 최남선은 『실낙원』의 마지막 장

---

45) 위의 글, 108면.

면을 서사시의 분위기에 썩 잘 어울리게 자못 웅변적으로 옮긴다. 특히 위 인용문에서는 무려 일곱 번에 걸쳐 쉼표를 사용함으로써 인류의 조상이 에덴동산에서 쫓겨나는 아쉬움을 시각적으로 드러내려고 애썼다. 또한 최남선이 하와를 '이와'로 표기한다는 점도 찬찬히 눈여겨보아야 한다. 우리나라에서 '구약성서'는 '신약성서'와 비교하여 뒤늦게 번역되었다. 한글 구약성서 번역은 1897년에 처음 시작되었지만 성서번역자회는 20세기에 이르러야 비로소 호러스 G. 언더우드가 「창세기」와 「시편」을 먼저 번역하기로 확정지었다. 그리하여 마침내 1906년 말 일본 요코하마(橫浜) 복음인쇄소에서 『창셰긔』와 『시편』 두 권을 출간하기에 이르렀다. 이때 '아담'은 지금처럼 표기하였지만 '하와'는 '이와'로 표기하였다. 한편 일본어 성서에는 처음에는 '이와(イウ)'로 표기하다가 최근에는 '에바(エバ)'로 통일하여 사용하고 있다.

최남선은 『실낙원』에 이어 1915년에는 제프리 초서의 『캔터베리 이야기』를 번역하여 「캔터베리記」라는 제목으로 『청춘』에 네 차례에 걸쳐 연재하였다. 그는 밀턴을 '시성'이라고 부른 것처럼 초서를 '영국의 시성'이라고 부른다. 이 작품에 대하여 최남선은 "平生의 著述이 五十篇에 갓가우나 四十歲 以後에 지은 「캔터베리記」는 傑作 중 大傑作이니라" 하고 평한다.46) 모두 24편의 이야기 중에서 제6호에 '초서의 前題'를 비롯하여 '將官의 이약이'와 '학자의 이약이'를 싣고, 제7호에 '鄕儒의 이약이'와 '赦文장수의 이약이'를 실으며,

---

46) 최남선, 「캔터베리記」, 『청춘』 제6호, 1915.3.1, 96면; 제7호, 96~109면; 제8호, 84~87·78~80면; 제9호 47~86면.

제8호에 '쌔드집의 이약이'를 싣는다. 그리고 제9호에 마지막으로 '女僧의 이약이'를 싣는다. 그러니까 줄잡아 4분의 1정도에 해당하는 이야기를 줄여서 번역한 셈이다.

> 째는 春三月 望間 짱은 倫敦의 南部 싸우드웍(Southwork) 숫막 鎖金亭이라. 캔터베리 致誠을 가랴고 寂寂한 복로 房에 輾轉反側 홀로 누어 잠이 드냐말냐 하는 차에 쑤역쑤역 들어오는 二十九 名의 行人이 다가튼 致誠길이나 제각금 다른 職分 여러 번 前場장을 往來하야 묵은 傷處를 자랑는 듯한 文武兼全한 將官도 잇고 華麗한 마음과 가티 華麗한 衣服으로 밤낮업시 風流 속에서 놀아나는 그 아들 屬從(The Squire)도 잇고[47]

이 인용문은 『캔터베리 이야기』에서 흔히 '진체 서곡'으로 일컫는 첫 부분이다. 무엇보다도 판소리 사설을 연상하게 하는 구수한 문체를 구사하는 솜씨가 눈길을 끈다. 가령 『열녀수절춘향가(烈女守節春香歌)』에는 "이때는 때마침 춘삼월이라. 춘조는 비거비래 쌍쌍하여 춘정을 도웁는데, 사또자제 이도령이 연광은 이팔이요, 풍채는 두목지라"라는 구절이 나온다. 또한 『홍보가(興甫歌)』나 『수궁가(水宮歌)』에서도 이와 비슷한 구절을 쉽게 찾아볼 수 있다. 비교적 근대에 쓰인 고설이라고 할 『채봉감별곡(彩鳳感別曲)』에서도 "때는 춘삼월 망간이라 둥근 달이 낮같이 밝아 사람의 마음을 흔들어 놓았다"는 구절이 나온다. 이러한 구절은 한국 고전 작품에서 그다지 어렵지 않게 찾아볼 수 있다. 원문의 '사월'을 계절에 맞게 '춘삼월 망간',

---

47) 위의 글,『청춘』제6호, 1915.3.1, 96면.

즉 '음력 삼월 보름께'로 번역한 것이 이채롭다. 최남선의 고풍스런 번역은 "4월의 감미로운 빗줄기가 / 삼월의 가뭄을 뚫고 뿌리에 닿을 때면" 하고 현대어로 옮겨놓는 것보다 훨씬 더 감칠맛이 난다.

최남선이 시간적 배경뿐만 아니라 공간적 배경을 옮기는 솜씨도 뛰어나다. "쌍은 윤돈의 남부 싸우드웍숫막 쇄금정이라"라는 대목이 바로 그러하다. 런던 서덕에 있는 여관 '태버드인(Tabard Inn)'을 '숫막 쇄금정'이라고 옮기는 것이 무엇보다도 눈길을 끈다. '숫막'이란 술집이나 주막을 가리키는 옛 토속어로 이 고풍스러운 표현은 서양의 중세 이야기를 한국어로 번역하는 데 그야말로 썩 잘 어울린다. 같은 뜻을 지니고 있다고 하여도 '숫막', '술집', '주막', '주가', '여인숙' 사이에는 함축적 의미가 조금씩 다르다. 그렇다고 최남선이 술집을 언제나 '숫막'으로 번역하는 것은 아니어서 예를 들어 빅토르 위고의 『레미제라블』을 번역한 「너 참 불상타」에서 그는 '숫막' 대신에 '주막'이라는 어휘를 사용하기도 한다. 주인공 장발장을 묘사하는 첫 장면에서 "한 行人이 終日 굶고 百餘里 먼 길을 걸어 달이를 절눅절눅 하면셔 콜바쓰 酒幕 압헤 當하야"48) 하고 적는다.

또한 '태버드인'의 이름을 하필이면 왜 '쇄금정'이라고 번역하였는지 지금으로서는 정확히 알 길이 없다. 다만 '쇄금'은 자물쇠를 뜻하기 때문에 안전한 여관이라는 뜻으로 번역한 것이 아닌지 미루어

---

48) 빅토르 위고, 최남선 역, 「너 참 불상타」, 『청춘』 제1호 부록, 1914.10.1, 2면. 최남선이 '숫막'으로 표기하는 어휘는 '순막집'이라고도 한다. 예를 들어 김소월은 「귀쑤람이」에서 "山바람 소래. / 찬비 쯧는 소래. / 그대가 世上苦樂 말하는 날 밤에, / 순막집 불도 지고 귀쑤람이 우러라" 하고 노래한다. 김억은 『진달내꽃』(1925)에 실린 이 작품을 『소월시초(素月詩抄)』에 실으면서 '순막집'을 '酒幕집'으로 수정하였다.

볼 수 있을 뿐이다. 본디 'tabard'란 중세기 서양에서 농부들이나 수도승들 또는 보병들이 입는 소매 없는 상의를 가리킨다. 그러나 최남선이 여기에서 '쇄금정'이라는 어휘를 구사하는 것은 '숫막'처럼 고풍스러운 맛을 자아내기 위한 것인 듯하다. 방금 앞에서 언급한 『열녀수절춘향가』에 춘향의 어머니 월매가 집에 처음 찾아 온 이몽룡을 대접하기 위하여 온갖 안주를 차리는 장면이 나온다.

　　주효를 차일 젹기 안주 등물 볼작시면 고음시도 졍결하고 (…중략…) 술병치례 볼작시면 틔결 업난 빅옥병과 벽히슈상 산호병과 엽낙금졍 오동병과 목진 황시병 자리병 당화병 쇄금병 소상동졍 죽졀병 그 가온디 쳔은 알안자 젹젹동자 쇄금자를 차례로 노와난듸[49]

'쇄금정'은 온갖 술병을 나열하면서 언급하는 '쇄금병'이나 주전자를 나열하면서 언급하는 '쇄금자'와 관련이 있는 듯하다. 겉에 금물을 칠한 병이나 주전자인 쇄금병이나 쇄금자는 모두 술과 관련이 있는 그릇이다. 그렇다면 최남선이 '태버드인'의 이름을 굳이 왜 '쇄금정'이라고 번역하였는지 조금은 이해할 수 있다.

최남선은 『실낙원』이나 『캔터베리 이야기』 같은 영국 문학 작품에 그치지 않고 이번에는 『돈키호테』(1605·1615) 같은 스페인 문학 작품을 번역하기에 이른다. 「돈기호전기(頓基浩傳奇)」라는 제목으로 번역한 작품은 바로 근대소설의 효시는 평가를 받고 있는 스페인의 문호 미겔 데 세르반테스의 작품을 한국어로 옮긴 것이다. 최남선은

---

49) 『춘향전』(이가원 주), 서울: 태학사, 1995, 69면.

세르반테스를 두고 "'西班牙의 쉐익쓰피여'란 일홈까지 어든 該國 第一의 文學家"라고 밝힌다. 작가를 소개하면서 그는 "'가난이귀신은 文士허고 조흔 사이'란 셈으로" 궁핍한 생활을 하였다고 지적한다. 이 작품의 창작과 관련해서 최남선은 "채권자에게 역습을 당하야 또 鐵窓에 呻吟하는 몸이 되매 憤怒한 김에 獄中에서 著作한 것이 傑作 '돈·키호데'니라" 하고 말한다. 또한 이 소설을 집필한 목적에 대해서도 "武士的 冒險談에 荒唐無稽한 것이 만흠을 指摘하야 世人이 이것 愛讀하는 情熱을 冷却케 하자 함이니" 하고 밝힌다.[50]

그런데 여기에서 한 가지 흥미로운 것은 최남선이 세르반테스가 심혈을 기울여 『돈키호테』를 집필한 것이 아니라고 밝힌다는 점이다. 이와 관련하여 "當者는 그리 苦心한 著作이 아닌 듯도 하지마는" 하고 말한다. 최남선이 과연 무슨 근거로 그러한 판단을 내리는지는 알 수 없지만 빚쟁이한테 쫓기는 등 궁핍한 가운데 안정된 생활을 하지 못하고 감옥에서 이 작품을 썼다는 사실과 무관하지 않은 듯하다. 그러면서도 최남선은 이 작품이 세계 문단에서 큰 위치를 차지하고 있다고 평가한다. "時代의 潮流에 投하기 때문으로 發行 當時부터 썩 널니 世間에 傳誦되고 시방은 世界의 一大奇書로 『일리아드』와 『하믈렛』으로 아울너 三大寶典에 列하게 되엇으며 原書의 刊行이 百五十餘種이오 十五國語 不知幾 十種 譯本으로 世界文壇"[51] 운운 하고 밝힌다. 최남선이 이렇게 '삼대보전'을 말하는 것을 보면 호메로스의 서사시와 셰익스피어의 4대 비극에 대해서도 잘 알고 있는 것 같다.

---

50) 최남선, 「頓基浩傳奇」, 『청춘』 제2호, 1915.1.1, 109면.
51) 위의 글, 『청춘』 제2호, 1915.1.1, 110면.

바다에서의 모험에 깊은 관심을 기울여 온 최남선으로서는『일리아스』나『오디세이아』를 모를 리 없으며, 중세기 영국의 대표적인 작품인『캔터베리 이야기』를 잘 알고 있다면 르네상스 시대의 셰익스피어의 작품을 모를 리가 없을 것이다.

최남선의『돈키호테』의 번역은『캔터베리 이야기』의 번역과는 조금 다르다. 초서의 작품을 번역하면서 좀더 리드미컬한 운문에 신경을 썼다면, 세르반테스의 작품을 번역하면서는 산문으로 옮겨놓았다.

紀元 一千五百五十年間에 西班牙 首都 마드릿 南方 라만챠 村에 한 紳士가 잇스니 年紀는 近 五十이오 家族은 幼姪과 老妻오 親友는 敎僧과 痲醫라. 平生에 질기는 것이 武士修鍊의 冒險談인 고로 무엇이든지 武士의 일에 관한 小說이라면 寢食을 全廢하고 濃汁이 나도록 보고는 그 小說 中 人物이 되고 십허서 견듸지 못하는 性質이라.52)

최남선이『돈키호테』첫 머리를 번역한 부분이다. 두 작품 모두 작품의 시간적 배경과 공간적 배경을 제시하면서도 위 인용문의 배경 설정은『캔터베리 이야기』의 배경 설정과는 사뭇 다르다. "때는 춘삼월 망간 짱은 윤돈의 남부 싸우드웍 숫막 쇄금정이라"로 시작하는 초서의 작품 번역에서는 어깨가 절로 들썩거리지만 세르반테스의 작품에서는 좀처럼 그러한 흥을 느낄 수 없다. 최남선이 문학 작품을 번역하면서 운문과 산문을 구별하려고 무척 고심하였다는 사실을 알 수 있다.

---

52) 위의 글,『청춘』제2호, 1915.1.1, 110면.

방금 앞에서 지적하였듯이 최남선은 초서의 『캔터베리 이야기』를
판소리 사설에 가깝게 번역하였지만 세르반테스의 『돈키호테』를 번
역할 때 마치 신소설과 비슷하게 번역한다. 방금 위의 인용문을 읽
고 있노라면 가령 한국문학사에서 최초의 신소설로 평가받는 이인
직(李人稙)의 『혈(血)의 누(淚)』(1906)가 떠오른다. 이 소설은 "일청전쟁
(日淸戰爭)의 총소리는 평양 일경(一境)이 떠나가는 듯하더니 그 총소
리가 그치매 사람의 자취는 끊어지고 산과 들에 비린 티끌뿐이라.
평양성 모란봉에 떨어지는 저녁볕은 뉘엿뉘엿 넘어가는데"라는 문
장으로 시작한다. 생각해 보면 볼수록 최남선이 외국문학 작품을 한
국어로 옮기면서 무척 세심한 주의를 기울였음을 알 수 있다.

8. 번안, 중역 그리고 번역

최남선은 시나 소설 또는 수필 등 문학 장르에 구애받지 않고 자
유롭게 서구문학 작품을 번역하였다. 또한 그가 번역한 작품도 영국
과 미국 작품에서 프랑스·독일·러시아·스페인 작품에 이르기까
지 번역 대상 문화권의 범위도 무척 넓다. 그가 이렇게 주요 서구어
로 쓴 문학을 한국어로 번역하였다는 사실은 거의 기적에 가깝다.
국내나 일본에서 받은 외국어 교육을 미루어볼 때 그의 외국어 구사
력에는 한계가 있었기 때문이다. 최남선은 한문과 일본어는 자유롭
게 구사할 수 있었지만 영어를 비롯한 프랑스어와 독일어 등은 번역
할 만큼 그렇게 능통하지 못하였다. 그렇다면 그는 원문, 즉 기점 텍

스트에서 직접 번역하지 않고 일본어 저본으로 삼아 번역판을 한국어로 중역하였음에 틀림없다.

실제로 최남선은 『레미제라블』을 번역하면서 프랑스어 원문 텍스트에서 직접 옮긴 것이 아니라 어디까지나 일본어 번역본에서 중역하였음을 분명히 밝힌다.

> 나는 不幸히 原文을 닑을 幸福은 가지지 못하얏스나 일즉부터 그 譯本을 닑어 多大한 感興을 엇은 者로니 (…중략…) 여긔 譯載하난 것은 某日人이 그 중에서 「ABC契」에 關한 章만 剪裁摘譯한 것을 重譯한 것이니, 이는 결코 이 一臠으로써 그 全味를 알닐 만한 것으로 알음도 아니오[53]

위 인용문 첫 머리에서 최남선이 불행하게도 원문을 읽지 못하였다고 말하는 대목을 찬찬히 눈여겨보아야 한다. 그가 이 작품의 원문을 읽지 못한 것은 프랑스어 원서를 구할 수 없었기 때문이라기보다는 프랑스어 원문을 읽을 능력이 없었기 때문이다. 프랑스어는 말할 것도 없고 영어 구사력도 번역할 만한 수준이 되지 못하였다. 더구나 최남선은 일본어 번역본에서 중역하되 그것마저도 "모 일인이 (…중략…) 전재적역한 것"을 다시 중역하였다. 여기에서 '모 일인'이란 다름아닌 메이지 시대의 작가요 번역가인 하라 호이쓰안[原抱一庵]을 말한다. 김병철에 따르면 하라는 프랑스어 원본이 아닌 영어 번역본을 저본으로 삼아 일본어로 번역하여 『ABC組合』이라는 제목으로 1902년에 출간하였다.[54] 그러므로 엄밀히 말해서 최남선의 번

---

53) 최남선, 「녀 참 불상타 머리말」, 『소년』 제3년 제7권, 1910.7.15, 32면.

역은 이중 번역이라기보다는 세 나라 말에 걸쳐 번역이 이루어진 삼중 번역인 셈이다.

또한 위 인용문에서 눈여겨볼 필요가 있는 것은 "전재적역한 것을 중역한 것이니"라는 구절이다. '전재적역'이란 글자 그대로 전지가위로 필요 없는 나뭇가지를 잘라내듯 원문에서 부수적인 부분을 생략하고 핵심적인 부분만을 골라서 번역하는 방법을 가리킨다. 최남선은 『걸리버 여행기』를 번역하면서 "此書는 영국 유명한 문학가 스위프트 씨의 名著를 摘譯한 것이니 「로빈손 표류기」와 共히 세계에 저명한 海事小說이라" 하고 밝힌다. 또한 『레미제라블』을 번역하는 자리에서도 "프랑쓰國 쁵토르·유우고 원작, 『미쎄리쓸』에서 摘譯"하였다고 적는다.[55] 여기에서 그가 말하는 '적역'이란 '전재적역'을 줄여서 말한 것임에 틀림없다.

이밖에도 최남선은 '초역(抄譯)', '책역(冊譯)', '역출(譯出)', '적역(摘譯)' 등의 용어를 사용하고 있어 그가 말하는 중역도 그 스펙트럼이 무척 넓다는 사실을 알 수 있다. 이솝우화를 소개하는 글에서 그는 "新文館 편집국에 其一部를 번역하야 「再男伊工夫冊」 중 일 권으로 不遠에 발행도 하거니와 此에는 매권 4, 5節式 抄譯하고"[56] 하고 밝힌다. 두말할 나위 없이 '초역'이란 원문에서 필요한 부분만을 뽑아서 번역하는 것을 일컫는 말이다. 그러니까 완역(完譯) 또는 전역(全譯)과 반대되는 용어이다. 이러한 초역은 분량이 많은 원작을 줄

---

54) 김병철, 『한국근대번역문학사연구』, 73면.

55) 『소년』 제2년 제10권, 1910.11.1, 36면. 속 면지 광고란.

56) 『소년』 제1년 제1권, 1908.1.1, 24면. 속 면지 광고란.

여서 아동용 도서로 만들 때 주로 사용하는 방법으로 계몽적 성격이 강한 잡지 『소년』의 성격에 걸맞았다.

한편 조지 바이런의 『해적』의 첫 칸토를 번역하면서 번역문 끝에 최남선은 "木村鷹太郎 日譯을 冊譯한 것"[57]이라고 적어 놓는다. 그가 어떠한 유형의 중역을 두고 '책역'이라고 말하는지는 정확히 알 수 없지만, 키무라 타카타로가 7·5조의 일본어 율격으로 옮긴 것을 그대로 같은 율격으로 번역한 것으로 보아 아마 그대로 옮겼다는 의미의 '직역'으로 볼 수 있다. 또한 번역자가 임의로 뽑아서 번역하였다는 '선역(選譯)'의 의미로 받아들일 수도 있다. 그런가 하면 「쑤리댄國 德學大家 스마일쓰 선생의 용기론」이라는 글을 번역하면서 최남선은 "此編은 그 명저 『性行論』 중에서 譯出한 것이라"[58] 하고 밝힌다. '역출'이란 글자 그대로 풀이하면 번역해 낸다는 뜻이지만, 이 또한 '책역'과 마찬가지로 '직역'과 '선역'의 두 의미와 크게 다르지 않은 듯하다.

이렇듯 최남선은 일본어 번역본에서 여러 형태로 한국어로 중역하는 것에 대하여 아무런 자의식이나 죄의식을 느끼지 않았다. 이 무렵 번역의 수준이나 관행을 고려할 때 아마 이러한 방법 말고는 다른 방법이 없다고 생각하였기 때문일 것이다. 더구나 앞에서 이미 지적하였듯이 그는 일본어에서 중역하였다는 사실을 숨기지 않고 솔직히 털어놓는다. 중역하고도 원문에서 직접 번역한 것처럼 행세하는 요즈음 몇몇 번역가의 행태와 비교해 볼 때 최남선의 태도는

---

57) 최남선, 「'빠이론의 해적기' 머리말」, 『소년』 제3년 제3권, 1910.3.15, 8면.
58) 최남선, 「'스마일쓰 선생의 용기론' 머리말」, 『소년』 제2년 제9권, 1910.10.1, 5면.

오히려 본받을 만하다.

　최남선의 이러한 태도는 20세기 초엽 번역가들한테서 쉽게 찾아볼 수 있다. 예를 들어 홍명희는 '가인'이라는 필명으로 「서적에 대하야 古人의 찬미한 말」이라는 글을 기고한다. 이 글에서 그는 로마 시대의 웅변가 키케로를 비롯하여 윌리엄 워즈워스, 존 밀턴, 윌리엄 채닝, 윌리엄 고든 등이 책에 관하여 언급한 말을 번역하여 옮겨놓는다. 그런데 이 글의 끝부분에서 홍명희는 원문에서 직접 번역한 것이 아니라는 사실을 솔직히 털어놓는다.

　　두어 말삼 여러분게 말삼하여 두올 것이 잇스니 첫재는 本人이 서양 서책에서 번역한 것이 아니라 일본 坪內 박사의 저서(文學その折折)에서 重譯하온 것이라난 말삼이외다. 이다음에도 혹시 서양 것을 본인이 본지에 내거든 여러분은 서슴지말고 중역으로 인정하서 주시기를 바라나이다. 그러나 本人도 서양 두세 나라 말삼 할 날이 잇사올듯? 그때는 이 말이 無效가 되오리이다.[59]

　위 인용문에서 홍명희가 언급하는 '坪內 박사'란 다름아닌 메이지 시대의 영문학자 쓰보우치 쇼요[坪內逍遙]를 말한다. 그는 윌리엄 셰익스피어 작품을 일본어로 처음 번역한 사람으로 일본 근대문학이 성립하는 데 크게 이바지하였다. 홍명희는 쓰보우치의 문학평론집 『문학 그때그때』(1896)에서 책이나 독서에 관한 명언을 번역하였다고 밝힌다. 홍명희는 이렇게 중역의 출처를 밝힐 뿐만 아니라 독자

---

59) 홍명희, 「서적에 대하여 고인이 찬미한 말」, 『소년』 제3년 제3권, 1910.3.15, 65면.

들에게 앞으로도 자신이 이 잡지에 번역문을 실리게 되면 "서슴지 말고 중역으로 인정하여" 주기를 바라마지 않는다. 그러면서도 그는 앞으로 서양어 두세 가지를 습득하여 원문에서 직접 번역할 날이 오게 될는지 모른다고 그 가능성을 조심스럽게 내비치기도 한다.

9. 최남선의 작품에 끼친 번역의 영향

최남선은 작품을 창작하면서 번역한테서 진 빚이 무척 크다. 그가 직접 창작한 작품을 좀더 꼼꼼히 살펴보면 외국 작품에서 직접 또는 간접으로 영향을 받은 작품이 적지 않다는 사실이 밝혀진다. 다른 작가들의 경우처럼 그에게도 번역은 창작을 하는 데 촉매 역할을 하였을 뿐만 아니라 창작에 영감을 불어넣어 주기도 하였다. 몇몇 작가들이 모방을 흔히 창작의 모태로 삼는 것처럼 최남선은 번역을 창작의 원동력으로 삼았다. 물론 자신이 번역한 작품이 중요한 역할을 하였지만 다른 번역가들이 번역한 작품도 큰 몫을 맡았다.

예를 들어 한국문학사에서 흔히 신시 또는 신체시의 첫 작품으로 꼽히는 「해에게서 소년에게」만 하여도 그러하다. 최남선이 의성어를 한껏 구사하여 쓴 이 작품은 조선 후기의 가사(歌辭)나 민요 전통을 거의 그대로 계승하는 개화기의 계몽 가요인 창가(唱歌)와는 크게 구별된다.

텨…ㄹ썩, 텨…ㄹ썩, 텩, 쏴…아.

짜린다, 부슨다, 문허 바린다.

태산갓흔 놉흔 뫼, 딥태갓흔 바위ㅅ돌이나,

요것이 무어야, 요게 무어야,

나의 큰 힘, 아나냐, 모르나냐, 호통짜디하면서,

짜린다, 부슨다, 문허 바린다.

텨…ㄹ썩, 텨…ㄹ썩, 텩, 튜르릉, 콱.[60]

이 작품은 여러모로 서구시에서 영향을 받은 흔적을 쉽게 엿볼 수 있다. 최남선이 이 작품을 발표한 것은 1908년 11월 1일 『소년』 창간호이다. 실제로 그는 이 작품을 창작하는 데 조지 바이런의 영향을 받았다. 바이런은 장편시 『차일드 해럴드의 순례』에서 드넓은 바다의 모습을 힘차게 노래한다.

Roll on, thou deep and dark blue Ocean-roll!

Ten thousand fleets sweep over thee in vain;

Man marks the earth with ruin-his control

Stops with the shore;-upon the watery plain

The wrecks are all thy deed, nor doth remain

A shadow of man's ravage, save his own,

When, for a moment, like a drop of rain,

He sinks into thy depths with bubbling groan-

Without a grave-unknelled, uncoffined, and unknown.[61]

---

60) 최남선, 「해에게서 소년에게」, 『소년』 제1년 제1권, 1908.11.1, 1면.

쮜놀아라, 너의, 깁고 식컴은 大洋아—쮜놀아!

만천쌍 艨艟이 너의 위로 달녀간들 너를 웃지해.

사람이 或 육지 위에는 좀 작난한 痕迹을 내이기하나,

그 힘이 겨오 해변에 와서 쓰치난도다.

질편한 물 위에 잇난 尖 집은 모도다 네가 내인 것이라.

사람의 손에 난 생채기는 손톱만콤도 업서.(62)

이미 앞에서 밝혔듯이 바이런의 이 작품은 '오랑'이 「대양」이라는 제목으로 번역하여 『소년』 제3년 제6권에 실었다. 그러니까 시기적으로 본다면 최남선이 「해에게서 소년에게」를 발표한 것이 「대양」이 번역된 것보다 무려 2년이나 앞선다. 적어도 시간적 추이로 본다면 최남선은 이 작품을 쓰면서 바이런의 작품에서 영향을 받았을 가능성은 거의 없다.

그러나 '오랑'이 바이런의 작품을 한국어로 번역하기에 앞서 최남선은 이 작품을 일본어 번역으로 읽었을 가능성을 배제할 수 없다. '오랑'은 「대양」을 번역하면서 미야모리 아사타로[宮森麻太郎]와 고바야시 센류[小林潛龍]가 함께 일본어로 번역하여 편집한 『영미백가시선(英美百家詩選)』를 저본으로 삼았다. 이 시선에는 바이런의 이 작품이 「大洋に寄す」라는 제목으로 수록되어 있다. 최남선이 「해에게서 소년에게」를 발표한 한 달 뒤 『소년』 제1년 제2권에 새뮤얼 스미스

<段>61) "Childe Harold's Pilgrimage", *Byron's Poetry*, ed. Frank D. MacConnell (New York: Norton Critical Edition, 1978), p.82.
62) 조지 바이턴, 오랑 역, 「대양」, 『소년』, 제3년 제6권, 1910, 5면.</段>

의 「아메리카」를 번역하여 싣는다. 그런데 최남선이 저본으로 삼은 작품인 「아미리가(亞米利加)」 역시 미야모리와 고바야시의 『영미백가시선』에 수록되어 있다. 그렇다면 이 시집에서 최남선은 '오랑'이 한국어로 번역하기에 앞서 바이런의 작품을 읽었을 것이라고 충분히 미루어볼 수 있다. 이밖에도 최남선이 『소년』에 번역하여 싣는 「대국민의 기백」, 찰스 맥케이의 「씌의 강반의 방아ㅅ군」, 캐롤라인 F. 온의 「노작」, 엘리옷의 「정말 건설자」 같은 작품도 하나같이 『영미백가시선』에 수록된 작품이다.

그러나 좀더 찬찬히 살펴보면 최남선의 「해에게서 소년에게」는 바이런의 작품과는 적잖이 다르다는 사실이 밝혀진다. 최남선의 작품에서 화자는 바다이지만 바이런의 작품에서 화자는 인간이고 바다는 오직 피화자(被話者) 또는 피서술자(被敍述者)일 뿐이다. 또한 바다의 엄청난 역동성과 파괴력에서 볼 때도 바이런의 작품보다는 최남선의 작품이 훨씬 더 피부에 와 닿는다. 이러한 역동성과 파괴력은 제2연 "드르를퉁탕 벼락 소래를 내이면서, 바위ㅅ돌노 치싸흔 / 都邑의 城壁을 문흐질너, 그 帝王과 人民으로 하여곰 / 서울에서 벌벌벌 썰게 하난 大碗口— / 泰山ㅅ뎀이갓히 크나크게 생긴 물건이 그것 만든 사람 저로 하여곰 / '海上의 王'이라, '戰爭의 主力'이란 / 虛ㅅ된 일홈을 부치게 하난 大軍艦 — / 이 짜위는 다 너의 작난ㅅ감이로다"63)에서 좀더 분명하게 드러난다. 이 작품을 읽고 있노라면 대양의 파도가 마치 천둥이 치듯 해안에 밀려와 부딪치는 엄청난 힘을 느낄 수 있다. 비유적으로 말하자면 최남선의 작품이 거친 대양

---

63) 최남선, 「해에게서 소년에게」, 『소년』 제1년 제1권, 1908.11.1, 2면.

의 파도와 같다면 바이런의 작품은 차라리 잔잔한 호수의 물결과 같다고 할 수 있다.

최남선은 「해에게서 소년에게」를 창작하면서 바이런의 「대양」보다는 오히려 앨프리드 테니슨의 작품에서 더 큰 영향을 받았다. 적어도 소재나 리듬, 역동적 이미지, 그리고 주제에서 보면 그의 작품은 테니슨의 「부셔져라, 부셔져라, 부셔져라」와 비슷하다. 요즈음 포스트모더니즘에서 자주 사용하는 용어를 빌려 말한다면 두 작품은 상호텍스트적인 관계를 맺고 있다. 특히 첫 연과 넷째 연에서 두 작품은 서로 적잖이 닮아 있다.

> Break, break, break,
>
> On thy cold gray stones, O Sea!
>
> And I would that my tongue could utter
>
> The thoughts that arise in me.
>
> (…중략…)
>
> Break, break, break,
>
> At the foot of thy crags, O Sea!
>
> But the tender grace of a day that is dead
>
> Will never come back to me.[64]

최남선의 「해에게서 소년에게」는 의태어나 의성어를 구사한다는

---

64) "Break, break, break", *Tennyson's Poetry*, ed. Robert W. Hill, Jr. (New York : Norton Critical Edition, 1999), pp.111~112.

점에서도, 같은 어휘나 구절을 되풀이하여 사용하는 반복법을 구사한다는 점도 테니슨의 작품과 비슷하다. 최남선의 "짜린다, 부슨다, 문허 바린다"는 테니슨의 "Break, break, break"를 변형하여 사용한 것으로 볼 수 있다. 그런가 하면 바위나 바위절벽을 명시적으로 밝힌다는 점에서도 두 작품은 비슷하다. '태산갓흔 놉흔 뫼'니 '딥태갓흔 바위ㅅ돌'이니 하는 구절에서는 'cold gray stones'나 'foot of thy crags'라는 구절이 떠오른다.

그러나 무엇보다도 이 두 작품의 유사점이나 공통점이라면 주제에서 찾을 수 있다. 테니슨의 작품 첫 연의 3~4행에서 화자는 "내 마음속에 떠오르는 여러 생각을 말로 표현할 수 있다면 얼마나 좋을까" 하고 간절히 소망한다. 또한 마지막 연의 3~4행에서도 "지나간 하루의 감미로운 은총은 다시는 내게 돌아오지 않으리" 하고 노래한다. 최남선이 바다의 목소리를 빌려 소년에게 주려는 메시지는 테니슨의 작품에서처럼 분명하다. 대한의 젊은이들에게 진취적인 기상과 도전 정신을 심어 주고 싶었던 것이다. 앞에서 이미 밝혔듯이 그가 『소년』 창간호부터 조나단 스위프트의 『걸리버 여행기』나 대니얼 디포의 『로빈슨 크루소』 같은 해양소설을 번역하여 실었을 뿐만 아니라 대양에 관한 기사를 싣는 등 바다에 자못 깊은 관심을 기울인 것과 궤를 같이한다.

「해에게서 소년에게」보다 8개월 앞서 1908년 3월 처음 발표한 최남선의 창가 「경부철도가(京釜鐵道歌)」도 독창적인 작품이라기보다는 남의 작품을 번역하거나 모방해서 쓴 것이다. "우렁탸게 토하난 긔뎍(汽笛) 소리에 / 남대문을 등디고 떠나 나가서"로 시작하는 이 노래는 한국문학사에서 7 · 5조로 된 최초의 창가 가사로 꼽힌다. 그런데 최남선은 이 작품을 창작하면서 한편으로는 일본의 창가 「鐵道歌」에서 영향을 받고, 다른 한편으로는 일본어로 번역된 바이런의 『해적』의 일부를 번안한 것으로 볼 수도 있다. 특히 최남선은 일본어로 번역된 바이런의 작품을 신체시 형식으로 모방하였다.

앞에서 이미 밝혔듯이 바이런의 장편 서사시 『해적』은 출간 당일에 1만여 부가 팔릴 정도로 무척 큰 인기를 모은 작품으로 일본에서는 1905년 기무라 타카타로가 일본어로 번역하여 「해적」이라는 제목으로 발표하였다. 1910년 최남선은 키무라의 번역을 「짜이론의 해적가」라는 제목으로 번역하여 『소년』에 실었다. 그런데 여기에서 한 가지 눈여겨볼 것은 키무라는 이 작품의 제목을 원문에 충실하게 '해적'이라고 한 반면 최남선은 '해적가'라고 오히려 옮김으로써 노래 쪽에 무게를 실었다. 다시 말해서 해적의 무용담을 근대 계몽기에 유행하던 창가의 그릇 속에 담으려고 하였다. 제프리 초서는 아탈리아, 프랑스, 라틴어 작품을 번안함으로써 영국 시 전통을 수립하였다. 최남선도 외국의 작품을 번안함으로써 한국 근대 시 전통을 굳건히 수립하였다. 이 점에서 최남선은 가히 '한국의 초서'라고 하여도 크게 틀리지 않을 것이다.

근대 계몽기 번역의 중요성을 부르짖은 것은 물론 최남선이 처음이 아니었다. 그에 앞서 이미 서재필 같은 선각자들이 일찍이 젊은이들에게 중세의 잠에서 깨어나 서구 근대문명을 받아들일 것을 주창하면서 번역의 중요성을 일깨웠다. 최남선은 서재필처럼 문명개화를 이룩하는 데 번역이 자못 중요한 역할을 할 수 있다고 믿고 있었다. 다만 서재필과 차이가 있다면 최남선은 문학을 비롯한 예술을 문명 진보의 요건으로 상정함으로써 문화 발전에 무게를 실었다는 점이다. 다시 말해서 최남선의 문명 개화주의나 문명 진보주의는 문화와 깊은 관련을 맺고 있다.

한국 번역사에서 비록 중역의 형태를 빌려서나마 서양의 문학 작품을 한국어로 번역하여 소개함으로써 서구문학을 도입하여 문화 운동을 펼친 것은 최남선이 처음이라고 할 수 있다. 그에게 번역은 서구 근대 문명을 받아들이는 지름길이었다. 서재필만 같아도 번역의 중요성을 역설하였으면서도 막상 번역자로서 활약하지는 않았다. 영국의 비평가 매슈 아널드의 말대로 "한 시대가 사망하고 다른 시대가 아직 태어나지 않은" 역사적 전환기에 태어나 활약한 서재필에게는 혁명가, 언론가, 독립 운동가, 정치가 등으로 활동한 나머지 번역에 할애할 시간적 여유가 없었다. 다만 그는 척박한 문화의 밭에 번역의 씨앗을 뿌렸을 뿐이다. 서재필이 뿌린 씨앗을 싹 뜨게 하여 자라게 한 것은 다름아닌 최남선이었다.

최남선이 외국문학 작품을 주로 번역한 것은 『소년』이나 『청춘』 같은 잡지 창간과 맞물려 있다. 이보다 앞서 서재필이 『독립신문』을 창간하여 문명개화를 부르짖은 것처럼 최남선은 잡지를 창간하여 문명개화를 부르짖었다. 겨우 열두세 살의 어린 나이로 『독립신문』을 비하여 『황성신문』과 『제국신문』 등에 논설을 투고한 사실만 미루어 보아도 최남선은 대중언론 매체를 민중 계몽의 수단으로 삼았음을 쉽게 짐작할 수 있다. 이 무렵 만약 이러한 잡지가 없었더라면 최남선은 번역을 제대로 하지 못하였을는지도 모른다.

　최남선이 기미독립운동 때 독립선언서를 기초하였다는 이유로 일본 경찰에 체포되어 재판을 받을 때 그의 직업은 '서적 출판업'으로 되어 있었다. 시인도 아니요 역사학자도 아닌 '서적 출판업자'가 바로 이 무렵 그의 공식적인 직업이었다. 이 무렵 최남선은 민족 계몽과 문화 운동의 선구자로서의 역할에 충실하였을 뿐 시 창작이나 역사 연구는 아직 그렇게 큰 관심을 기울이지 않았다. '서적 출판업자'가 아닌 '번역자'라는 직함에 걸맞게 번역 활동을 한 사람은 안서 김억이다. 그는 최남선의 바통을 이어 받아 본격적인 번역자로 활약하기 시작하였다. 일본에 유학하여 영문학을 본격적으로 전공한 김억은 최남선이 자라게 한 외국문학 작품의 번역 이라는 나무에서 꽃을 피웠던 것이다.

창작으로서의 번역

서재필(徐載弼)이 처음 씨앗을 뿌리고 최남선(崔南善)이 싹을 트게 하고 줄기와 가지를 뻗게 한 번역은 안서(岸曙) 김억(金億)에 이르러 활짝 꽃을 피운다. 서재필이 활약한 1890년대가 한국 번역사에서 발아기라고 한다면 최남선이 활약한 1900년대와 1910년대는 번역의 성장기라고 할 수 있다. 그리고 김억이 활약한 1920대는 가히 번역의 개화기라고 할 만하다. 좀더 구체적으로 말해서 서재필은 『독립신문』에서 번역의 중요성을 처음 역설하였고, 최남선은 『소년』과 『청춘』 같은 잡지에 외국문학 작품을 한국어로 번역하여 널리 소개하였으며, 김억은 최남선의 바통을 이어받아 명실 공히 번역을 굳건한 발판에 올려놓았다. 이 점에서 이 세 사람이 좁게는 한국 근대문학, 넓게는 한국 근대기 문화 운동에 끼친 역할은 무척 크다고 할 것이다.

개화 계몽기에 서재필은 일본 메이지[明治] 시대가 그리하였듯이 서양식 근대화를 이룩하는 수단과 방법으로 번역의 중요성을 역설하였다. 그에게 번역은 개화문명에 이르는 지름길과 크게 다름없었다. 『독립신문』 논설에서 서재필이 "문명개화하는

중역을 탈피하고 직역 전통을 처음 수립한 안서 김억. 또한 그는 프랑스 상징주의 시를 번역하여 널리 소개하였다.

데 번역보다 더 훌륭한 사업은 업슬 터이요, 장사 속으로 보더라도 이보다 더 이(利)한 사업이 업는지라"1) 하고 주장하는 까닭이 바로 여기에 있다. 그리하여 그는 주로 여러 분야에 걸쳐 실생활에 필요한 외국 서적을 많이 번역하여 선진 문물을 받아들일 것을 부르짖었다.

한편 최남선은 20세기의 문턱을 막 넘어선 무렵 좁게는 신문학, 넓게는 신문화 운동에 활력을 불어넣는 방법으로 외국의 문학 작품을 널리 번역하여 소개하였다. 1909년 5월 『소년』에서 그는 "世界的 知識을 取得함은 世界를 知하려 함이 아니라 곳 우리 大韓을 知함이오, 他人에게 博學多聞을 誇示코자 함이 아니라 곳 自己가 事理 物情에 暗昧하지 아니하려 함이니"2) 하고 부르짖는다. 지금으로부

---

1) 논설, 『독립신문』, 1896.6.2.
2) 최남선, 「세계적 지식의 필요」, 『소년』 제2년 제5권, 1909.5, 4면.

터 정확히 100년 전 그가 부르짖은 사자후는 돈을 주고 정보와 지식을 사고판다는 오늘날의 정보화 시대에도 여전히 귀담아 들을 만하다. 그런데 여기에서 그가 말하는 '세계적 지식' 속에는 정치나 역사나 지리 같은 근대 학문뿐만 아니라 문학과 예술도 포함되어 있다. 최남선이 이렇게 외국문학 작품을 번역하되 어디까지나 일본의 번역본에서 중역하였다는 것이 옥에 티라고 할 수 있다.

서재필이 문명개화 쪽에 관심을 기울이고 최남선이 신문화 운동에 주력하였다면, 김억은 문학 쪽으로 좀더 범위를 좁혔다. 최남선만 같아도 계몽운동가, 사학자, 언론인, 문화운동가 등 여러 방면에 걸쳐 활약하였지만 김억은 좀처럼 문학의 테두리를 벗어나지 않았다. 김억은 근대 외국문학 작품을 국내 문단에 널리 소개함으로써 한국 근대문학이 뿌리를 내리고 성장하는 데 산파 역할을 하였다. 또한 프랑스 상징주의를 비롯한 서구 문예사조와 전통을 소개하는 일에도 게을리 하지 않았다. 특히 김억은 최남선처럼 일본어 번역에 의존하지 않고 서양 원문, 즉 기점 텍스트에서 직접 번역하여 소개함으로써 한국 번역문학사에 새로운 이정표를 세웠던 것이다.

1. 중역에서 직역으로

'안서'나 '안서생' 또는 영문 머리글자 'A. S.' 등의 아호로 활약한 김억이 처음 외국 시를 번역하여 발표한 것은 1916년 9월이다.[3] 일본

---

3) 김억은 이러한 다양한 아호나 필명 말고도 『해파리의 노래』와 아서 시먼즈의 역시집 『잃

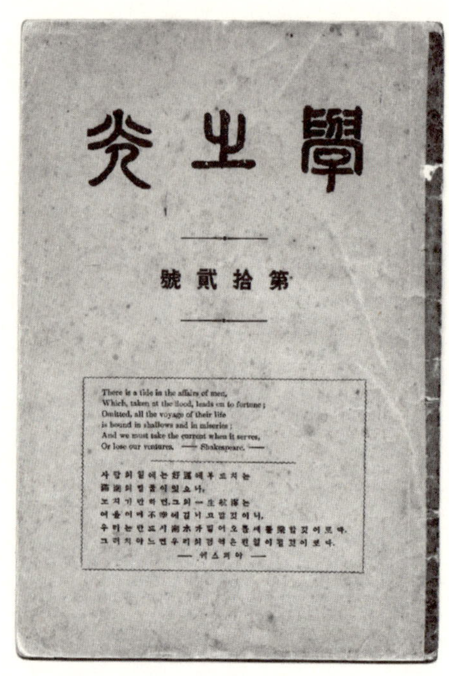

일본 유학생들이 도쿄에서 펴낸 잡지 『학지광』. 김억은 이 잡지에 번역 시와 창작 시를 기고하면서 번역가와 시인으로 데뷔하였다.

유학생들이 도쿄에서 발간한 잡지 『학지광(學之光)』에 프랑스 상징주의 시인 폴 베를렌의 시 「내 가슴에 내리는 비」를 처음 번역하면서부터이다. 그런데 여기에서 한 가지 놓쳐서는 안 될 것은 김억이 일본어 번역본에서 중역하지 않고 처음으로 프랑스 원문에서 직접 번역을 시도하였다는 점이다. 방금 앞에서 언급하였듯이 그에 앞서 서양문학 작품을 많이 번역하여 소개한 최남선만 같아도 어디까지나 중역에 의존하였다. 한문과 일본어 해독 능력은 뛰어나지만 서양어 해독 능력이 부족하였기 때문이다. 두말할 나위 없이 이러한 번역 태도는 최선을 이룰 수 없다면 차선이라도 이루어야 한다는 그의 실용주의적인 태도에서 비롯하였다.

이 점에서 김억이 베를렌의 작품을 처음 번역한 1916년은 한국 번역 문학사에서 그야말로 획기적인 해라고 할 만하다. 바로 이 해를 분수령으로 번역은 중역의 굴레를 벗고 비로소 직역의 시대를 맞이하였기 때문이다. 그런데 1916년이라면 이상협(李相協)이 알렉상드

어진 진주』 표지에서는 'Verda E. Kim'이라는 에스페란토 이름을 사용하기도 하였다. 'Verda'는 에스페란토로 푸르다는 뜻이고, 'E.'는 '억'의 머리글자인 듯하다.

르 뒤마(페르)의 『몽테크리스토 백작』(1846)을 「해왕성」이라는 제목으로 번역하여 『매일신보』에 연재하기 시작한 해이다. 그러나 이 작품은 일본인 번역가 쿠로이와 루이코[黑岩淚香]가 『암굴왕(暗窟王)』이라는 제목으로 번안한 작품을 중역하면서 다시 번안한 작품이다. 또한 이 해에는 '백락왕자(白樂王子)'라는 번역자가 폴란드 작가 헨리크 시엔키에비치의 『쿠오바디스』(1895)를 「야반(夜半)의 경종(警鐘)」이라는 제목으로 번역하여 『신문계(新文界)』라는 잡지에 발표하기도 하였다. 이 작품 또한 어디까지나 일본어 번역판에서 중역한 것에 지나지 않는다.

『몽테크리스토 백작』과 『쿠오바디스』의 번역에서도 볼 수 있듯이 1916년을 직역이 시작한 해로 잡는다고 하여 이 해 이후로 중역이 완전히 없어졌다는 것은 물론 아니다. 가령 최남선은 기미독립운동에 참여하여 감옥에 갇혔다가 가석방으로 풀려난 뒤 1923년 4월 조선총독부의 재정 지원을 받아 창간한 잡지 『동명(東明)』에 알퐁스 도데의 「마지막 수업」을 「만세」라는 제목으로 번역하여 싣는다. 또한 이 무렵 최남선 말고도 적지 않은 번역가들이 여전히 중역에 의존하였다. 심지어 해방을 맞이한 뒤에도 일제 강점기에 교육을 받은 외국문학자들은 원서보다는 일본어 번역본을 중역하는 경우가 적지 않았다. 이러한 관행은 지금까지도 완전히 없어지지 않다는 사실을 보면 그 뿌리가 무척 깊다는 것을 알 수 있다.

김억이 서양 시를 좀더 본격적으로 원문에서 번역하여 소개하기 시작한 것은 그로부터 정확히 2년 뒤 1918년 9월, 그러니까 『태서문예신보(泰西文藝申報)』가 창간되면서부터이다. 윤치호(尹致昊)가 발행

나는 이 雜誌의 刊行하난 趣旨에 對하야 길게 말삼하디 아니호리라.

그러나 한마듸 簡單하게 할것은

「우리大韓으로 하야곰 少年의 나라로 하라 그

리하랴 하면 能히 이責任을 堪當하도록 그를 教導하여라」.

이雜誌가 비록 덕으나 우리同人은 이目的을 貫徹하기 爲하야 온갓方

法으로 써 힘쓰리라.

少年으로 하야곰 이를 넓게하라 야울너 少年을 訓導하난 父兄으로 하

야곰도 이를 넓게하여라.

『소년』의 발행 취지를 설명하는 권두언. 이 글에서 최남선은 '새대한'은 이제 '소년의 나라'라고 부르짖는다.

인을 맡고 장두철(張斗澈)이 주간을 맡은 이 잡지는 타블로이드판 8면으로 발행한 한국 최초의 순한글 문예주간지로 꼽힌다. 이 주간지는 일본에서 외국문학을 전공하는 유학생들이 중심이 되어 1927년에 결성한 '외국문학연구회'가 『해외문학』을 발행할 때까지 서양 문학과 예술을 취급하는 유일한 매체로 각광을 받았다. 물론 『태서문예신보』는 번역 시 못지않게 창작 시를 실어 관심을 끌기도 하였다. 1919년 2월 이 잡지가 종간될 때까지 김억과 장두철을 비롯하여 황석우(黃錫禹) · 백대진(白大鎭) · 이일(李一) 같은 시인들이 무려 42편에 이르는 창작 시를 발표하였다. 번역 시도 무려 36편이나 실었으니 이 주간지는 거의 비슷한 수준으로 창작 시와 번역 시를 나누어 게재하였다.

김억 하면 『태서문예신보』를, 『태서문예신보』 하면 김억을 떠올릴 정도로 이 잡지와 그는 마치 샴의 쌍둥이처럼 서로 깊이 연관되어 있다. 물론 그는 자신이 동인으로 활약한 『창조(創造)』와 『폐허(廢墟)』 같은 문예지에도 번역 시를 발표하였지만 특히 이 주간지에 많은 번역 시를 발표하여 이 주간지와는 떼려야 뗄 수 없을 만큼 깊이 관련되어 있다. 『창조』나 『폐허』만 같아도 특정한 문학적 경향을 띤 문인들이 모여 만든 동인지인 반면, 『태서문예신보』는 아예 처음부터 동인지적인 성격을 탈피하여 서구문학과 예술 작품을 폭넓게 번역하여 소개한다는 깃발을 높이 내걸었다. 김억은 이 문예주간지에 서구 시를 번역하고 시론이나 상징주의 같은 문예사조에 관한 글을 발표하여 아직 걸음마 단계에 있던 근대시 형성에 자못 큰 영향을 끼쳤다.

그런데 김억은 될 수 있는 대로 외국문학 작품을 원문, 즉 기점 텍스트에서 직접 번역함으로써 이 무렵 다른 문학동인지나 잡지와 차별을 두려고 하였다. 이 점과 관련하여 여기에서 잠깐 『태서문예신보』 창간호에 실린 권두언을 자세히 살펴볼 필요가 있다. 발행인 윤치호가 쓴 이 글은 처음부터 외국문학 작품을 번역하되 어디까지나 중역에서 벗어나 원문에서 직접 번역하겠다는 의지를 천명하고 나섰다.

> 본보난 져 틔셔의 유명혼 소셜 시됴 산문 가곡 음악 미술 각본 등 일반 문예에 관한 기사를 문학 대가의 붓으로 직접 본문으로부터 충실ᄒ게 번역ᄒ여 발힝ᄒᆯ 목적이온 바 다년 계획히오든 바이 오날에 뎨일호 발간을 보게 되엇슴니다.4)

위 인용문은 몇 가지 중요한 점에서 주목을 끈다. 첫째, 이 잡지에서는 태서, 즉 서양의 문학과 예술 작품 중에서 '유명한' 것만을 번역한다고 밝힌다. 물론 과연 어느 작품이 유명하고 어느 작품이 유명하지 않은지 판단하는 것은 생각처럼 그렇게 쉬운 일이 아니다. 문학 작품의 평가란 흔히 어떤 절대적인 판단 기준보다는 주관적이고 상대적인 기준에 따르기 때문이다. 그러나 여기에서 발행인 윤치호가 말하는 "태서의 유명한 소설"이란 독자들에게 잘 알려진 서구의 문학 작품을 가리키는 것으로 보아 크게 틀리지 않을 것이다.

그러나 한국 근대번역사 연구에 개척자 역할을 한 김병철(金秉喆)이 지적하듯이 이 주간지는 '유명한' 작품을 번역하여 소개한다는

---

4) 「창간사」, 『태서문예신보』, 1918.9.26.

목적을 제대로 이루지 못하였다.5) 그 이전에 나온 『소년』이나 『청춘』과 비교해 볼 때 작품의 질이 오히려 떨어지기 때문이다. 김병철은 이러한 주장을 펴는 근거로 창간호부터 제15호에 걸쳐 번역하여 연재한 월터 비선의 작품 「스랑[愛]」을 그 대표적인 예로 꼽는다. 장두철은 이 작품을 번역하면서 이 소설을 선정한 이유에 대하여 "英國에 有名혼 文豪 Sir Walter Besant가 著한 A[r]morel of Lyonesse라는 소설"이기 때문이라고 밝힌다. 사정은 지금도 크게 다르지 않지만 20세기 초엽 이 영국 작가를 알고 있는 국내 독자들은 아마 그렇게 많지 않을 것이다.

둘째, 이 잡지는 단순히 문학에만 국한하지 않고 음악과 미술 등 다양한 예술 장르를 폭넓게 취급한다고 천명한다. 주간지의 제호를 '태서문학신보'라고 하지 않고 굳이 '태서문예신보'라고 한 까닭이 바로 여기에 있다. 매호마다 첫머리에 사설을 싣고 주로 시 문학에 관한 글을 싣되 미술과 음악에 관한 글도 가끔 실어 문학가들이 아닌 다른 예술가들의 관심도 끌려고 하였다. 그러나 이 주간지가 계속 발행되면서 음악과 미술은 점차 뒷전을 밀려나고 문학이 전면에 부각하게 되었다. 시간 예술인 문학과 음악은 공간 예술인 미술과 적잖이 차이가 있으며, 같은 시간 예술이라고 하여도 활자 매체에 의존하는 문학은 소리에 의존하는 음악과는 또 차이가 나지 않을 수 없다.

셋째, 이 잡지는 외국 작품을 번역할 때 중역을 피하고 직접 원문에서 번역한다는 점을 분명히 밝힌다. 그것도 "문학 대가의 붓으로

---

5) 김병철, 『한국근대번역문학사연구』, 서울: 을유문화사, 1975, 371~376면.

직접 본문으로부터 충실하게 번역하여” 싣는다고 천명한다. 번역자의 자격을 아예 ‘문학 대가’로 못 박아 말하는 것이 흥미롭다. 또한 ‘문학 대가’가 본문(기점 텍스트)에서 직접 옮길 뿐만 아니라 그것도 ‘충실하게’ 옮긴다고 밝힌다. 그런데 문제는 이 ‘충실하게’라는 말을 어떻게 해석하느냐에 달려 있다. 번역학이나 번역 이론에서 ‘충실한’이나 ‘충실하게’라는 말은 흔히 글자 하나하나, 표현 하나하나에 신경을 써서 축어적(逐語的)으로 옮기는 것을 뜻한다. 다시 말해서 의역(意譯)이나 자유역(自由譯)과 대립되는 번역 방법인 축자역(逐字譯)이나 직역(直譯)을 가리킨다.

한편 위 인용문에서 말하는 ‘충실한’ 번역을 축자역이나 직역보다는 중역을 하지 않고 기점 텍스트에서 직접 번역하는 방법으로 받아들일 수도 있다. “직접 본문으로부터 충실ᄒ게 번역ᄒ여”라는 구절에서 ‘직접 본문으로부터’라는 표현을 보면 더더욱 그러하다. 지금까지 한국에서 이루어진 외국문학 작품의 번역은 거의 대부분 일본어로 번역한 것이나 한문(중국어)으로 번역한 것을 다시 번역한 이중 번역이나 삼중 번역이었다. 『태서문예신보』가 창간호 권두언에서 내걸고 있는 깃발이 바로 이러한 중역을 피하고 기점 텍스트에서 직접 번역한다는 것이다. 그러고 보니 ‘직역’이라는 용어를 지금까지는 ‘축자역’과 동의어로 사용해 왔지만 좀더 엄밀한 의미에서는 ‘중역’의 반대어로 사용하는 쪽이 더 옳을 것이다.

이 문예주간지가 처음부터 이렇게 중역을 피하고 외국 시를 원문에서 직접 번역하겠다고 천명하고 나선 데에는 그럴 만한 까닭이 있다. 최남선의 경우에서 쉽게 볼 수 있듯이 『태서문예신보』가 나오기

전만 하여도 번역은 거의 대부분 일본어 번역본을 다시 번역한 중역의 형태로 이루어졌기 때문이다. 이 주간지가 외국의 문학 작품을 "직접 본문으로부터 충실하게 번역하여" 싣겠다고 밝히는 것은 이 무렵 번역이 그만큼 원문에서 충실하게 이루어지지 않았다는 사실을 반증하는 것이다. 그러나 1910년대 말엽부터 한국 유학생들이 일본에서 본격적으로 외국문학을 전공하면서 기점 텍스트에서 직접 번역할 수 있는 번역자의 수가 부쩍 늘어나기 시작하였다.

　가령 김억만 같아도 서양어 원문에서 직접 번역할 수 있었던 것은 일찍이 일본에 유학하여 외국문학을 전공하였기 때문이다. 평안북도 곽산에서 태어난 그는 1907년 정주군의 오산(五山)학교를 졸업한 뒤 일본에 유학하여 1913년 게이오의숙[慶應義塾] 문과에서 영문학을 전공하였다. 적어도 이 점에서 그는 와세다[早稻田]대학 고등사범학부 지리역사과에서 몇 달 남짓 공부한 최남선과는 다르다. 영문학을 전공하였기 때문에 김억은 최남선과는 달리 일본어 중역을 거치지 않고서도 원문에서 직접 번역할 수 있었다. 또한 1914년부터 김억은 도쿄 유학생들이 발간하는 잡지 『학지광』에 「이별」, 「야반(夜半)」, 「적은 새야」, 「밤과 나」 등의 시를 발표하면서 창작 활동을 시작하였다. 이렇게 그는 외국문학을 전공한데다가 직접 시를 창작하는 시인이었기 때문에 어느 누구보다도 외국문학 작품을 한글로 번역하는 데 적임자였던 것이다.

2. 최초의 번역 시집 『오뇌의 무도』

　김억은 『태서문예신보』에서 주로 프랑스 상징주의 시 작품을 번역하고 시론을 발표함으로써 한국 근대시단에 상징주의 시풍을 정착시키는 데 크게 이바지하였다. 그가 프랑스 문학이 아닌 영문학을 전공하였다는 사실을 염두에 둘 때 이러한 사실은 적잖이 의아하지 않을 수 없다. 더구나 일본 유학 중 1914년 그의 부친이 갑작스럽게 사망하는 바람에 김억은 그 이듬해 게이오의숙을 중퇴하고 귀국할 수밖에 없었다. 그러므로 그가 프랑스어나 프랑스 문학은커녕 실제로는 영어와 영문학조차 제대로 전공할 시간이 그렇게 많지 않았다. 그런데도 김억이 영국이나 미국 작품보다는 주로 프랑스 상징주의 전통에 서 있는 작품을 번역하였다는 것이 여간 놀랍지 않다. 그러나 김억은 남달리 외국어에 탁월한 능력이 있었던 것으로 전해진다.

　김억의 번역 활동은 『오뇌의 무도』(1921)라는 번역 시집으로 가장 잘 알려져 있지만 그는 이 시집 말고도 다른 번역 시집을 여러 권 출간하였다. 한학에도 조예가 깊은 그는 한문으로 쓴 중국 시는 말할 것도 없고 조선시대 한문으로 쓴 시도 많이 번역하기도 하였다. 『망우초(忘憂草)』(1934)를 비롯하여 『동심초(同心草)』(1943), 『꽃다발』(1944), 『지나명시선(支那名詩選)』(1944), 『야광주(夜光珠)』(1944), 『선역애국백인일수(鮮譯愛國百人一首)』(1944), 『금잔듸』(1947), 『옥잠화』(1949) 등은 한시를 한국어로 번역한 시집이다. 김억은 일본어 실력도 뛰어나서 일본 문학의 첫 장을 장식하는 고전 중의 고전이라고 할 『만요슈(萬葉集)』를 한국어로 번역하기도 하였다.

김억의 외국어 구사력은 비단 동양어에 그치지 않고 영어를 비롯하여 프랑스어와 러시아어 같은 서구어로 이어진다. 예를 들어 라빈드라나트 타고르의 작품을 번역한『기탄자리』(1923),『신월(新月)』(1924),『원정(園丁)』(1924)을 비롯하여 아서 시먼즈의 작품을 번역한『잃어진 진주』(1924) 등은 서양의 시 작품을 번역한 시집들이다. 심지어 김억은 국제적으로 의사소통을 원활히 하기 위하여 배우기 쉽고 중립적인 언어를 목표로 만든 에스페란토 연구에서도 깊은 관심을 기울였다. 그리하여 폴란드의 출신 안과 의사 라자로 루드비코 자멘호프가 만든 이 인공어를 널리 보급하기 위하여 강습소를 열었는가 하면,『개벽(開闢)』에 '에스페란토 자습실'이라는 고정난을 개설하여 연재한 뒤 한국에서 처음으로『에스페란토 단기 강좌』라는 에스페란토 입문서를 간행하기도 하였다.

이렇게 김억은 여러 외국어에 탁월한 능력을 보였지만 서양 작품을 한글로 번역하면서 이 무렵 일본 번역자들이 일본어로 옮긴 번역서를 참고하지 않을 수 없었다. 영어나 프랑스 또는 러시아 원서에서 직접 한국어로 번역하되 일본어 번역본을 참고하였다. 그가 번역한 서양의 작품들은 하나같이 일본에서도 번역되어 큰 인기를 끌었다는 사실은 이 점을 뒷받침한다. 최근 한 연구가는 김억이 베를렌의 작품을 번역하면서 일본 번역가 가와지 류코(川路柳虹)의 번역본에서 적잖이 도움을 받았다는 사실을 밝혀내어 관심을 끌었다.6)

이 무렵『태서문예신보』는 서유럽의 시 작품을 주로 번역하여 실었지만 미국이나 영국의 시 작품도 꽤 많이 번역하여 실었다. 그런데

---

6) 구인모,「베를렌느, 김억, 그리고 가와지 류코 : 김억의 베를렌느 시 원전 비교 연구」,『비교문학』제41권, 2007, 153~175면.

이 주간지에 영미 문화권의 작품을 주로 번역한 사람은 김억이 아니라 다른 사람이었다. 프랑스 시 번역은 주로 김억이 맡은 반면, 영미시는 주로 '해몽생(海夢生)'이라는 필명을 사용한 장두철이 맡았다. 좀더 구체적으로 말해서 장두철은 「화살과 노래」, 「무덤」, 「황혼」 같은 헨리 롱펠로의 작품을 무려 여덟 편이나 번역하였다. 이밖에도 그는 미국 시인 메리 로버츠 라인하트의 「아(我)의 고백」 같은 시, 영국의 추리소설 작가 아서 코너 도일의 「충복」 같은 소설을 번역하기도 하였다.

한편 김억은 이 문예주간지에 폴 베를렌의 상징주의 시 작품과 이반 투르게네프의 시 작품을 주로 번역하여 발표하였다. 그가 번역한 베를렌의 작품 가운데에는 「거리에 나리는 비」를 비롯하여 「검은 씃업는 잠은」, 「가을의 노리」, 「아름답은 밤」 같은 잘 알려진 작품이 포함되어 있다. 그가 번역한 투르게네프 작품 중에는 「명일? 명일?」, 「무엇을 내가 싱각ᄒ겟나?」, 「비렁방이」 같은 작품이 들어 있다. 또한 김억은 역시 프랑스 상징주의 시인 레미 드 구르몽의 유명한 작품 「낙엽」과 러시아 시인 니콜라이 민스키의 작품 「세레나드」를 번역하는가 하면, 아일랜드 시인 윌리엄 버틀러 예이츠의 「그는 하늘나라의 옷감을 갖고 싶었노라」를 「꿈」이라는 제목으로 번역한다. 그런가 하면 비단 시에 그치지 않고 산문에도 관심을 기울여 기 드 모파상의 「고독」과 투르게네프의 「밀회」 같은 단편소설을 번역하기도 한다.

김억은 그 동안 『태서문예신보』를 비롯한 『폐허』와 『창조』 같은 잡지에 발표한 번역 시를 한데 모아 1921년 3월 역시집 『오뇌의 무도』를 출간하였다. 이로써 한국문학사에서 최초로 서양 시를 번역한 시집이 탄생하였다. 이 시집은 이 무렵 자못 큰 인기를 끌어 그 이듬해 재판을 발간할 정도였다. 재판에는 초판에 수록한 84편의 시에 10편을 추가하여 모두 94편을 실었다. 그런데 이 번역 시집이 한국 번역 문학에는 말할 것도 없고 근대문학에 끼친 영향은 무척 크다. 이 점과 관련하여 수주(樹州) 변영로(卞榮魯)는 일찍이 이 역시집의 서문으로 쓴 글에서 문학사적 의미를 높이 평가한다.

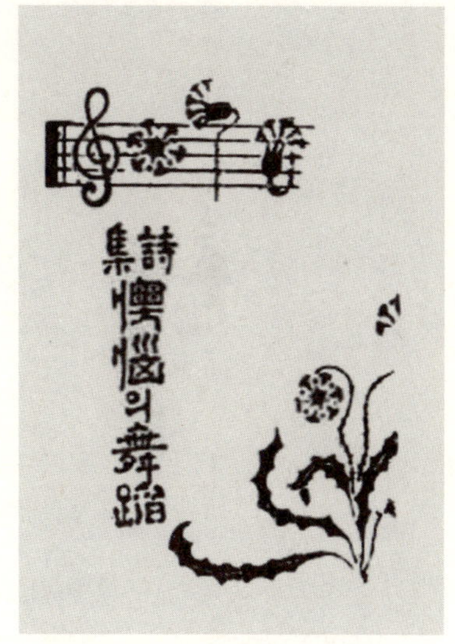

김억의 번역 시집 『오뇌의 무도』. 한국 최초의 번역 시집으로 이 무렵 한국 근대시가 탄생하는 크게 이바지하였다.

乾燥하고 寂寥한 우리 文壇 — 특별히 詩壇에 岸曙 君의 이 處女 詩集(譯詩일망정)이 남은 實로 반가운 일이다. 아, 君의 處女 詩集 — 안이 우리 文壇의 處女 詩集! (單行本으로 出版되기난 처음) 참으로 凡然한 일이 안이다. 君의 이 詩集이야말로 우리 文壇이 부르짓는 처음 소리요 우리 文壇이 것는 처음 발자욱이며, 將來 우리 詩壇의 大씸폰니(諧樂)를 이룰 Prelude(序曲)이다. 이제 우리는 그 첫 소래에 귀를 기우릴 것이요, 그 첫 거름거리를 살필 것이며, 그 意味 잇난 序曲을 삼가 드를 것이다.[7]

---

7) 변영로, 「『오뇌의 무도』의 머리에」, 『오뇌의 무도』, 서울 : 광익서관, 1921, 10면. 이하『오뇌의 무도』로만 표기함.

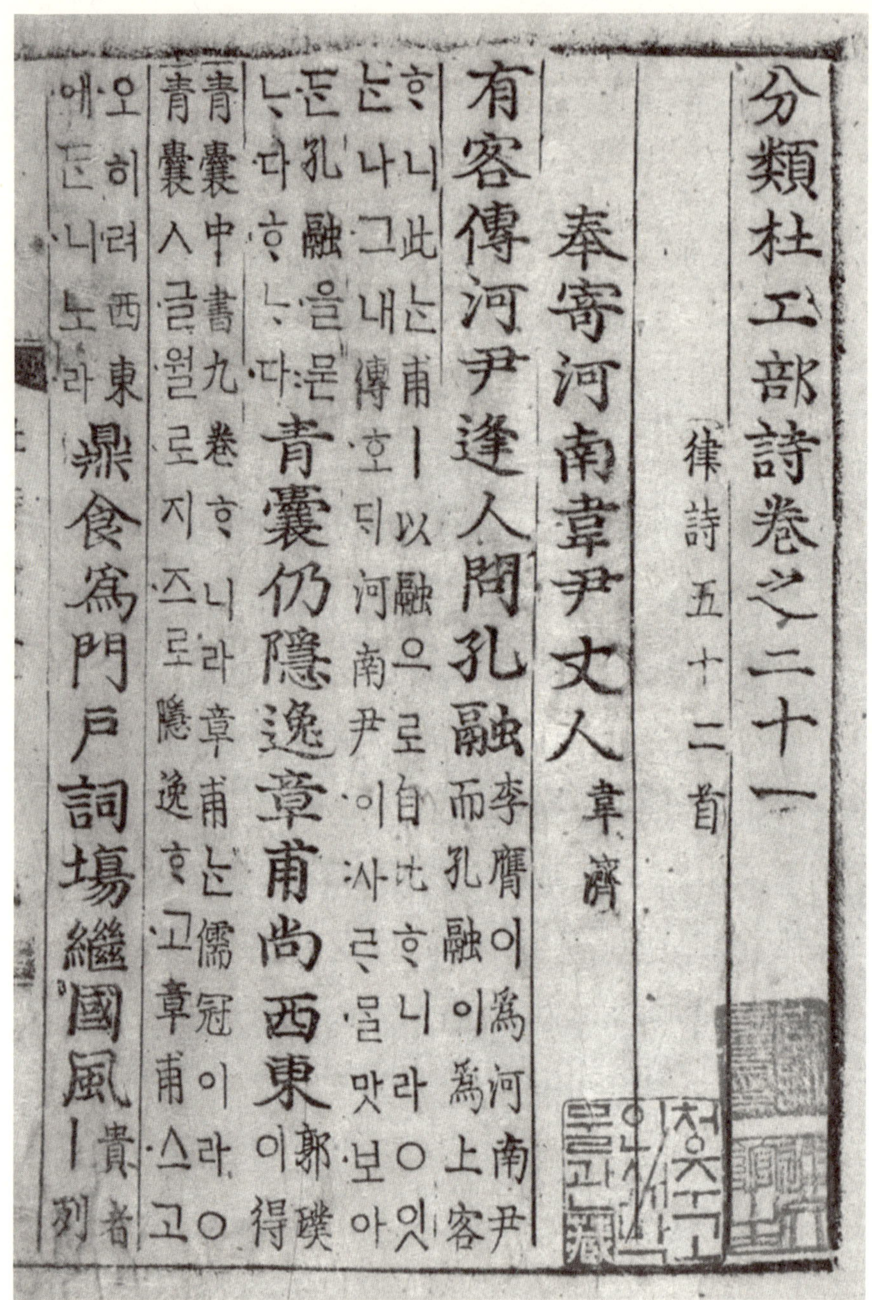

分類杜工部詩卷之二十一

律詩五十二首

奉寄河南韋尹丈人 韋濟

有容傳河尹 逢人問孔融 青囊仍隱逸 章甫尚西東 鼎食爲門戶 詞場繼國風

한국에서 대표적인 번역 시집으로 꼽히는 『두시언해』. 두보의 한시를 한글로 풀이한 목판본으로 1481년(성종12)에 간행되었다.

위 인용문에서 변영로가 번역 시집과 창작 시집을 굳이 구별하지 않는다는 점을 찬찬히 눈여겨보아야 한다. 번역 시집이 서자 취급받기 일쑤인 오늘날의 문단 현실과 비교해 볼 때 이 무렵 그의 태도는 여간 소중하지가 않다. 변영로는『오뇌의 무도』가 외국 시를 번역한 첫 시집일 뿐만 아니라 '김억의 처녀 시집'이요, 김억의 처녀 시집일 뿐만 아니라 더 나아가 '한국문단의 처녀 시집'이라고 밝힌다. 실제로 한국문학사를 통틀어 서구 시가 한글로 번역되어 단행본으로 출간된 것은 이 시집이 처음이었던 것이다.

그 동안 중국 시가는 국문으로 번역되어 널리 읽혀 왔다. 가령 두보(杜甫)의 작품을 조선 성종(成宗) 12년(1481)에 왕의 명령에 따라 조위(曺偉), 유윤겸(柳允謙), 의침(義砧) 등이 번역한『두시언해(杜詩諺解)』는 가장 대표적인 번역 시집으로 꼽힌다. '분류두공부시언해(分類杜工部諺解)'라는 원래 제목 그대로 두보의 시를 작품 내용에 따라 분류하여 실은 이 번역 시집은 원작에 충실하면서도 한국어의 표현력을 뛰어나게 구사하였다는 평가를 받고 있다.『두시언해』에 실린 작품들은 이 무렵 과거시험에도 자주 출제되었을 정도로 큰 인기를 끌었다.

변영로의 지적대로『오뇌의 무도』는 한국에서 단행본의 형태로 출간된 첫 번째 시집이었다. 여기에서 "우리 문단이 부르짖는 처음 소리요 우리 문단이 것는 처음 발자욱"이라는 비유적 표현에 주목할 필요가 있다. 이 시집이 비록 번역 시집일지언정 한국 근대문학의 탄생을 처음 알린 고고(呱呱)의 성(聲)이요, 근대문학을 향하여 성큼 내딛은 첫걸음이라는 것이다. 또한 변영로는 이 시집의 간행을 한국 시단이라는 대심포니를 알리는 서곡에 견주기도 한다. 이 점과 관련하여 김억 자신도 이 시집의 서문에서 "새 詩歌가 우리의 아직 눈을 쓰기 시작하는 文壇에서 誤解나 밧지 아니 하면 하는 것이 譯者의 간절한 熱望이며, 쏘한 哀願하는 바임니다"8) 하고 밝힌다. 그가 이렇게 조심스럽게 말하는 것은 그의 말대로 한국 근대문학은 이제야 비로소 눈을 뜨기 시작한 단계에 있었기 때문이다.

그러나 『오뇌의 무도』는 단순히 한국시단이라는 대교향곡을 알리는 서곡 이상의 의미가 있다. 변영로의 지적대로 이 번역 시집은 어디까지나 서곡이되 "의미 잇난 서곡"이다. 그런데 이 시집이 의미 있는 서곡이 될 수 있었던 것은 바로 "건조하고 적요한 우리 문단"에 던진 충격 때문이다. 문단을 두고 '건조하다'고 말하는 것이 조금 낯설지만 이 무렵 한국문단이 여유나 윤기 없이 딱딱하고 버성긴 분위기를 띠고 있는 상황을 가리키는 말일 것이다. 최남선과 관련하여 이미 앞에서 밝혔듯이 20세기 초엽 한국문단에는 공리주의적이고 실용적인 문학관이 휩쓸고 있었다. 근대 계몽기의 시대정신에 걸맞게 이 무렵 문학은 심미적 기능보다는 윤리나 도덕을 함양하거나 민족의식을 고취시키는 등 주로 교육적 기능에 무게를 싣고 있었다. 교육적 기능을 중시하다 보면 문학은 자칫 윤리 지침서나 도덕 교과서로 전락하기 쉽다. 모르긴 몰라도 변영로는 아마 이러한 문단상황을 '건조하다'는 말로 표현한 듯하다. 마찬가지로 한국문단이 '적요하다'는 표현도 활력이나 생기가 없이 침체되어 있다는 뜻이다. 김억의 역시집은 이렇게 침체된 한국문단에 그야말로 신선한 바람을 불어넣었던 것이다.

---

8) 억생, 「역자의 인사 한 마듸」, 『오뇌의 무도』, 10면.

이 무렵 넓게는 한국문단, 좁게는 한국시단이 활기가 없이 침체되어 있다는 사실은 장도빈(張道斌)이 『오뇌의 무도』의 서문으로 쓴 글을 보면 좀더 구체적으로 드러난다. 무엇보다도 먼저 그는 삶에서 시가 차지하는 몫이 얼마나 큰지 지적한다. 여기에서 그는 시에 대하여 말하고 있지만 그가 말하는 시란 어디까지나 문학과 예술을 가리키는 제유적 표현에 지나지 않는다.

무릇 사람은 情이 大事니 아모리 조흔 意志와 智巧라도 情을 써나고는 現實되기 어려우니라. 곳 情으로 發表하매 그 發表하는 바가 더욱 眞摯하야지고 情으로 感化하매 그 感化하는 바가 더욱 切實하야지는 것이라. 그럼으로 古來 엇던 人民이던지 이 情의 發表 및 感化를 만히 利用하얏나니 그 方法 中의 一大 方法은 곳 詩라. 試하야 보라. 섹스피아가 엇더하며 단테가 엇더하며 支那의 葩經이 엇더하며 猶太의 詩篇이 엇더하며 우리 歷代의 詩調가 엇더하뇨.9)

이 글을 쓴 장도빈은 스무 살의 젊은 나이로 『대한매일신보』에 발탁되어 단재(丹齋) 신채호(申采浩)와 함께 논설을 쓴 언론인이요 백암(白岩) 박은식(朴殷植) 등과 함께 국사 교육을 국민 교화와 계몽의 수단으로 삼은 민족주의 사학의 선구자이다. 『오뇌의 무도』에 서문을 쓴 여러 사람 중에서 유일하게 그만이 문학과 직접 관련이 없는 사람이다. 이 점을 의식한 듯 장도빈은 "余는 詩人이 아니라 엇지 詩를 알리오. 그러나 詩의 조흠은 알며 詩의 必要함은 아노라" 하고 서문

---

9) 장도빈, 「서」, 『오뇌의 무도』, 4면.

을 시작한다. 그런데도 시의 중요성을 역설하면서 시가 다른 분야와
어떻게 다른지를 설득력 있게 설명하는 것을 보면 그의 문학적 안목
이 뛰어나다는 데 새삼 놀라게 된다.

이렇게 인간의 삶에서 시가 중요한 역할을 한다는 사실을 역설하
는 것으로 말하자면 장도빈보다는 횡보(橫步) 염상섭(廉尙燮)이 한 수
위이다. 역시 『오뇌의 무도』를 위하여 쓴 서문에서 염상섭은 웅변적
으로 시의 중요성을 부르짖는다.

困憊한 靈에 끈임업시 새 生命을 부어네흐며, 懊惱에 타는 절믄 가슴에
짜뜻한 抱擁을 보냄은 오직 한 篇의 詩박게 무엇이 쏘 잇스랴. 만일 우리
에게 詩 곳 업섯드면 우리의 靈은 졸음에 스러젓을 것이며 우리의 苦惱는
영원히 그 呼訴할 바를 니저바렷을 것이 아닌가. (…중략…) 우리의 靈은
이로 말미암아, 支離한 조름을 깨우게 될 것이며, 우리의 苦悶은 이로 말
미암아 그윽한 慰撫를 밧으리로다.10)

지금은 시인보다는 한국 근대소설의 선구자로 훨씬 더 알려져 있
지만 염상섭의 첫사랑은 소설이 아니라 시와 비평이었다. 이 글에서
그는 시인답게 온갖 현란한 수사적 표현으로 시의 성격을 밝힌다.

---

10) 염상섭, 「『오뇌의 무도』를 위하야」, 『오뇌의 무도』, 6면. 이 무렵 염상섭은 이 번역 시집
　에 서문을 쓸 만큼 김억과 사이가 좋았다. 그러나 뒷날 염상섭이 술과 여자 문제로 재산을
　탕진한 김억을 모델로 「질투와 밥」이라는 작품을 발표하자 두 사람 사이가 소원해졌다. 김
　억은 자신과 비슷한 처지에 있던 김동인을 찾아가 염상섭이 쓴 작품을 보여 주면서 복수할
　작품을 써 달라고 부탁하였고, 김동인이 이 부탁을 받고 쓴 작품이 「발가락이 닮았다」이다.
　이 작품을 읽은 염상섭은 자신을 모델로 삼은 것이라고 판단하고 신문에 김동인을 비판하
　는 글을 발표하였고, 김동인 또한 염상섭을 비판하는 글을 발표하여 한때 문단에서 화제가
　된 적이 있다. 정비석, 「남기고 싶은 이야기들」, 『중앙일보』, 1978.4.29.

인간의 영혼에 생명력을 불어넣고 각성하게 하는 것이 곧 시요, 인간의 고뇌를 위로할 수 있는 것이 바로 시라고 천명한다.

　방금 앞에서 인용한 글에서 장도빈은 인간의 심리를 구성하는 세 요소라고 할 지성·감정·의지를 언급한다. 흔히 '지정의(知情意)'로 일컫는 이 세 요소는 마치 삼각형의 세 모서리처럼 상호보완적인 역할을 하게 마련이다. 더구나 그는 이 세 요소 가운데에서 만약 감정이 없다면 나머지 두 요소인 지성과 의지도 제대로 힘을 발휘할 수 없다고 지적한다. 장도빈이 말하는 지정의는 서양에서 로고스·에토스·파토스와 거의 비슷한 개념이다. 지성이 로고스에서 비롯하고 의지가 에토스에서 비롯한다면, 감정은 바로 파토스에서 비롯한다. 시를 비롯한 문학과 예술이 그토록 강한 호소력을 지니는 것은 차가운 머리가 아닌 뜨거운 가슴에 호소하기 때문이다. 일찍이 플라톤이 자신의 이상적인 공화국에서 시인을 추방할 것을 주장한 것도, 진시황제(秦始皇帝)가 온갖 서적을 불태우고 문인과 학자를 매장한 것도 따지고 보면 이러한 사실과 그렇게 무관하지 않다.

　그런데 장도빈은 이렇게 파토스에 뿌리를 두고 있는 감정이라도 민족에 따라 저마다 다르다고 지적한다. 가령 서양 사람의 감정이 다르고 동양 사람의 감정이 다르다는 것이다. 또한 같은 동양인이라고 하여도 중국 사람의 감정과 한국 사람의 감정이 서로 다를 것이다. 이렇게 감정이 다르기 때문에 지성과 의지를 표현하는 도구와 수단라고 할 언어도 서로 다를 수밖에 없을 것이다. 장도빈은 한국의 근대 시가가 이러한 감정의 차이를 무시한 채 옛날처럼 여전히 중국의 영향권에서 벗어나지 못하고 있다고 개탄한다.

近代 우리 詩는 漢詩 밋 國詩를 勿論하고 다 自然的, 自我的이 아니오 牽
强的, 他人的이니 곳 억지로 漢土의 資料로 詩의 資料를 삼고 漢土의 式으
로 詩의 式을 삼은지라. 朝鮮人은 朝鮮人의 自然한 情과 聲과 言語文字가
잇거니 이제 억지로 他人의 情과 聲과 言語文字를 가저 詩를 지으랴면 그
엇지 잘될 수 잇스리오. 반드시 自我의 情, 聲, 言語文字로 하여야 이에 自
由自在로 詩를 짓게 되야 비로소 大詩人이 날 수 잇나니라.11)

장도빈은 한국의 근대 시가가 자연스럽지 못한 것은 중국의 감정
과 문자와 언어를 빌려 작품을 쓰기 때문이라고 지적한다. 또한 한
국에는 영국의 윌리엄 셰익스피어나 이탈리아의 단테에 비길 만한
훌륭한 시인이 없는 것도 자기 나라에 독특한 감정과 문자와 언어를
사용하지 않고 남의 나라 것에 의존하여 글을 쓰기 때문이라고 밝힌
다. 그가 "타인의 정과 성과 언어문자를 가저 시를 지으랴면 그 엇지
잘될 수 잇스리오" 하고 개탄하는 까닭이 바로 여기에 있다. 적어도
이렇게 중국의 영향권에서 벗어날 것을 부르짖는다는 점에서 장도
빈은 근대 계몽기 서재필을 비롯한 문명개화론자들과 아주 비슷하
다. 그들에게 자주독립이란 곧 좁게는 중국의 영향권, 넓게는 강대
국의 영향권에서 벗어나는 것을 뜻하였다.

장도빈은 중국 문학의 영향권에서 벗어나 주체적으로 쓴 시를 '국
시(國詩)'라고 부른다. 한국 근대시가 '견강적'이 아니라 '자연적'이
되고 '타인적'이 아니라 '자아적'이 되기 위해서는 무엇보다도 먼저
이러한 국시를 많이 창작하여야 한다고 지적한다. 그러면서 장도빈

---

11) 정도빈, 「서」, 『오뇌의 무도』, 4~5면.

은 국시를 창작하는 데 필요한 방법 중의 하나로 서양 시인들의 작품을 읽고 그들한테서 창작기법을 배우고 그들의 사상을 호흡할 것을 촉구한다.

지금 우리는 만히 國詩를 要求할 째라. 이로써 우리의 一切을 發表할 수 잇으며 興奮할 수 잇스며 陶冶할 수 잇나니 그 엇지 深思할 바 아니리오. 그 한 方法은 西洋 詩人의 作品을 만히 參考하야 詩의 作法을 알고 兼하야 그네들의 思想 作用을 알아서 우리 朝鮮 詩를 지음에 應用함이 매우 必要하니라.

이제 岸曙 金兄이 西洋 名家의 詩集을 우리말로 譯出하야 한 書를 일우엇스니 西洋 詩集이 우리말로 出世되기는 아마 嚆矢라. 이 著者의 苦衷을 解하는 여러분은 아마 이 詩集에서 所得이 만흘 줄로 아노라.[12]

장도빈의 글을 좀더 찬찬히 살펴보면 적잖이 모순이 있음이 밝혀진다. 중국의 시인들의 작품을 참고로 작품을 쓰는 것은 '견강적, 타인적'이고, 서양 시인들의 작품을 참고로 작품을 쓰는 것은 '자연적, 자아적'이라고 말할 수 없기 때문이다. "서양 시인의 작품을 만히 참고하야 (…중략…) 우리 조선 시를 지음에 응용함이 매우 필요하니라"는 주장은 방금 앞에서 인용한 "반드시 자아의 정, 성, 언어문자로 하여야 이에 자유자재로 시를 짓게 되야 비로소 대시인이 날 수 잇나니라"라는 주장과는 서로 크게 어긋난다. 외국문학 작품에서 영향을 받는 것으로 말하자면 서양 시보다는 동양의 시로부터 영향을 받는

---

12) 위의 글, 5면.

것이 더 바람직할는지 모른다. 한국 사람한테는 서양 사람의 감정보다는 아무래도 동양 사람의 감정이 훨씬 더 가깝기 때문이다.

장도빈의 주장은 자칫 사대주의적이라는 비판을 면하기 어려울 것이다. 중국한테 의존하는 중화사상만이 사대주의가 아니라 서양한테 의존하는 것도 사대주의이기는 마찬가지기 때문이다. 이 점에서는 방금 앞에서 언급한 서재필을 비롯한 문명개화론자들도 크게 다르지 않다. 그들이 부르짖은 자주독립은 무엇보다도 중국으로부터의 자주독립이었다. 그러므로 그들이 부르짖은 문명개화론은 자칫 서양한테 문화적으로 종속될 위험성을 안고 있었다.

그러나 달리 생각해 보면 장도빈의 글은 단순히 모순적이라고 볼 수만도 없다. 그는 한국 시인들에게 그 동안 지나치게 한시의 영향을 받아 온 것을 경계하는 한편, 아프리카 오지처럼 낯선 서양의 시를 새롭게 주목하도록 권하는 것으로 받아들일 수 있기 때문이다. "아마 이 시집에서 소득이 만흘 줄로 아노라" 하고 자신 있게 밝히는 까닭이 바로 여기에 있다. 장도빈이 이렇게 자신 있게 말하는 것은 서양 문물에서 배울 것이 많은 것처럼 서양 시에서도 배울 것이 적지 않다고 생각하기 때문일 것이다. 이 무렵 문명개화는 서양과는 떼려야 뗄 수 없을 만큼 깊이 연관되어 있었다. 『태서문예신보』가 창간된 지 일 년여 뒤 장도빈은 1919년 12월 『서울』이라는 월간 종합잡지를 창간하여 발행인 겸 편집인으로 일한 적이 있다. 이 잡지는 기미년 3·1운동이 일어난 뒤 일본 제국주의가 펼친 문화 정책의 일환으로 신문과 잡지의 창간을 허용하면서 빛을 볼 수 있었다. 그런데 이 잡지에 장도빈은 외국의 시 작품을 번역하여 소개하고 이반 투르게네프와 귀스타브 플로베르에 관한 글을 실어 근대문학의 척박한 땅을 비옥하게 만들려고 노력하였다.

『오뇌의 무도』는 한국 최초의 역시집일 뿐만 아니라 더 나아가 근대성의 알리는 첫 작품이라는 점에서도 문학사적 의미가 크다. 근대성과 관련하여 방금 앞에서 언급한 염상섭은 독자들에게 '오뇌의 무도'라는 이 역시집의 제목에 주목할 것을 권한다.

『懊惱의 舞蹈』! 긋업는 懊惱에 찢기는 가슴을 안고 춤추는 그 情形이야말로 임의 한 篇의 詩가 아니고 무엇이랴. 그러하다, 近代의 生을 누리는 이로 煩惱, 苦悶의 춤을 추지 아니하는 이 그 누구냐. 쓴 눈물에 축인 붉은 입살을 覆面 아레에 감추고, 아직 오히려, 舞曲의 和諧 속에 自我를 委質하지 아니하면 아니 될 검은 運命의 손에 쓸니여가는 것이 近代人이 아니고 무엇이랴. 검고도 밝은 世界, 검고도 밝은 胸裏는 이 近代人의 心情이 아닌가.13)

위 인용문에서 염상섭은 '근대'니 '근대인'이니 하는 용어를 무려 세 번에 걸쳐 사용한다. 이처럼 '근대'나 '근대화'는 20세기 초엽 한국에서 화두 가운데 화두였다. 요즈음 '세계화'나 '지구촌'을 입에 올리지 않으면 왠지 시대에 뒤떨어진 듯한 느낌이 드는 것과 같다고 할 수 있다. 이 무렵에는 봉건제도와 중세적 가치관에서 벗어나 서구 근대화의 대열에 합류하려는 의지가 그만큼 컸다고 할 수 있다.

그러나 '근대'라는 말은 자주 사용하여도 그 역사적 시기를 규정 짓는 것은 생각보다 그렇게 쉽지 않다. 세계사에서 근대란 흔히 봉

___

13) 위의 글, 6면.

건시대 단계가 끝난 다음에 전개되는 시대를 말한다. 그러나 봉건시대의 다음 시대를 지칭하더라도 공동체에 대한 '나'라는 개인의식이 성립하고 개인 존중 등 개인우월 사상을 기준으로 삼는다면 유럽에서 근대는 보통 15~16세기 르네상스나 종교개혁의 시기 이후에 시작한다. 한편 자본주의의 형성이나 시민사회 성립이라는 관점에서 본다면 근대의 시기는 17~18세기 이후로 좀더 뒤로 밀려나게 된다. 이때 르네상스부터 절대주의와 중상주의가 전개되는 17~18세기까지의 시기를 '근세'라고 일컫고, 근세 이후를 '근대'로 간주하기도 한다. 줄잡아 1870년부터 1910년 사이의 시기를 근대로 규정짓는 학자들이 있는가 하면, '포스트모더니즘'이니 '탈근대'니 하는 용어를 사용하는 오늘날에는 1910년에서 1960년 사이의 시기로 보려는 학자들도 있다. 그 시기야 어찌되었든 근대는 봉건주의적인 중세의 가치관과 결별하기 시작한 시기부터 비롯한다.

　한국사에서 근대가 시작한 시기를 보는 관점도 학자들 사이에서 서로 크게 엇갈린다. 한편에서는 정치적으로 대원군(大院君)의 혁신적인 개혁 정책을 펼치고 사상적으로 동학(東學)이 대두한 1860년대를 근대의 시작으로 간주한다. 그러나 다른 한편에서는 1876년 강화도조약(江華島條約)을 근대의 출발점으로 보려는 견해도 만만치 않다. 이 조약을 계기로 잇달아 유럽 열강과 수호통상 조약을 맺게 되고 부산·원산·인천 등을 개항하여 통상을 시작하면서 비로소 세계무대에 등장하기 시작하였기 때문이다.

　그런가 하면 1890년대 중반을 근대의 시작으로 보려는 학자들도 있다. 가령 1894년 개화 내각이 출현하여 갑오개혁(甲午改革)으로 중앙 관제와 지방 제도를 개혁하는 한편 계급 타파, 노비 해방, 조혼 금지, 과부의 개가(改嫁) 허용, 과거제도의 폐지, 적서(嫡庶)의 차별 폐지 등을 포고하였다. 그 개혁은 비록 실제 사회생활에서 곧바로 효과를 거두지는 못하였지만 사회 전반에 걸쳐 큰 영향을 끼쳤음은 두말할 나위가 없다. 그로부터 2년 뒤 1896년에는 건양(建陽)이라는 새 연호를 사용하면서 음력 대신에 양력을 쓰기 시작하였다. 또한 그 이듬해에는 다시 연호를 광무(光武)라 하고 국호를 대한(大韓)이라 고치고, 새로운 교육령에 따라 보통학교·중학교·사범학교 등을 설립하는 등 비로소 한국은 비록 겉으로나마 근대 국가로서 형식과 체제를 갖추기 시작하였다. 비단 형식뿐이 아니라 실제 내용에서도 외세의 지배를 받지 않는 독립 국가·독립 국민으로서의 자격을 구비하여야 한다는 자주 정신에 입각하여 개혁 인사들이 독립협회(獨立協會)를 조직하여 독립문을 건립하고 한국 최초의 민간 신문이라고 할『독립신문』을 간행하며 만민공동회(萬民共同會)의 개최함으로써 국민의 자주독립 정신을 일깨웠던 것이다.

서구 역사로 범위를 넓혀 보면『오뇌의 무도』가 발간된 1921년은 일찍이 그 유례를 찾을 수 없는 제1차 세계대전이 끝나고 비극적 상실과 함께 서구 문명에 대한 회의를 느끼던 시기이다. 서구 예술사에서는 바로 이 해에 아르놀트 쇤베르크가 12음 기법을 창안하여 음악에 혁명적 변화를 일으켰다. 문학으로 범위를 좁혀보자면 D. H. 로런스는 성(性) 문제를 솔직하게 다룬 소설『사랑하는 여인들』(1921)을 출간하여 관심을 끌었다. 그 이듬해에는 현대인의 정신적 불모성을 묘사한 T. S. 엘리엇의 시집『황무지』(1922), '의식의 흐름'과 '내면 독백' 수법을 구사한 제임스 조이스의 『율리시스』(1922), 그리고 고대와 근대의 삶을 풍자한 유진 오닐의 희곡 『털 난 원숭이』(1922)가 출간되어 1920년대 초엽을 중심으로 서구 모더니즘이 정점에 이르렀다.

이러한 서구 작품에서도 쉽게 엿볼 수 있듯이 20세기 초엽 인간의 삶과 삶의 방식에 큰 변화가 일어났다. 버지니아 울프는 영국의 에드워드 왕이 사망하고 런던에서 제1회 후기인상주의 전시회가 처음 개최된 것과 관련하여 "1910년 12월에 인간의 성격이 변하였다"[14]고 지적한 적이 있다. 그러면서 이 시기를 분수령으로 주인과 노예, 남편과 아내, 부모와 자식 등 모든 인간관계가 크게 달라졌다고 밝힌다.

방금 앞에서 염상섭의 서문을 언급하였지만 그가 말하는 한국 근대의 모습도 이와 크게 다르지 않다. "근대의 생을 누리는 이로 번뇌, 고민의 춤을 추지 아니하는 이 그 누구냐"라는 수사의문문에서도 드러나듯이 근대 사회에서 삶을 영위한다는 것만으로도 큰 부담이 되지 않을 수 없다. 근대에 산다는 것 자체가 '번뇌, 고민의 춤', 즉 '오뇌의 무도'를 추는 것과 다름없기 때문이다. 또한 염상섭에게 근대인의 모습은 '검은 운명의 손'에 이끌리어가는 것이다. "쓴 눈물에 축인 붉은 입살을 복면 아레에 감추고, 아직 오히려, 무곡의 화해 속에 자아를 위질하지 아니하면 아니" 되는 것이 곧 근대인이 놓여 있는 운명인 것이다.

여기에서 '자아를 위질한다'는 말이 무엇을 가리키는지 분명하지

---

14) Virginia Woolf, "Mr. Bennett and Mrs. Brown," *Collected Essays of Virginia Woolf*, Vol I. (New York: Harcourt Brace & World, 1967), p.320.

않지만 아마『논어(論語)』제15편「위영공(衛靈公)」에 나오는 '의이위질(義以爲質)'에서 따온 말일 것이다. 즉 공자(孔子)는 "君子 義以爲質 禮以行之 孫以出之 信以成之 君子哉(군자는 의를 바탕으로 삼고, 예에 따라 행하고, 공손한 태도로 남 앞에 나타내고, 신의로 성사시켜야 군자라 하니라)" 하고 말하였다. 그러니까 '자아를 위질한다'는 말은 자아를 바탕으로 삼는다는 뜻이다. 서양과 마찬가지로 동양에서도 근대성은 '나'라는 자아를 발견하고 똑바로 세우는 것과 관련이 있음을 알 수 있다.

그런가 하면 근대인은 모순과 이율배반 속에서 살아가는 가련한 존재이기도 하다. 이 점과 관련하여 염상섭은 "검고도 밝은 세계, 검고도 밝은 흉리는 이 근대인의 심정이 아닌가" 하고 밝힌다. 근대인은 이렇게 명암이 서로 교차하는 세계에서 살아갈 수밖에 없다. 일본에서 메이지 유신을 이끈 후쿠자와 유키치(福澤諭吉)는 격변의 시대를 살면서 전통과 혁신, 일본의 전근대와 서구의 근대 사이에서 느낀 이중적 경험을 '일신이생(一身二生)', 즉 한 몸을 가지고 서로 다른 두 삶을 살고 있다는 말로 표현한 적이 있다. 염상섭이 말하는 근대인도 아마 이렇게 한 몸으로 서로 다른 두 삶을 살고 있다고 느꼈을 것이다. 그러나 후쿠자와에게나 염상섭에게나 이렇게 이율배반적이고 모순적인 삶의 모습은 그렇게 부정적인 것이 아니다. 이 점과 관련하여 염상섭은 "이것은 決코 人生을 戲弄하며 自己를 自欺함이 아닌 것을 깨달으라. 대개 이는 삶을 위함이며, 生을 狂熱的으로 사랑함임으로써니라"15) 하고 밝힌다.

---

15) 염상섭,「『오뇌의 무도』를 위하야」,『오뇌의 무도』, 6면.

3. 프랑스 상징주의 시와 번역

김억이 『태서문예신보』를 비롯하여 『창조』와 『폐허』 등의 신문과 잡지에 처음 발표하였다가 조금 수정하여 『오뇌의 무도』에 실린 시는 흔히 프랑스 상징주의 전통에 서 있는 작품이다. 예를 들어 폴 베를렌·레미 드 구르몽·알베르 사맹·샤를 보들레르 같은 잘 알려진 프랑스 상징주의 시인의 작품이 거의 대부분을 차지한다. 또한 기욤 아폴리네르와 함께 잡지 『시와 산문』을 창간한 시인 폴 포르, 20세기 초엽 대표적인 상징주의 시인 가운데 한 사람으로 평가받는 앙리 드 레니에, 앙드레-페리디낭 에롤, 샤를 게랭, 장 모레아스, 페르낭 그레흐 등의 작품도 번역하여 싣는다. 두말할 나위 없이 일본어 번역본에서 중역한 것이다. 이밖에도 장 마르크 베르날, 타이랏드, 장 라오르 같은 오늘날 그 이름조차 잘 알 수 없는 시인들의 작품도 더러 수록되어 있기도 하다.

한편 『오뇌의 무도』에는 프랑스 상징주의 시뿐만 아니라 영국과 미국 시도 몇 편 실려 있다. 예를 들어 영국 낭만주의 시인 퍼시 비시 셸리와 윌리엄 블레이크, 빅토리아 시대의 시인 조지 메리디스, 윌리엄 버틀러 예이츠, 아서 시먼즈, 어니스트 도슨 등의 작품이 그것이다. 이 가운데에서 예이츠와 시먼즈 그리고 도슨은 영국 시단에서 유미주의 또는 탐미주의를 이끈 대표적인 시인들로서 프랑스 상징주의한테서 직접 또는 간접으로 적잖이 영향을 받았다.

프랑스 상징주의 시인 중에서는 베를렌의 작품이 무려 21편이나 실려 있어 가장 많은 지면을 차지한다. 구르몽의 작품은 10편, 사맹의 작품은 8편, 그리고 보들레르의 작품은 7편이 실려 있다. 이 중에서 베를렌을 비롯한 다른 시인들은 한국에서도 비교적 잘 알려져 있지만 김억이 '싸멘'으로 표기하는 알베르 사맹은 조금 낯이 설다. 그러나 흔히 '가을과 황혼의 시인'으로 일컫는 사맹은 유럽에서는 19세기 후반 프랑스 상징주의 시인 가운데에서 일반 독자한테서 가장 사랑을 많이 받은 시인으로 꼽힌다. 다만 그는 스스로 "나의 생애에는 이야깃거리가 없다"고 말할 만큼 삶에서나 문단 활동에서나 별다른 이야깃거리가 없는 시인일 뿐이다.

변영로는 『오뇌의 무도』의 서문으로 쓴 글에서 프랑스 상징주의 시를 아주 높이 평가한다. 이 무렵 외국문학에 대한 지식이 그다지 많지 않다는 사실을 염두에 둘 때 상징주의에 대한 그의 평가가 무척 놀랍다. 상징주의의 바람이 한바탕 서구문단을 세차게 휩쓸고 지나간 지도 무려 한 세기가 지난 지금, 그 동안 축적된 비평과 학문의 기준으로 보더라도 그의 평가는 여러모로 정곡을 찌르는 데가 있다.

> 두말할 것 업시 近代 文學 중 佛蘭西 詩歌처럼 아름다운 것은 업는 것이다. 참으로 珠玉갓다. 玲瓏하고 朦朧하며 哀殘하야 '芳香'이나 '꿈'갓치 捕捉할 수 업는 妙味가 있다. 그러나 엇던 째는 어대까지든지 調子가 辛辣하고 沈痛하고 底力이 잇는 反抗的의 것이였다.[16]

변영로는 무엇보다도 먼저 프랑스 상징주의 시를 아름다운 주옥에 빗댄다. 그러나 그 주옥은 단순히 영롱한 빛을 내뿜을 뿐만 아니

---

16) 변영로, 「『오뇌의 무도』의 머리에」, 『오뇌의 무도』, 8면.

라 몽롱하면서도 애잔한 모습을 띤다고 밝힌다. 그리하여 꽃다운 향기처럼 냄새를 맡을 수 있지만 손으로 만져볼 수 없고, 아련한 꿈처럼 느낄 수 있지만 눈으로 볼 수 없다는 것이다. 번영로는 한마디로 '포착할 수 없는 묘미'를 프랑스 상징주의 시의 특징으로 꼽는다.

철학에서는 독일의 염세주의 철학자 아르투르 쇼펜하우어의 예술관에서 영향을 받고 문학에서는 낭만주의에서 자양분을 받고 생겨난 상징주의는 사실주의와 자연주의에 대한 반작용으로 시작하였다. 삶의 실재(實在)를 객관적이고 사실적으로 재현하려는 사실주의와 자연주의와는 달리 상징주의는 무엇보다도 영성과 상상력 그리고 몽상에 무게를 싣는다. 상징주의는 보들레르가『악의 꽃』(1857)에서 처음 시도하고 1860년대와 1870년대에 걸쳐 스테판 말라르메와 폴 베를렌이 발전시키면서 찬란하게 꽃을 피운다.

상징주의자들에 따르면 예술은 오직 간접적인 방법으로써만 절대적인 진리를 포착할 수 있다. 그리하여 그들은 특정한 이미지나 대상에 상징적 의미를 부여함으로써 아주 은유적이고 암시적인 수법으로 작품을 쓴다. 이러한 상징주의의 특징은 1886년 장 모레아스가 발표한 상징주의 선언문에서 잘 드러난다. 『피가로』지(誌)에 실린 이 선언문에서 그는 예술의 본질적 원리란 바로 "사상에 감각적 형태를 씌우는 것"이라고 표현한다. 또한 모레아스는 "상징주의는 평범한 의미, 장광설, 위선적인 감상 그리고 무미건조한 묘사를 거부한다"고 밝힌다. 실제로 상징주의 시인들은 삶의 실재를 '묘사'하기보다는 오히려 '환기'시키는 데 온갖 노력을 기울였다.

주제적인 측면에서 볼 때도 상징주의는 사실주의와 자연주의와는 거리가 멀다. 사실주의와 자연주의가 윤리나 도덕 같은 공리적 기능에 무게를 싣는다면, 상징주의는 어디까지나 윤리나 도덕의 굴레에서 벗어나려고 한다. '예술을 위한 예술'을 주창하는 상징주의는 이 점에서 19세기 미국 시인 에드거 알렌 포의 영향을 받은 바 무척 크다. 「시의 원칙」이라는 글에서 그는 "나는 시란 한마디로 '아름다움의 음율적인 창조'라고 정의를 내리고 싶다. 시의 유일한 중재자는 취향이다. 지성이나 양심과는 오직 부수적인 관계를 맺고 있을 뿐이다. 시는 의무나 진리와도 우연적인 관계가 아니고서는 아무런 관계가 없다"[17]고 천명한다. 포의 이론에 따라 이렇게 예술이 도덕적 규범에 얽매이는 것을 반대하는 상징주의는 그로테스크한 경험이나 데카당한 감정을 문학에 도입한다. 또한 신비주의와 초월적 내세주의에 관심을 기울이고 죽음과 섹스에 몰두하려고 하기도 한다.

한편 전통과 인습에서 벗어나려는 상징주의 시인들의 몸짓은 형식과 기교에서도 잘 드러난다. 시를 엄격한 율격의 굴레에서 해방시킴으로써 자유시를 표방하는가 하면, 서로 다른 감각을 동시에 표현하는 공감각을 즐겨 구사한다. 또한 정상적 문체에서 벗어난 기이한 스타일에 크게 의존한다. 그런가 하면 낭만주의 시인들처럼 예술적 영감에 의존하기보다는 엄밀하게 계획된 구성에 따라 작품의 완벽성을 꾀하고 형식과 언어의 조탁을 극한까지 밀고나간다. 모순되고 대립되는 요소를 포함하고 있기 때문에 상징주의 시는 흔히 몽롱하고 모호하여 신비스런 분위기를 낳게 마련이다.

변영로는 프랑스 상징주의 시를 유럽 역사와 문화의 관점에서 파

---

17) Edgar Allen Poe, *The Complete Tales and Poems* (New York: Vintage Books, 1975), p.894.

악한다. 19세기 중엽부터 유럽문단을 풍미하기 시작한 상징주의는
지난 반만년 동안 쌓아 온 유럽문화와 문명에 대한 반작용이라고 지
적한다.

> 좀 자세하게 말하면 近代 詩歌—특히 佛蘭西의 것은 過去 半萬年 동안 集
> 積한 '문화문명'의 重荷에 눌니워 困疲한 人生—즉 모든 道德, 倫理, 儀式,
> 宗敎, 科學의 囹圄와 桎梏을 버서나서 '情緒'와 '官能'을 통하야 推知한 엇
> 더한 새 自由天地에 '探索'과 '憧憬'과 '사랑'과 '꿈'의 고흔 깃[羽]을 펴고
> 飛翔하려 하는 近代 詩人—의 胸奧에서 흘너나오는 가는 힘업는 反響이다.
> 그러케 近代 詩人의 '靈의 飛躍'은 모든 桎梏을 버서나 '香'과 '色'과 '리
> 슴'의 別世界에 逍遙하나, 彼等의 肉은 여전히 이 苦海에서 모든 矛盾, 幻
> 滅, 葛藤, 爭鬪, 忿怒, 悲哀, 貧乏 등의 '두런운 現實의 도간이[坩堝]' 속에서
> 끌치 안을 수 업다. (…중략…) 아! 엇더한 두려운 矛盾이냐? 아, 엇더한
> 가삼쓰린 生의 아이런너냐? 이러한 부단히 靈과 肉, 夢과 現實, 美와 醜와
> 의 조오反撥하는 境涯에서 彼等의 詩는 흘너나오는 것이다.18)

변영로는 프랑스 상징주의 시인들이 그 동안 갇혀 있던 유럽 문명
과 문화의 감옥에서 벗어나려고 시도하였다고 밝힌다. "새 자유 천
지에 '탐색'과 '동경'과 '사랑'과 '꿈'의 고흔 깃을 폐고 비상하려 하
는 근대시인"이라는 구절에서도 엿볼 수 있듯이 그는 '영의 비상'에
서 상징주의의 특성을 찾는다. 적어도 이 점에서 프랑스 상징주의
시인들은 마치 저 그리스 신화에서 크레타 섬을 탈출하는 다이달로

---

18) 변영로, 「『오뇌의 무도』의 머리에」, 『오뇌의 무도』, 8~9면.

스와 이카로스와 같다. 두 장인(匠人)이 미노스 왕한테 갇혀 있던 크
노소스 미궁에서 탈출하려고 하였다면, 상징주의 시인들은 질식할
것 같은 서구 문명의 감옥과 질곡에서 벗어나려고 하였기 때문이다.
그러나 시인은 질퍽하고 누추한 현실의 늪에서 벗어나 천상을 향하
여 하늘 높이 날려고 하되 현실에서 완전히 떠날 수 없다는 데 삶의
모순이 있고 삶의 아이러니가 있다. 변영로는 이러한 모순과 아이러
니에 대하여 “아! 엇더한 두려운 모순이냐? 아, 엇더한 가삼쓰린 생
의 아이런니냐?” 하고 웅변적으로 부르짖는다.

  그런데 변영로에 따르면 프랑스 상징주의 시인들은 이러한 모순
과 아이러니에 굴복하지 않고 오히려 그것을 예술을 창조적하는 역
동적인 에너지로 삼는다는 데 그 위대성이 있다. “이러한 부단히 영
과 육, 몽과 현실, 미와 추와의 조오반발하는 경애에서 피등의 시는
흘너나오는 것이다”라는 마지막 문장에서도 잘 드러나 있듯이 그들
은 영혼과 육체, 꿈과 현실, 아름다움과 추함이 서로 맞부딪쳐 충돌
하는 바로 그 지점에서 영감을 얻고 작품을 창작한다. 변영로는 위
인용문에서 현실 세계의 온갖 고통을 ‘현실의 도가니’라고 부른다.
이 용어를 빌려 표현하자면 서로 대립하는 것들이 서로 만나 부딪치
는 공간이 ‘상상력의 도가니’라고 할 수 있다. 예술가는 이 상상력의
도가니 속에서 영혼과 육체, 현실과 몽상, 아름다움과 추함을 용해하
여 예술을 창작하게 마련이다. 아무리 뛰어난 예술 작품이라도 육체
와 현실과 추함과 동떨어진 작품은 이렇다 할 의미가 없을 것이다.
마찬가지로 영혼과 몽상과 아름다움에만 지나치게 얽매인 문학 작
품도 훌륭한 작품이라고 할 수 없을 것이다. 하늘과 땅처럼 서로 모

순되고 대립하는 이 둘 사이에서 절묘한 균형과 조화를 꾀할 때 비로소 문학은 살아서 꿈틀거리는 생명력을 얻는다.

위 인용문에서 또 한 가지 찬찬히 눈여겨볼 것은 변영로도 염상섭과 마찬가지로 이러한 모순과 아이러니를 근대나 근대성과 연관시킨다는 점이다. 근대성의 특성 가운데 하나는 모순과 반어 그리고 역설이다. 염상섭이 "검고도 밝은 세계, 검고도 밝은 흉리"라고 표현한 특징이 바로 그것이다. 상징주의가 처음 모습을 드러낸 서유럽도 마찬가지이지만 특히 동아시아에서 근대는 이중적인 성격을 띠지 않을 수 없었다. 가령 개인의 자유를 보장하려는 근대적 가치는 흔히 규율과 공동체의 질서를 강조하는 전근대적 가치와 적잖이 충돌하였다. 전근대적 가치는 마치 퇴각하는 군대처럼 새로운 가치에 저항하면서 여러모로 아직도 큰 힘을 떨치고 있었다.

더구나 한국에서는 근대를 경험하면서 거의 동시에 일본 식민주의를 경험하였기 때문에 사정은 더더욱 복잡해진다. 또한 근대성을 직접 경험하여 받아들이지 못하고 먼저 근대화를 이룩한 일본을 통하여 간접적으로 경험하고 받아들였을 뿐이다. 어떤 의미에서 한국은 근대를 제대로 경험하지도 못한 채 탈근대를 맞이하였다고 하여도 크게 틀리지 않다. 중국계 미국 학자 리디어 H. 류가 『통언어적 실천』(1995)에서 지적하듯이 좁게는 중국, 넓게는 동아시아에서 근대는 어디까지나 번역을 통하여 이루어졌다. 그리하여 그녀는 중국의 근대를 두고 '번역한 근대'라고 부른다.19) 그러나 일본어 번역을 중

---

19) Lydia H. Liu, *Translingual Practice : Literature, National Culture, and Translated Modernity —China, 1900~1937* (Stanford : Stanford University Press, 1995), pp.1~42.

역함으로써 간접적으로 근대를 이룩한 한국의 근대는 가히 '중역한 근대'라고 부를 수 있을 것이다. 이러한 과정에서 근대성은 적잖이 왜곡되고 변질될 수밖에 없었던 것이다.

4. 김억의 번역 이론

김억의 『오뇌의 무도』는 한국 근대시가 발전하는 데 크게 이바지 하였을 뿐만 아니라 더 나아가 한국 번역사에도 적잖이 영향을 끼쳤 다. 『태서문예신보』가 창간사에서 일본어 번역본에서 중역을 하지 않고 직접 원문, 즉 기점 텍스트에서 번역하여 실릴 것을 천명하였다 는 사실은 이미 앞에서 밝힌 바 있다. 이 잡지가 창간사에서 이렇게 자신 있게 원문에서 직접 직역할 것이라고 밝히는 데에는 그럴 만한 까닭이 있었다. 김억을 비롯하여 장두철과 김인식(金仁湜) 같은 일본 에서 외국문학을 전공한 문학가들이 이 문예지에 참여하기로 되어 있었기 때문이다. 『태서문예신보』의 창간사와 마찬가지로 김억은 『오뇌의 무도』 서문에서도 이 역시집에 실린 작품을 일본어 번역본 에 의존하지 않고 원문에서 직접 번역하였다고 밝힌다.

字典과 씨름하야 말을 만들어 노흔 것이 이 譯詩集 한 卷임니다. 誤譯이 잇다 하여도 그것은 譯者의 잘못이며, 엇지하야 고흔 譯文이 잇다 하여도 그것은 譯者의 光榮임니다. 詩歌의 譯文에는 逐字, 直譯보다도 意譯 쏘는 創作的 무드를 가지고 할 수박게 업다는 것이 譯者의 가난한 생각엣 主張

임니다. 엇지하엿스나 이 한 卷을 만드려 놋코 생각할 째에는 셜기도 하
고 그립기도 한 것은 譯者의 속임업는 씀白임니다. [20]

첫 구절에서 김억이 이 역시집을 두고 "자전과 씨름하야 말을 만
들어 노은 것"이라고 밝히는 점을 주목하여야 한다. 원문에서 직접
번역하면서 그가 얼마나 자주 사전을 참고하였는지 가늠해 볼 수 있
는 대목이다. 아서 시먼즈의 작품을 번역한 시집인 『잃어진 진
주』(1924)의 서문인 '머리의 한마듸'에서 그는 '씨름'이라는 표현으로
도 모자라 아예 '목을 맨다'는 표현을 사용하기도 한다. 이에 대하여
그는 "字典과 목을 맨다는 말이 잇습니다. 한달 以上의 밤낫을 字典
과 목을 매여오면서 職務 뒤의 시간을 배밧브게 들이엿습니다"[21]
하고 말한다.

번역자에게 사전은 농부에게 농기구와 같은 구실을 한다. 농기가
없이 농사를 지을 수 없듯이 번역자도 기점 언어의 사전은 말할 것
도 없고 목표 언어의 사전이 없이는 제대로 번역하기 힘들다. 일본
어 원문에서 번역하는 번역자들에게 일본어 사전이 필요하다면 서
양어 원문에서 직접 번역하는 번역자들에게는 서양어 사전이 필요
할 것이다. 가령 김억만 같아도 프랑스 상징주의 시를 번역하면서는
프랑스어 사전을, 이반 투르게네프의 시를 번역하면서는 러시아 사
전을, 그리고 퍼시 비시 셸리나 윌리엄 블레이크를 비롯한 영국 시인

---

20) 억생, 「역자의 인사 한마듸」, 『오뇌의 무도』, 10면.
21) 김억, 「머리의 한마듸」, 『잃어진 진주』, 경성 : 평문관, 1924; 박경수 편 『안서 김억 전집
    2-1 : 서구시역집』, 서울 : 한국문화사, 1987, 445면. 이하 『안서 김억 전집』으로만 표기함.

의 작품을 번역하면서는 영어 사전을 참고하였을 것이다.

오랫동안 한문을 중심으로 어문 생활이 이루어져 온 한국에서는 일찍부터 여러 종류의 중국어-한국어 사전이 편찬되었다. 그러나 서양어-한국어 사전 편찬은 이보다 훨씬 뒤늦어 이루어져 개화기 무렵 외국인 선교사들이 성서를 번역하면서 한자가 아닌 한글 어휘들이 표제어로 삼은 대역사전을 출간하기 시작하였다. 20세기 이전에 나온 처음 간행된 대표적인 사전으로는 러시아인 M. 푸칠로가 편찬하여 간행한 러시아어-한국어의 대역사전 『시작노한사전(試作露韓辭典)』(1874)이 꼽힌다. 특히 이 노한 사전은 제정러시아 시대 연해주 지방에 갑자기 늘어난 한국인 이주민과의 의사소통을 돕기 위하여 이곳 지방 관리가 편찬한 것이다. 1872년에 일단 완성되었지만 비용 문제로 2년 뒤, 그러니까 1874년에 상트페테르부르크에서 출간되었다. 서술 체제는 러시아어를 키릴문자의 알파벳순으로 나열한 뒤 한국어를 대역하였다. 그런데 이 사전에 수록된 한국어 어휘는 함경북도 육진 지역의 방언이 거의 대부분이다. 이 사전은 외국어와 한국어를 대역한 최초의 사전이라는 점에서 역사적 의의가 크다. 프랑스어-한국어 사전으로는 프랑스 선교사 F. C. 리델이 편찬한 『한불즈뎐자전(韓佛字典)』(1880)이 이 분야의 첫 사전으로 꼽힌다.

영어-한국어 사전은 오히려 이 사전들보다 뒤늦어 한-불 사전이 나온 지 10년 뒤 미국 북장로교 선교사 호러스 G. 언더우드가 『한영즈뎐』(1890)을 일본 요코하마(橫濱)에서 출간한 것이 처음이다. 그 이듬해 한국에 머물던 영국 외교관 제임스 스코트가 『*Egnlish-Corean Dictionary*』(1891)를 출간하였고, 그 뒤를 이어 캐나다 선교사 제임스 게일이 『한영자전』(1896)을 편찬하여 출간하였다. 게일은 1911년과 1931년 두 차례에 걸쳐 이 사전의 개정판을 내었다. 또한 미 감리교회 선교사 감리교 선교사 조지 헤버 존스가 1914년 일본에서 『영한자전』을 출간하기도 한다. 이 무렵 한국이나 일본에서 나온 영어사전들도 거의 대부분 한국인보다는 외국인의 손으로 만들어졌다. 한국인이 직접 사전을 만들기 시작한 것은 1920년대 후반으로 김동성(金東成)이 편찬한 『최신선영사전(最新鮮英辭典)』(1928)과 조선어연구회가 편찬한 『선화신사전(鮮和新辭典)』(1930)을 꼽을 수 있다.

김억은 1920년대 후반 이전에는 주로 외국 선교사나 외교관이 편찬한 사전을 사용하고 그 뒤에는 아마 한국인이 편찬한 사전을 참고하였을 것이다. 특히 『오뇌의 무도』에 실린 프랑스 상징주의 시와 러시아 시를 번역하면서 그는 아마 이러한 사전들을 참고하는 한편, 일본 사람들이 일본어로 편찬한 외국어 사전들을 많이 참고하였을 것이다. 일본에서는 일찍이 1872년 요시다 켄스케[吉田賢輔]가 『영화자전(英和字典)』을, 무라사키다 쇼키치[紫田昌吉]와 코야스 타카시[子安峻]가 1873년에 『부음삽도 영화자휘(附音挿圖 英和字彙)』를, 1886년에는 J. C. 헵번이 『화영어림집성(和英語林集成)』을, 칸다 나이부[神田乃武]가 『신역영화사전(新繹英和辭典)』을 출간하여 사전 왕국으로서의 면모를 보여주기 시작하였다. 이 사전들은 서양에서 유학하고 귀국한 일본의 젊은 학자들이 서양 문헌을 번역하는 데 아주 요긴하게 이용하였다고 한다. 이 점에서는 김억도 아마 크게 다르지 않을 것이다.

김병철은 중역을 피하고 원문에서 직접 직역을 하였다는 점에서 김억의 업적을 높이 평가한다. 이 점과 관련하여 김병철은 "안서에 관한 한, 러시아어를 제외한 영어, 프랑스어에 관해서는 원시(原詩)로부터 직접 옮겼다는, 일역(日譯)을 중역하는 것이 대부분인 당시로는 이례적인 존재였다는 데서 또 하나의 역시사적(譯詩史的)인 의의를 찾아야 할 것이다"22) 하고 밝힌다. 김병철의 지적대로 김억은 러시아 문학 작품을 번역할 만큼 러시아어를 그렇게 잘 알지 못하였다. 이 무렵 남달리 외국어에 능통한 김억에게 러시아어는 말하자면 아킬레스 건(腱)과 같았다. 『오뇌의 무도』를 출간한 1921년 1월 그는 『창조』에 이반 트루게네프의 산문시 「세러니아」를 번역하면서 쓴 '역자의 흔마듸'라는 글에서 "산문시를 逐號ᄒ야 譯出ᄒ랴고 ᄒ는데 順序는 譯者의 便宜대로 ᄒ랴고 ᄒ며 原文을 몰으는 譯者는 엇지할수업시 世界語 譯本과 英譯本과 또는 日本語 譯本을 參照하여 重譯ᄒ다"23)고 솔직히 털어놓는다.

더구나 위 인용문에서 김억이 '오역'이라는 용어를 사용하는 것도 무척 흥미롭고 이채롭다. 지금까지 몇 십 년 동안 번역해 오면서 번역자들은 이 '오역'이라는 용어를 좀처럼 사용하지 않았다. 어떤 의미에서는 지금껏 원문에서 직역하지 않고 일본어에서 중역해 왔기 때문에 번역자들은 크게 오역을 범할 위험이 없었다. 일본어는 한국어와 계통은 서로 달라도 같은 한자 문화권 안에서 한자를 공용하고 통사 구조가 서로 비슷하여 웬만큼 언어 능력이 있는 사람은 쉽게 구사할 수 있기 때문이다. 가령 서재필이나 최남선 또는 김억 같은 지식인들에게 일본어는 서양어 같은 낯선 외국어라기보다는 오히려

---

22) 김병철, 『한국근대번역문학사연구』, 537면.
23) 억생, 「역자의 흔마듸」, 『창조』 제8호, 1921.1, 109면.

모국어에 가까웠을 것이다. 특히 김억은 일본어 구사력이 아주 뛰어났던 것으로 알려져 있다. 그러므로 일본어 중역을 한국어로 옮기면서는 굳이 '오역'이라는 용어를 사용할 필요가 없었을 것이다.

김억이 그러하였듯이 이렇게 '오역'이라는 용어를 사용하는 것은 서양어 원문에서 직접 한국어로 번역하기 시작하면서부터이다. 다시 말해서 오역은 어디까지나 서양어 원문에서 직역하는 것과 깊이 관련되어 있다. 프랑스어나 러시아어 같은 낯선 서양어 원문에서 직접 번역하는 과정에서 김억은 누구보다도 번역에 대하여 자의식을 느끼지 않을 수 없었을 뿐만 아니라 오역의 가능성도 염두에 두지 않을 수 없었을 것이다. 변영로는 『오뇌의 무도』에 실린 번역 시와 관련하여 "나는 [김억] 군의 사상과 감정과 필치가 그러한 것을 번역함에는 제일의 적임자라 함을 단언하여 둔다"24)고 밝힌다.

변영로의 말대로 이 무렵 서양 시를 제대로 번역할 만한 사람으로 아마 김억만큼 적임자도 찾기 쉽지 않았을 것이다. 앞에서 이미 밝혔듯이 본디 외국어에 남달리 재능이 있는데다가 외국문학을 전공하고 시를 창작하는 시인이기 때문이다. 그러나 김억이 이러한 시를 번역할 적임자라는 사실과 그가 서양 시를 번역하면서 오역할 가능성을 배제할 수 없다는 사실은 별개의 문제이다. 아무리 번역을 훌륭하게 하는 사람도 한눈을 팔다가는 자칫 오역의 함정에 빠지는 경우가 가끔 있기 때문이다. 그만큼 기점 언어를 목표 언어로, 기점 텍스트를 목표 텍스트로 옮긴다는 것은 무척 어렵다.

그런가 하면 위 인용문에서 김억은 '축자역'과 '직역' 그리고 '의

---

24) 변영로, 「『오뇌의 무도』의 머리에」, 『오뇌의 무도』, 9면.

역'이라는 용어와 개념을 좀더 정확하게 규정짓는다. 그 많은 번역 용어 중에서도 '직역'만큼 애매하고 모호한 용어도 드물다. 어떤 학자들은 흔히 '직역'을 외국어 원문에서 '직접' 번역하는 방법을 일컫는다. 다시 말해서 '직접 번역하다'는 말을 줄여서 '직역'이라고 부르는 것이다. 그렇다면 '직역'이란 다름아닌 '중역'의 반대말에 해당하는 셈이다. 국어사전에도 외국어로 된 말이나 글을 단어 하나하나의 의미에 충실하게 번역하는 것으로 풀이되어 있다. 한편 다른 학자들은 '직역'을 '중역'의 반대말보다는 오히려 '의역'이나 '자유역'의 반대말, 즉 '축자역'의 동의어로 사용한다. 물론 위 인용문에서 김억은 후자의 의미로 사용함은 두말할 나위가 없다.

김억은 이번에는 '직역'을 '축자역'과 구분 짓는다. "시가의 역문에는 축자, 직역보다도 의역 쏘는 창작적 무드를 가지고 할 수박게 없다"는 문장에서 그는 얼핏 보면 '축자역'과 '직역'을 동격으로 동의어처럼 사용하는 것 같다. 방금 앞에서 지적하였듯이 실제로 이 두 용어는 영어 'literal translation'을 번역해 놓은 말로 서로 엄밀히 구별되지 않는다. 그러나 위 인용문을 좀더 꼼꼼히 읽어 보면 김억은 "축자, 즉 직역"의 의미보다는 "축자나 직역"의 의미로 이 두 용어를 조금 구별하여 사용하고 있음이 드러난다. 아서 시먼즈의 시를 번역한 『잃어진 진주』의 서문을 보면 그 차이가 좀더 분명해진다.

될 수만 잇스면 形容詞와 副詞는 英文 그대로라도 쓰고 십헛습니다, 하고 原文의 뜻을 허물어내이지 아니하기 위하야는 直譯보다 逐字譯을 할가 하야 몟 篇은 逐字譯을 하여 보앗습니다, 만은 그것좃차 맘하든 바와는 달나 徒勞에 끗나고 말앗습니다. 그래서 할수업시 直譯하여도 될 것은 直譯하고 直譯으로는 아모 뜻도 아니 되는 것이면 意譯하고 말앗습니다. 그러나 무드만은 엇지하든지 허물내이지 아니하랴고 왼맘을 다하엿습니다.[25]

위 인용문에서 "직역보다 축자역을 할가 하야"라는 구절을 보면 김억은 이 두 용어를 엄격히 서로 구분하여 사용하고 있음에 틀림없다. 흔히 '축어역'이라고도 일컫는 축자역은 외국어 원문을 한 구절 한 구절 본래의 뜻에 충실하게 번역하는 것을 말한다. 한편 직역이란 어휘 하나하나, 구절 하나하나의 의미에 충실하게 번역하되 축자역처럼 그렇게 원문에 얽매여 옮기는 번역은 아니다. 다시 말해서 직역은 축자역보다 한 단계 자유롭게 의미를 풀어서 옮기는 것을 가리킨다.

한편 김억은 '의역'을 '축자역'과 반대되는 용어로 사용한다. 축자역이나 직역처럼 자구나 구절에 얽매이지 않고 좀더 자유롭게 의미를 전달하는 번역을 '의역'이라고 부른다. 그런데 김억은 의역을 '창작적 무드'와 연관시킨다. 이 말을 뒤집어 보면 축자역이나 직역은 창조적 분위기나 창조 정신과는 비교적 관계가 없다는 말이 된다. 이와는 달리 의역에서는 무엇보다도 번역자의 창조력이 필요하다. 김억이 여기에서 언급하는 직역과 의역의 문제는 서양은 말할 것도 없고 동양에서도 아주 중요하였다. 번역과 관련한 문제는 거의 대부분 직역과 의역에 관한 것이나 그것에서 갈라져 나온 것이라고 하여도 크게 틀리지 않다. 그만큼 번역 이론에서 이 문제가 차지하는 몫

---

25) 김억, 「머리의 혼마듸」, 『잃어진 진주』; 『안서 김억 전집』, 446면.

이 무척 크다.

그런데 직역과 의역과 관련하여 김억은 시가의 번역과 산문의 번역을 엄격히 구별 짓는다. 산문은 얼마든지 직역하여도 상관없지만 운문 형식으로 되어 있는 시는 직역보다는 의역을 하여야 한다고 주장한다. 운문을 번역하면서 의역을 하게 되면 창조성을 발휘하여야 하고, 창조성을 발휘하려면 노력과 고통이 따를 수밖에 없다고 밝힌다.

> 詩처럼 읽을 째와 번역할 째가 엄청나게 다른 것은 업습니다. 첨에 이 譯詩集의 原文(두 卷으로 된 런든의 하이네社의 出版)을 읽을 째에는 한갓 깃버하엿습니다. 한줄 한句가 말할 수 업는 忘我的 恍惚을 가지고 나의 가난한 心琴의 줄을 울니여서는 未知의 다른 世界로 그 音響을 쩌돌게 하엿습니다. 나는 문득 飜譯하야 이 忘我的 恍惚을 여러 사람과 난호아볼 생각이 낫습니다.[26]

위 인용문에서 김억은 원문 시를 읽을 때와 번역할 때 그 느낌이 사뭇 달랐다고 고백한다. 원문 시를 읽으면서 느끼는 황홀감은 번역하는 과정에서 어느덧 고통으로 바뀌고 말았다는 것이다. 그러고 보니 번역을 하면서 그가 왜 "자전과 씨름을" 하고 "자전과 목을 맨다"고 말하는 그 까닭을 이제 알 것 같다. 사전과 씨름하면서 번역하다 보면 원문 시를 처음 읽을 때 느끼는 '망아적 황홀감'은 온데간데없이 사라져 버리고 노동과 고통만이 남게 될 것이다. 또 자전과 이렇게 씨름을 하다 보면 마치 목맨 송아지처럼 남의 제어를 받으며 이

---

26) 위의 글, 446면.

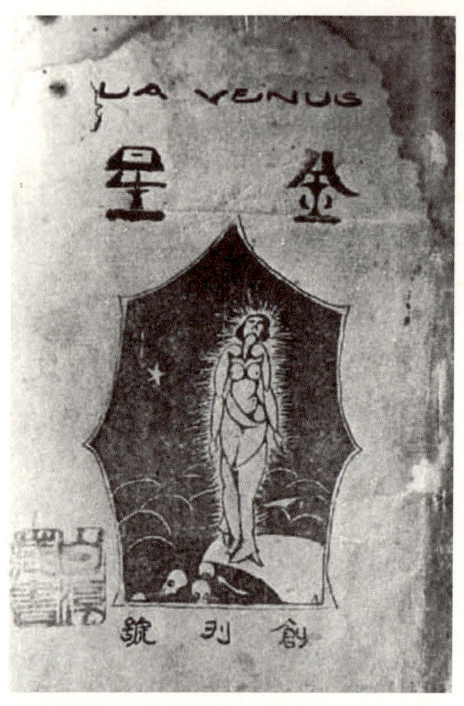

문예동인지 『금성』 창간호. 손진태, 양주동, 백기만, 유엽 등이 동인으로 참여한 이 잡지는 번역에도 관심을 기울였다.

리저리 끌려 다니는 처지에 놓여 있을 수밖에 없을 것이다.

이와 관련하여 여기에서 잠깐 서재필이 쓴 「조선에 대한 외국인의 오해」라는 글을 살펴볼 필요가 있다. 이 글에서 그는 통사 조직이 다른 영어를 한국어로 번역하는 일이 어렵다고 전제한 뒤 의미가 제대로 통하게 하려면 "의역을 하지 아니하고 자역(字譯)을 한다면 읽을 수 업게 될 것입니다"[27] 하고 밝힌다. 서재필이 말하는 '자역'은 곧 김억이 말하는 '축자역'이나 '직역'을 뜻한다. 다만 김억이 시를 번역할 때에는 의역을 할 수밖에 없다고 말하는 반면, 서재필은 시와 산문을 굳이 구별하지 않고 어떤 글이건 의역을 하는 쪽이 축자역이나 직역을 하는 것보다 낫다고 지적한다.

이와는 조금 맥락에서 벗어나지만 김억은 번역을 하면서 될 수 있는 대로 외래어나 '비어(非語)'를 사용하지 말 것을 권한다. 1927년 1월 외국문학연구회의 기관지 『해외문학』이 발간되자 이 '비어' 문제를 두고 그 회원인 이하윤(異河潤)·김진섭(金晋燮)과 양주동(梁柱東)

---

27) 서재필, 「조선에 대한 외국인의 오해」, 『조선일보』, 1927.3.10~14; 정진석 편, 『독립신문·서재필 문헌 해제』, 서울 : 나남, 1996, 185면에서 인용.

사이에 한바탕 논쟁이 벌어졌다. 창간호가 나오자 와세다(早稻田) 대학에서 영문학을 전공하고 창작과 번역을 겸한 문예동인지 『금성(金星)』을 주재하던 양주동은 한편으로는 이하윤이 "조잡한(粗雜)한 말이나 경삽(硬澁)한" 시어를 사용하였다고 비판하고, 다른 한편으로는 김진섭이 비어를 사용하였다고 날카롭게 비판하였다.

이렇게 양주동과 외국문학연구회 회원 사이에 첨예하게 맞섰을 때 김억이 나서 양주동의 손을 들어 주었다. 김억은 "김진섭 씨의 似而非朝鮮語(外來語)를 使用하는 데 對하야는 同意할 수 없다"고 말한 뒤 "그것은 散文에서도 할 수 업는 일어어늘 하물며 가장 言語의 選擇을 必要하는 詩歌에서랴" 하고 밝힌다.[28] 여기에서 김억이 외래어를 '사이비 조선어'라고 부른다는 점을 주목해 볼 필요가 있다. 국립국어원에서 발간한 『표준국어대사전』에 따르면, 외래어란 "외국에서 들어온 말로 국어처럼 쓰이는 단어"로 정의한다. 외래어를 뜻하는 영어 'loan word'를 보면 그 뜻이 훨씬 분명해진다. 글자 그대로 자국어에 없는 어휘를 남의 나라 말에서 빌려다 사용하는 말이 곧 외래어이다. 그러므로 외래어를 국어의 할 갈래로 보려는 학자들이 적지 않다. 그런데도 김억이 외래어를 '사이비 조선어'로 몰아붙이는 것이 이채롭다. 김억이 비록 간접적이나마 축자역이나 직역보다는 의역이나 자유역을 선호하였다는 사실을 읽을 수 있는 대목이어서 주목할 만하다.

---

28) 김안서, 「이식 문제에 대한 관견 : 번역은 창작이다 (2)」, 『동아일보』, 1927.6.29.

5. 한국시에 끼친 번역 시의 영향

김억이 외국 시를 직접 한국어로 번역하여 소개함으로써 근대문학
에 끼친 영향은 무척 크다. 그는 프랑스 상징주의 시를 처음으로 한
국문단에 소개하여 1920년대 초반 상징주의 시풍이 문단에 정착하
고 더 나아가 문단의 분위기를 형성하는 데 자못 큰 영향을 끼쳤다.
아직 걸음마 단계에 있던 한국 근대문학, 변영로의 말을 빌린다면
"건조하고 적요한 우리 문단"에 프랑스 상징주의를 번역하여 소개
하였다는 것은 그 의미가 무척 크다고 아니할 수 없다. 이 무렵 한국
의 문화적 분위기나 지적 수준에 비추어볼 때 더더욱 그러하다.

그런데 여기에서 한 가지 찬찬히 눈여겨보아야 할 것은 김억이 상
징주의 시를 한국문단에 소개하되 총체적인 모습을 소개하기보다는
그 일부를 소개하는 데 그쳤다는 점이다. 잘 알려진 바와 같이 프랑
스 상징주의는 크게 스테판 말라르메 계통의 지적 상징주의와 폴 베
를렌 계통의 감성적 상징주의의 두 갈래로 나뉜다. 그런데 김억은 전
자보다는 후자의 상징주의에 속하는 작품을 주로 번역하여 소개하
였다. 베를렌을 비롯한 레미 드 구르몽과 알베르 사맹 그리고 샤를
게랭 등은 두 번째 갈래의 상징주의를 대표하는 시인들로 주로 퇴폐
적인 색채가 짙은 작품을 즐겨 썼다. 가령 그들은 작품에서 가을, 낙
엽, 권태, 밤, 죽음 등 감상적인 소재를 즐겨 다루었다. 그러므로 김
억은 프랑스 상징주의 중에서 한쪽 모습만을 소개하였을 뿐이다.

이형기(李炯基)는 일찍이 김억이 한국문단에 프랑스 상징주의 시를
번역하여 소개하되 온전한 모습을 전해주기 못하였다고 지적하였

다. 이 점과 관련하여 그는 "김억의 상징주의에 대한 이해는 그것의 표면적 양상인 퇴폐적 정조(情調)에 지나치게 이끌린 나머지 감각의 혼융(混融), 언어의 음악적 정련(精練) 등과 같은 미학적 원리에 대한 충분한 인식을 포함하지 못했다. 그것은 『오뇌의 무도』에 말라르메나, 랭보의 시가 단 한 편도 실리지 않았다는 사실이 증명한다"29)고 밝힌 적이 있다. 이형기의 지적대로 김억은 프랑스 상징주의의 지적 전통을 번역하지 못하고 다만 감성적 전통만을 번역하였다는 점에서 한계가 있을 수밖에 없었다.

한편 김억은 상징주의 시인들과 함께 퍼시 비시 셸리·윌리엄 블레이크 같은 영국 낭만주의 시인들, 윌리엄 버틀러 예이츠·아서 시먼즈·어니스트 도슨 같은 영국 퇴폐주의나 유미주의 또는 세기말 시인들의 작품을 번역하여 소개하였다. 물론 그들은 프랑스 상징주의 전통과는 거리가 있지만 프랑스 상징주의 시인들과 직접 또는 간접으로 연관되어 있었다. 이형기가 말하는 '퇴폐적 정조'가 영국 세기말 시인의 작품에 관류하는 정서였다. 그러므로 김억이 영국 시인들의 작품을 번역한 것은 프랑스 상징주의 시인들의 작품을 번역한 것과 서로 관련되어 있다고 볼 수 있다.

두말할 나위 없이 김억이 번역하여 소개한 이러한 퇴폐주의적 경향의 작품들은 이 무렵 한국문단의 풍토에 큰 영향을 끼쳤다. 특히 1919년 2월 흔히 한국 최초의 순문예지로 일컫는 『창조』가 창간되고 그 이듬해 낭만주의 성향의 문학동인지 『폐허』가 탄생되는 데 산

---

29) 이형기, 「신문학 80년의 개관」, 『한국문학개관』(이형기·조남현 외), 서울 : 어문각, 1986, 49~50면.

파 역할을 하였다. 김억이 소개한 감성적 상징주의와 낭만주의의 후기 증상이라고 할 세기말적 감상주의는 이 무렵 한민족의 정서와 잘 맞아 떨어졌다. 즉 이러한 퇴폐주의적 경향은 기미독립운동이 일본 제국주의의 무력 진압으로 실패로 돌아간 뒤 좌절해 있던 한민족의 정서를 표현하는 데 그야말로 안성맞춤이었다.

1920년대 한국문학의 중요한 한 특징이라고 할 퇴폐주의와 관련하여 여기에서 잠깐 백철(白鐵)의 주장을 살펴볼 필요가 있다. 그는 일찍이 1920년 전반기의 문학을 총칭하여 '퇴폐성 문학'이라고 일컫는다. 그가 이러한 평가를 내리는 데에는 그럴 만한 까닭이 있다. 이 무렵 번역을 통하여 들어온 서구문학과 한반도의 시대적 상황은 여러모로 퇴폐적 분위기를 낳는 데 좋은 토양이 되었기 때문이다.

1920년 7월에 『폐허』라는 문학동인지가 발간되었다. 이 『폐허』지에 모인 문학인들은 대체로 퇴폐적 경향이 있는 사람들이다. (…중략…) 1919년의 3·1운동이 실패로 돌아가고 나서 사회적으로 절망적이요 퇴폐적인 분위기가 생기게 된 것과 때마침 프랑스의 세기말 문학이 들어오고 동시에 러시아의 우울문학(憂鬱文學)의 영향을 받게 되어, 드디어 1920년대의 우리 문학이 퇴폐문학 시대를 갖게 된 것이다.[30]

특히 백철은 1920년대 전반기에 쓰인 시들이 퇴폐성을 띠게 된 또 다른 이유로 김억이 번역 시집 『오뇌의 무도』를 출간하면서 이 시집에 퇴폐주의 경향의 작품을 주로 수록하였다는 점을 든다. 이 점과

---

30) 이병기·백철, 『국문학전사』, 서울 : 신구문화사, 1957, 298~302면.

관련하여 백철은 "김억 등이 이와 같
이 프랑스의 데카당 시인과 작품을
소개하였기 때문에 그때 우리 문단에
큰 영향을 끼쳤던 것이다"31) 하고 지
적한다. 물론 여기에서 '퇴폐주의'라
는 용어를 지나치게 좁은 의미로 받
아들여서는 안 된다. 프랑스 상징주
의를 비롯하여 영국 후기 낭만주의
그리고 유미주의와 세기말 경향을 두
루 가리키는 제유적 표현으로 받아들
여야 할 것이다.

낭만주의적 경향의 문예동인지 『백조』. 박종화와 홍사용
등이 동인으로 참여하였다. 창작 못지않게 번역 작품도 실
었다.

또한 이 무렵 『폐허』 못지않게 중
요한 역할을 한 동인지가 『백조(白潮)』이다. 앞의 동인지가 한국문단
에 퇴폐주의와 프랑스 상징주의에 무게를 실었다면, 뒤 동인지는 감
상적 낭만주의나 현실도피적 이상주의에 좀더 무게를 실었다. 흔히 '한
국 근대 낭만주의의 화원(花園)'으로 일컫는 『백조』는 현진건(玄鎭健) · 나
도향(羅稻香) · 이상화(李相和) · 홍사용(洪思容) · 박종화(朴鍾和) 등 순수 문
학을 지향하는 시인들과 소설가들이 만든 잡지였다. 1922년 1월 창간되
어 1922년 9월 종간되었기 때문에 발간 기간은 비록 짧았지만 시를
비롯하여 소설 · 수필 · 희곡 등 여러 장르에 걸쳐 폭넓게 작품을 실
었다. 이 동인지는 근대 한국문단에 낭만주의를 처음 소개하고 정착
시키는 데 크게 이바지 하였다는 평가를 받는다.

---

31) 위의 책, 300면.

　　1920년대 초엽 한국 근대 시인들에게 큰 영향을 준 사람은 폴 베를렌이다. 그의 많은 작품 중에서도 그들은 「검고 씃업는 잠은」이라는 작품에서 가장 많은 영향을 받았다. 김억은 이 작품을 1918년 11월 8일자 『태서문예신보』 제6호에 처음 번역하여 발표하였다가 『오뇌의 무도』에 실었다. 문학의 주제 가운데에서도 아마 '검은' 색깔에 '끝없는' 수면, 즉 죽음만큼 퇴폐적인 주제도 아마 없을 것이다.

　　검고 씃업는 잠은

　　나의 목숨 우에 오아라

　　아々 자거라, 모든 希望아!

　　아々―자거라, 모든 怨歎아!

　　내게는 아모 것도 아니 보이여,

　　모든 記憶은 가고 말앗서라,

　　惡이나 쏘는 善이나 ……

　　아々 애닯은 變遷이여!

　　나는 무덤 어구에서

　　두 손으로 흔들니우는

　　다만 한 搖籃이노라,

　　아々 고요하여라, 소리 업서라.³²⁾

---

32) 폴 베를렌, 김억 역, 「검고 씃없는 잠은」, 『오뇌의 무도』, 23면.

이 작품에서 베를렌이 말하는 '검은 끝없는 잠'이란 다름아닌 죽음을 뜻한다. 한국을 비롯하여 중국이나 일본 같은 동아시아 문화권에서 말하는 '영면(永眠)'과 같은 뜻이다. 영원히 잠든다는 뜻으로 '죽음'을 이르는 말이다. 흔히 '영서(永逝)'니, '장면(長眠)'이니 하고 일컫기도 한다. 베를렌은 일단 인간이 죽으면 희망도 원탄도 없어지고, 선과 악을 판단할 능력도 모두 사라진다고 밝힌다. 사랑도 증오같은 애증의 감정도 마찬가지일 것이다. 이 시의 화자가

김억이 출간한 역시집 『꽃다발』. 이밖에도 그는 『잃어진 진주』, 『야광주』, 『옥잠화』 등의 역시집을 출간하였다.

"아々 애닮은 변천이여!" 하고 노래하는 것은 바로 그 때문이다.

박종화를 비롯한 '백조'파 시인들이 베를렌의 이 작품에서 직접 또는 간접으로 영향을 받았다. 박종화가 『백조』 창간호에 발표하였다가 시집 『흑방비곡(黑房秘曲)』에 수록한 작품 곳곳에서 베를렌의 작품에서 영향을 받은 듯한 흔적이 눈에 띤다. 박종화의 이 처녀 시집에 대하여 박영희(朴英熙)는 일찍이 "遼遼한 永劫으로부터 울려오는 鐘소리와 아울러 疲困한 生이란 廢墟에서 迷路하는 사람들 가슴 속에 감추인 것을 노래하엿스며, 悲痛한 눈물을 흘리는 者를 愛撫하는 人道的 秘曲을 노래하엿다"33)고 밝힌 적이 있다. 박종화 자신은

---

33) 박영희, 「서(序)」, 『흑방비곡』, 경성 : 조선도서주식회사, 1924, 2면. 이하 『흑방비곡』으로만 표기함.

이 시집에 실린 작품에 대하여 일부는 "1919년과 1921년 새이에 象徵詩 그 境域에 내가 彷徨할 째 지은 것"이며 또 다른 일부는 "1921(년)로부터 1923(년) 새이에 새로히 내 新境地를 開拓하랴는 純眞의 觀照 아래서 지은 것"이라고 밝힌다.[34] 그러면서 '흑방비곡'과 '푸른 門으로' 그리고 '정밀(靜謐)'의 항목에 실린 작품은 후자에 속한다고 말한다. 그러나 이 항목에 실린 작품 중에는 후자보다는 오히려 전자의 영향을 받은 작품이 적지 않다.

무엇보다도 『흑방비곡』이라는 이 시집의 제목부터가 죽음과 깊이 관련되어 있다. 박종화가 말하는 '흑방'이란 어두운 방, 즉 무덤이나 죽음을 가리키는 은유이다. 그렇다면 위에 인용한 작품뿐만 아니라 시집 전체에 걸쳐 시인은 죽음을 핵심적인 주제로 삼는다고 할 수 있다. 실제로 이 시집에는 제목으로 삼은 「흑방비곡」을 비롯하여 「밀실로 도라가다」, 「만가」와 「나그네의 길」, 「묘장(墓場)의 야연(夜宴)」, 「운명의 만가」, 「송사치탄(送死痴歎)」, 「사(死)의 예찬」처럼 죽음을 소재로 삼은 작품이 많이 실려 있다.

이 중에서도 「밀실로 도라가다」는 베를렌의 「검고 싯업는 잠은」에서 받은 영향이 비교적 뚜렷이 드러난다. 특히 제2연을 보면 더더욱 그러하다.

臨終의 날에
홀로 써는 듯한
누런 해여진 보책이가튼

내 마음은,

쓸々하고도 고요한

나릿한 만수향냄새 써도는,

캄々한 내 密室로 도라가다.35)

　베를렌의 작품에서 '검고 끝없는 잠'이 죽음을 가리키듯이 박종화의 작품에서도 '캄캄한 밀실'이란 두말할 나위 없이 무덤을 가리킨다. 제5연에서 박종화는 "퍼런 곰팡내 나는 낡은 무덤 속에 / 썩은 해골과 가튼" 하고 노래한다. 그런데 이 두 시인은 모두 죽음이나 무덤을 검은 색깔로 표현할 뿐만 아니라 쓸쓸하고 고요한 것으로 표현한다. 베를렌이 사용하는 '요람'은 박종화가 그의 작품에서 사용하는 '누런 해여진 보잭이'와 크게 다르지 않다. 언뜻 보면 요람은 무덤과는 거리가 먼 것처럼 느껴질는지 모른다. '요람에서 무덤'이라는 표현도 있듯이 요람은 이 세상에 태어난 지 얼마 되지 않는 유아 시절을 뜻하는 환유인 반면 무덤은 삶의 종착역을 가리키는 환유이기 때문이다. 그러나 베를렌의 작품에서 요람은 시체를 보관하는 관을 뜻한다. 마찬가지로 박종화의 작품에서 임종을 맞이하는 화자가 자신의 심정을 빗대는 누렇게 헤어져 버린 보자기는 누런 베로 만든 수의로 보아 크게 틀리지 않다. 관이건 수의이건 죽음과 시체 그리고 죽음과 깊이 관련되어 있음에 틀림없다.
　베를렌의 작품보다는 그렇게 뚜렷이 드러나지는 않아도 샤를 보들레르의 작품도 한국의 근대 시인들에게 직접 또는 간접으로 적잖

---

35) 박종화, 「밀실로 도라가다」, 『흑방비곡』, 2면.

이 영향을 끼친다. 김억은 『태서문예신보』나 『폐허』에 보들레르의 작품을 한 편도 번역하지 않았지만 『오뇌의 무도』에는 그의 작품을 무려 6편이나 싣고 있다. 보들레르의 번역 시 중에서도 「죽음의 즐 겁음」은 박종화의 작품과 관련하여 관심을 끈다.

> 陰濕한 쌍우, 달팽이의 모힌 곳에,
>
> 나는 나의 깁흔 무덤을 파노라,
>
> 이는 내 老骨을 쉬이며, 忘却의 안에
>
> 자람이노라―물 아레의 鮫魚와 갓치.
>
> 나는 遺言을 밉어하며, 무덤을 실허하노라,
>
> 죽어서 사람의 짜는 눈물을 엇음보다는
>
> 차라리 살아서 吸血의 鴉嘴를 불녀,
>
> 더러운 내 死體의 마듸마듸를 먹이랴노라.36)

이 작품의 주제는 그 역설적인 제목에서 이미 엿볼 수 있다. 이 시의 화자는 죽음을 증오하여 거부하는 것이 아니라 오히려 '즐겁게' 맞이하려고 한다. 죽음을 두려워하고 싫어하는 것이 인간의 속성이 련만 화자는 이와는 사뭇 다르다. 그에게 무덤은 "노골을" 편이 쉬게 할 수 있는 공간이며, "망각" 속에서 성장할 수 있는 공간이기 때문이다. "물 아레의 교어와 갓치"라는 구절에서 교어란 상어를 가리킨다. 언제나 물속에서 살아가는 상어처럼 화자도 죽음을 삶처럼 살아가고 싶어한다. 박종화는 『백조』 제3호에 「死의 禮讚」을 발표하면서 보들

---

36) 샤를 보들레르, 김억 역, 「죽음의 즐겁음」, 『오뇌의 무도』, 101면.

레르의 「죽음의 즐겁음」에서 영향을 받은 듯하다.

> 보라!
>
> 아니라, 지금은 그 아니라.
>
> 그러나 보라!
>
> 살과 혼,
>
> 화려한 五色의 빗으로 얽어서 노흔
>
> 薰香내 높픈
>
> 幻想의 터를 넘어서
>
> 검은 옷을 骸骨 우에 걸고
>
> 말업시 朱土빗 흙을 밟는 무리를 보라,
>
> 이곳에 生命이 잇나니
>
> 이곳에 참이 잇나니
>
> 莊嚴한 漆黑의 하늘 敬虔한 朱土의 거리!
>
> 骸骨! 無言!
>
> 번적어이는 眞理는 이곳에 잇지 아니하냐.
>
> 아! 그러타 永劫우에.[37]

　박종화의 작품은 제목에서부터 보들레르의 작품과 비슷하다. 죽음을 예찬하는 것과 죽음을 즐거워하는 것은 크게 차이가 없다. 죽음을 먼저 즐거워하지 않고서는 그것을 예찬할 수 없을 것이기 때문이

---

37) 박종화, 「사의 예찬」, 『흑방비곡』, 169~170면.

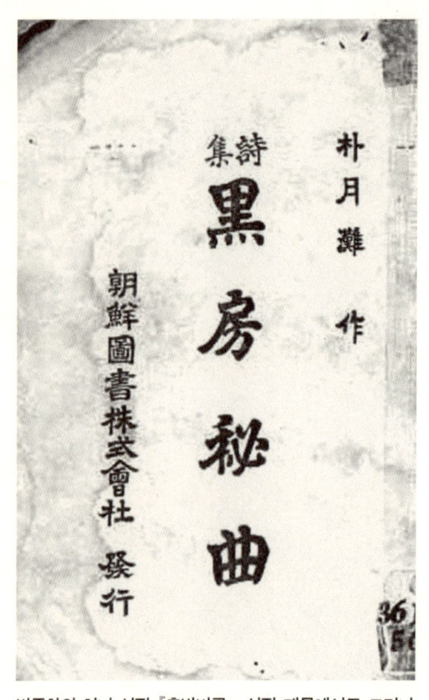

박종화의 처녀 시집 『흑방비곡』. 시집 제목에서도 드러나
듯이 프랑스 상징주의와 퇴폐주의의 냄새가 짙게 풍긴다.

다. "음습한우, 달팽이의 모힌 곳에, / 나는 나의 깁흔 무덤을 파노라"라는 보들레르의 첫 구절은 박종화의 "이곳에 生命이 잇나니 / 이곳에 참이 잇나니"라는 구절과 서로 통한다. 박종화는 프랑스의 상징주의 시인처럼 죽음에서 '번쩍이는 진리'를 발견한다. 보들레르가 역설법을 구하여 죽음을 찬미하는 것처럼 박종화도 똑같은 수사법을 빌려 죽음을 예찬한다. 박종화가 구사하는 역설법은 "장엄한 칠흑의 하늘 경건한 주토의 거리"라는 구절에서 잘 드러나 있다.

또한 동일하거나 유사한 이미지와 상징을 구사한다는 점에서도 박종화의 작품은 보들레르의 작품과 적잖이 닮아 있다. 예를 들어 늙은 사람의 뼈나 죽은 사람의 뼈를 뜻하는 '노골'은 "검은 옷을 해골 우에 걸고"와 "해골! 무언!"의 '해골'과 직접 맞닿아 있다. 보들레르의 작품에서 "망각의 안에 / 자람이노라"는 박종화의 "훈향내 높픈 / 환상의 터를 넘어서"와 연관되어 있다. 그런가 하면 「죽음의 즐겁음」에서 "흡혈의 아취"의 먹이가 되는 죽은 시체 「사의 예찬」에서 "말업시 주토빗 흙을 밟는 무리"와 비슷하다.

그러나 한국 근대 시인에게 가장 큰 영향을 끼친 상징주의 작품이라면 역시 보들레르의 「유령(幽靈)」을 빼놓을 수 없다. 그의 『악의 꽃』(1857)에는 죽음을 노래한 작품이 한두 편이 아니지만 아마 이 작품처럼 널리 알려진 작품도 찾아보기 어려울 것이다.

> 褐色의 눈을 가진 天使와 갓치,
>
> 나는 너의 寢臺로 돌아오리라,
>
> 어둑한 밤의 그늘 아래에 싸이여,
>
> 소리도 업시, 나는 네게로 갓히 가리라.
>
> 나는 네게 주리라, 검웃한 愛人이여,
>
> 그러진 구멍의 周圍에
>
> 달갓튼 찬 키쓰와,
>
> 배암갓튼 愛撫를.
>
> 희멀금한 아츰이 되랴는
>
> 아모것도 업는 뷔인 자리만 남으리라,
>
> 그러나, 그 자리는 저녁까지 차리라.
>
> 사람들은 아름답은 맘으로
>
> 너의 生命과 졀믐의 우에 나려오나,
>
> 나는 오직 恐怖로 네게 臨하리라.38)

---

38) 샤를 보들레르, 김억 역, 「유령(幽靈)」, 『오뇌의 무도』, 109~110면. "그러진 구멍의 周圍에 / 달갓튼 찬 키쓰와, / 배암갓튼 애무를"이라는 구절은 아무래도 뜻이 통하지 않는다. 아니나 다를까 김억의 오역임이 밝혀졌다. 원문에는 "Des baisers froids comme la lune / Et des caresses de serpent / Autour d'une fosse rampant"로 되어 있다. "달같이 찬 키스와 / 무덤 주위를 기어 다니는 / 뱀 같은 애무를"이라고 옮겨야 정확하다.

이 작품에서 일인칭 화자 '나'는 남성이고, 화자가 말을 거는 대상, 즉 피화자(被話者) '너'는 '검웃한 애인'(검은 미녀)인 여성이다. 화자 '나'는 제목 그대로 실체 없는 죽은 사람의 혼령이다. 발터 벤야민은 보들레르의 유령을 근대성의 한 특징이라고 할 익명의 군중으로 해석하였다. 그러나 이 작품에서 일인칭 화자 '나'는 좁게는 유령이고 넓게는 죽음을 가리킨다. 이 작품에서 보들레르는 죽음의 필연성과 파괴력 그리고 공포를 노래한다.

두말할 나위 없이 보들레르의 「유령」은 『백조』제3호에 실린 이상화(李相和)의 「나의 寢室로」에 영향을 주었다. 작품의 소재와 주제에서는 말할 것도 없고 형식과 스타일에서도 두 작품은 적잖이 닮아 있다.

「마돈나」 지난밤이 새도록, 내 손수 닥가둔 寢室로 가자, 寢室로!
낡은 달은 빠지려는데, 내 귀가 듯는 발자욱—오, 너의 것이냐?

「마돈나」 짭은 심지를 더우잡고, 눈물도 업시 하소연하는 내 맘의 燭불을 봐라,
羊털가튼 바람결에도 窒息이 되어, 얄푸른 연긔로 써지려는도다.

「마돈나」 오느라 가자, 압산 그름애가, 독갑이처럼, 발도업시 이곳 갓가이 오도다.
아, 행여나, 누가 볼는지—가슴이 쒸누나, 나의 아씨여, 너를 부른다.

「마돈나」 날이 새련다, 빨리 오렴으나, 寺院의 쇠북이, 우리를 비웃기 전에

　네 손이 내 목을 안어라, 우리도 이 밤과 가티, 오랜 나라로 가고말자.[39]

이 작품은 이상화가 열여덟 살의 문학청년 시절에 쓴 작품이다. 문학청년답게 그는 이 작품에서 상징적 수법을 구사하여 서구적 퇴폐주의와 탐미적 정조를 한껏 표현한다. 백철은 일찍이 이 작품을 두고 "감상의 색실로 엮어진 애수의 화환"[40]이라고 평한 바 있다. 보들레르의 「유령」처럼 이 작품도 일인칭 화자 '나'는 '너'에게 말을 건다. 이상화의 작품에서도 화자 '나'는 남성이고, 그가 말을 건네는 피화자 '너'는 '마돈나'라는 여성이다. 그런데 흥미롭게도 보들레르의 시 중에도 「마돈나에게」라는 작품이 있다. '스페인 취미의 봉납물(奉納物)'이라는 부제가 붙어 있는 이 작품은 「유령」과 함께 『악의 꽃』에 수록되어 있다. 이 작품에서 역시 일인칭 화자 '나'는 "마돈나, 내 임이여, 나 그대 위해 세우리 / 내 고뇌의 안쪽 깊숙이 지하의 제단을, / 그리고 내 가슴 속 가장 으슥한 구석에, / 이승의 욕망과 비웃는 눈길 멀리 떠나, / 하늘색 금빛으로 온통 단장한 벽감을 파서, / 희한한 그대의 성상을 세우리" 하고 노래한다. 또한 보들레르 작품의 "검웃한 애인이여"라는 구절은 「나의 침실로」에서는 "나의 아씨여"로 바뀐다.

　더구나 '침실'을 중요한 모티프로 사용한다는 점에서도 두 작품은

---

39) 이상화, 「나의 寢室로」, 『백조』 제3호, 1923, 13~14면.
40) 백철, 『신문학사조사』(개정판), 서울 : 신구문화사, 1980, 216~217면.

서로 비슷하다. 다만 차이가 있다면 방향성과 화자의 태도에서 조금 다를 뿐이다. 즉 보들레르의 「유령」에서 화자는 "나는 너의 침대로 돌아오리라" 말하면서 피화자한테 돌아가겠다는 의지를 표현하는 반면, 이상화의 「나의 침실로」에서는 "마돈나 지난밤이 새도록 닥가 둔 침실로 가자, 침실로!" 하고 말하면서 자신과 함께 침실로 가자고 간곡하게 권유한다. 일상성의 세계에서 침실은 흔히 안식과 육체적 쾌락과 환희와 사랑의 공간이지만 이 두 시인의 작품에서는 오히려 공포와 죽음과 관련되어 있다. 보들레르는 "사람들은 아름답은 맘으로 / 너의 생명과 절믐의 우에 나려오나, / 나는 오직 공포로 네게 림하리라" 하고 노래한다. 이상화의 작품에서도 화자가 '마돈나'에게 그토록 간절하게 함께 가자고 권유하는 침실은 "어린애 가슴처럼 歲月 모르는" 침실일 뿐이다. 다시 말해서 지그문트 프로이트가 말하는 쾌락 원칙이 힘을 떨치지는 공간이지만 현실 원칙은 좀처럼 힘을 쓰지 못하는 공간이다. 그러므로 침실을 흔히 안식을 통한 재생을 상징하는 공간으로 해석하는 것은 바람직하지 않다.

이상화의 「나의 침실로」는 주제에서도 보들레르의 「유령」과 서로 비슷하다. 보들레르의 작품에서 화자가 말하는 "달갓튼 찬 키쓰"와 "배암갓튼 애무"는 곧 죽음의 손길을 뜻한다. 화자 유령이 죽음을 몰고 찾아온다는 것은 그 다음 두 행 "희멀금한 아츰이 되랴는 / 아모것도 업는 뷔인 자리만 남으리라"에 이르러 좀더 뚜렷이 드러난다. 이렇게 죽음의 세계를 노래하는 것은 이상화의 작품에서도 크게 다르지 않다. 화자 '나'는 '마돈나'에게 아름답고 영원한 안식처에 함께 가자고 애타게 갈망한다. 그런데 이러한 안식처는 곧 죽음의 세계밖에는 없을 것이다.

그러고 보니 이상화가 「나의 침실로」의 제사(題詞)에서 왜 "가장 아름답고 오—랜 것은 오즉 꿈속에만 잇서라" 하고 말하는지 그 까닭을 알 만하다. 여기에서 그가 말하는 '꿈속'은 비단 몽상의 세계에 그치지 않고 더 나아가 죽음의 세계를 뜻한다. 죽음을 영원하고도 진실한 삶으로 여기면서 사랑하는 여인에게 함께 그 세계로 가자고 권유하는 낭만적 열정이 넘치는 작품이다. 적어도 주제에서 「나의 침실로」는 방금 앞에서 언급한 박종화의 「사의 예찬」과 맞닿아 있다. 죽음을 두고 박종화는 "이곳에 생명이 잇나니 / 이곳에 참이 잇나니"니 "번적어이는 진리는 이곳에 잇지 아니하냐" 하고 노래한다. 그러므로 밝은 대낮을 일제 강점기의 암울한 현실로, 온갖 꿈을 꾸는 먼동이 트기 전의 밤을 낭만적 이상 세계로 해석하는 것은 옳지 않다. '마돈나'·'침실'·'수밀도의 네 가슴' 등의 감각적 시어에 너무 주목한 나머지 남녀의 정욕을 노래한 연애시로 읽는 것은 더더욱 옳지 않다. 기미년 3·1운동이 실패로 돌아간 뒤 울분과 좌절감 그리고 패배감 때문에 이러한 에로틱한 퇴폐성으로 도피하고 있다는 해석도 받아들이기 어렵다.

6. 김억의 작품에 끼친 번역 시의 영향

김억이 외국 시를 번역하여 단행본으로 출간한 『오뇌의 무도』는 자신의 시 창작에도 직접 또는 간접으로 큰 영향을 끼쳤다. 그는 어떤

작품에서는 의식적으로 그리하여 외국 작품을 모방하거나 영향을 받는 반면, 어떤 작품에서는 자신도 모르게 거의 무의식으로 영향을 받기도 한다. 외국 시를 직접 번역하는 사람은 번역된 작품을 읽는 독자와는 또 달라서 원문 작품을 거의 통달하다시피 한다. 또한 작품을 쓴 작가나 시인은 말할 것도 없고 작품의 해석에 대해서도 일반 독자들보다는 훨씬 더 많이 알고 있게 마련이다. 외국 작품을 올바로 이해하는 데에는 자국어로 번역하는 것

김억의 첫 창작 시집 『해파리의 노래』. 83편의 시 작품을 수록한 이 책은 한국 최초의 창작 시집으로 꼽힌다.

만큼 더 좋은 방법이 없다고 주장하는 학자들도 있다.

김억은 『오뇌의 무도』를 출간한 이듬해 첫 창작 시집 『해파리의 노래』(1923)를 출간한다. 앞 책에 한국 최초의 서구 시를 번역한 시집이라는 꼬리표가 붙어 다닌다면, 뒤 책에는 한국 근대문학사에서 언제나 최초의 개인 시집이라는 꼬리표가 붙어 다닌다. 역시집을 출간한 직후에 나온 시집이어서 그런지 프랑스 상징주의 특유의 감상주의적 분위기와 퇴폐주의적 색채가 면면히 흐른다. 또한 일본 제국주의한테 나라를 빼앗긴지 10여 년, 그리고 기미독립운동이 실패로 돌

아간 지 겨우 4년밖에 되지 않은 시기에 나와서 그런지는 몰라도 이 시집에는 삶의 우수와 애환과 비극적 상실감이 짙게 배어 있다. 춘원(春園) 이광수(李光洙)는 이 시집의 서문에서 "인생에는 깃븜도 만코 슬픔도 만타. 특히 오늘날 흰옷 닙은 사람의 나라에는 여러 가지 애닯고 그립고, 구슬픈 일이 만타"고 밝힌다. 그러면서 "이천만 흰옷 닙은 사람! (…중략…) 이 사람들이 가슴 속에 뭉치고 타는 회포를 대신하야 읍져리는 것이 시인의 직책이다. 우리 해파리는 이천만 흰옷 닙은 나라에 둥々 써돌며 그의 몸에 와닷는 것을 읍헛다. 그 읍헌 것을 모흔 것이 이 『해파리의 노래』다" 하고 말한다.41) 물론 김억은 이 시집 말고도 『금모래』(1925), 『봄의 노래』(1925), 『안서시집』(1929), 『안서시초』(1941), 『먼동이 틀 제』(1947), 『안서 민요시집』(1948) 등 시집을 잇달아 출간하여 시인의 역량을 한껏 과시하였다.

김억은 그의 작품에서 무엇보다도 가을과 낙엽 그리고 그것과 관련한 삶의 우수와 조락과 쇠퇴 등을 즐겨 노래한다. 가령 「꿈의 노래」를 비롯하여 두 편이나 되는 「가을」, 「사계의 노래」, 「낙엽」, 「상실」, 「삼년의 넷날」 등은 이러한 경우를 보여 주는 좋은 예로 꼽을 만하다. 또한 김억은 상징주의 시인들이 즐겨 작품의 소재로 삼은 눈[雪]을 자주 노래한다. 「눈」이라는 제목의 작품은 '꿈의 노래'라는 항목에 한 편이 실려 있고, '해파리의 노래'라는 항목에도 또 한 편이 실려 있다. 「달과 함끠」를 비롯하여 「안동현(安東縣)의 밤」과 「북방(北邦)의 짜님」 같은 작품에서도 마찬가지로 눈을 노래한다. 이밖에

---

41) 춘원, 「해파리 노래에게」, 『해파리의 노래』, 경성: 조선도서주식회사, 1923, 3면. 이하 『해파리의 노래』로만 표기함.

도 김억은 몇몇 상징주의 시인처럼 ‘권태’, ‘피곤’, ‘눈물’, ‘죽음’, ‘무덤’ 같은 시어를 자주 구사하기도 한다.

　김억이 외국 시를 번역하면서 받은 영향은 비단 작품의 소재나 시어의 구사에 그치지 않는다. 그는 프랑스 상징주의로부터 언뜻 논리에 어긋나는 것처럼 보이는 모순어법을 물려받는다. 김억이 『해파리의 노래』의 서문에서 “내 노래는 설고도 곱습니다”[42] 하고 말하는 것은 바로 그 때문이다. 이러한 수법은 「설은 희극」이라는 작품 제목에서도 쉽게 엿볼 수 있다. ‘섧다’는 말과 ‘희극’이라는 말은 마치 불과 얼음처럼 서로 어긋날망정 함께 어울리지는 않는다. 김억의 이러한 모순어법을 가장 잘 볼 수 있는 작품은 「악성(樂聲)」이라는 작품이다.

> 울니여나는 악성의
>
> 느리고도 짜른
>
> 애닲은 곡조에
>
> 나의 슬어진 넷은
>
> 그윽하게 살아
>
> 내 가슴 압하라.[43]

　둘째 행 “느리고도 짜른”은 모순어법이다. 느리거나 빠를 수는 있어도 느리면서 동시에 빠르다는 것은 논리적 모순이다. 나머지 세 연에서 사용하는 “짜르고도 더진(빠르고도 더딘)”, “넓달코도 좁은(넓고

---

42) 김억, 「서문」, 『해파리의 노래』, 1면.
43) 김억, 「악성」, 『해파리의 노래』, 157면.

도 좁은)” “놉달코도 나즌(높고도 낮은)” 같은 표현도 모순어법이기는 마
찬가지이다. 이러한 기법은 두말할 나위 없이 상징주의를 근대성과
연관시키면서 변영로가 말한 ‘두려운 모순’과 ‘가슴 쓰린 생의 아이
러니’를 표현하기 위한 한 방법에 지나지 않는다. 상징주의 시인이
흔히 그러하였듯이 김억이 즐겨 사용하는 공감각도 따지고 보면 이
러한 모순어법과 그렇게 동떨어져 있지 않다.

더구나 김억은 문장 구문에서 프랑스 상징주의 시인들의 영향을
받는다. 레미 드 구르몽은 「낙엽」에서 돈호법과 권유형을 즐겨 구사
한다.

> 시몬아, 나뭇닙 쩌러진 樹林으로 가자.
>
> 落葉은 잇기와 돌과 小路를 덥헛다.
>
> 시몬아, 落葉 밟는 발소리를 죠와하늬?
>
> 落葉의 빗갈은 죠흐나, 모양이 寂寞하다.
>
> 落葉은 가이업시 버린 짜우에 흐터젓다.[44]

구르몽은 「과수원」에서도 이러한 문장 구조를 사용한다. “시몬,
果樹園으로 가자. / 버들函을 가지고. / 果樹園에 들아가면서 / 林檎
나무에게 말하자” 하고 노래한다. 김억은 「별나쓰기」에서 구르몽이
「낙엽」과 「과수원」에서 사용한 문장 구조를 거의 그대로 사용한다.
다만 김억은 ‘시몬’을 ‘애인’으로, ‘수목’이나 ‘과수원’을 ‘강’으로 바
꾸어놓을 따름이다.

---

44) 레미 드 구르몽, 김억 역, 「낙엽」, 『오뇌의 무도』, 69면.

愛人이여, 江으로 가자, 只今은 밤, 나쓰질 때다.

愛人이여, 거기로 가자, 只今은 밤, 나쓰질 때다.

어둡은 江우에는 빗나는 별이 반듯인다.

어둡은 거리에는 빗나는 燈쓸이 반듯인다. [45]

　　더구나 김억은 구르몽과 마찬가지로 아예 「낙엽」이라는 제목의 작품을 쓰기도 한다. 김억은 단순히 구르몽의 작품에서 제목을 빌려 오는 것에 그치지 않고 문장 구문을 비롯한 여러 면에서 적잖이 영향을 받는다. 이 작품의 첫 연 마지막 행에서 김억은 "자, 내 사람아, 동산으로 가자" 하고 노래한다. 여기에서도 그는 '시몬' 대신에 '내 사람아'라는 돈호법으로 사용하고, '수목'이나 '과수원' 대신에 '동산'으로 함께 가자고 권유한다. 또한 구르몽의 "시몬아, 낙엽 밟는 발소리를 죠와하늬?"라는 의문형을 살려 김억은 "가만히 귀를 기울리고 잇으면 / 어린 쑴을 쌔쩌지는 소리가 들늬⑦"라는 의문형 문장으로 만든다. 김억은 이 작품에서 돈호법과 권유형과 의문형 구문 말고도 또 다른 구문에서도 구르몽의 「낙엽」에서 영향을 받는다. '해라'보다 좀더 부드러운 명령이나 허락을 나타내는 종결어미 '~하렴'이 바로 그것이다.

　　오오, 내 사람아, 갓까히 오렴,

　　只今은 가을, 흐터지는 째

　　흐터지는 落葉의 우리의 소리를 듯자.

---

45) 김억, 「별나쓰기」, 『해파리의 노래』, 34면.

明日이면 눈도 와서 덥히겟다. [46]

  구르몽은 「낙엽」의 끝 부분에서 "갓까히 오렴, 언제 한번은 우리도 불상한 落葉, / 갓까히 오렴, 발서 밤이 되야 바람이 몸에 숨여든다" 하고 노래한다. 물론 여기에서 시적 화자가 말하는 대상은 두말할 나위 없이 '시몬'으로 이 연에서는 생략되어 있다. 화자는 드러내놓고 인간이란 결국 한낱 '불상한 낙엽'에 지나지 않는다고 밝힌다. 인간의 삶을 낙엽에 빗대는 화자의 진술은 김억의 작품에서는 직접 드러나지 않고 "지금은 가을, 흐터지는 째"라는 구절에 함축적으로 드러나 있다. 이왕 돈호법과 '~하렴'이라는 명령형 이야기가 나왔으니 말이지만 이상화도 「나의 침실로」에서 이 구문과 비슷한 '~하려무나'를 구사하여 "마돈나 오렴으나, 네 집에서 눈으로 遺傳하든 眞珠는, 다 두고 몸만 오느라" 하고 노래한다. 이상화가 이 작품을 『폐허』에 처음 발표한 것은 1923년으로 『오뇌의 무도』가 출간된 지 2년, 『해파리의 노래』가 출간된 지 겨우 1년밖에는 되지 않은 때이다.

  김억이 구르몽의 영향을 받는 것은 낙엽뿐만이 아니라 흰 눈이다. 구르몽은 「흰 눈」이라는 작품에서 "시몬아, 너의 뉘이 되는 흰 눈이 뜰에서 잔다. / 시몬아, 너는 나의 흰 눈, 그리하고 내 애인이다"[47] 하고 노래한다. 김억은 역시 「눈」이라는 작품에서 "님이여, 당신은 눈, 눈은 당신. / 맘이여, 당신은 눈, 눈은 당신"[48] 하고 읊는다. 여기

---

46) 김억, 「낙엽」, 『해파리의 노래』, 126 · 127면.
47) 레미 드 구르몽, 김억 역, 「흰 눈」, 『오뇌의 무도』, 68면.
48) 김억, 「눈」, 『해파리의 노래』, 23면.

에서도 그는 '시몬아' 대신에 '님이여'라는 돈호법을 사용한다. 그런데 이 작품에서 구르몽의 영향은 이러한 돈호법보다는 오히려 두 번에 걸쳐 되풀이하는 "당신은 눈, 눈은 당신"이라는 구절이다. 구르몽이 "너는 나의 흰 눈, 그리하고 내 애인"이라고 한 구절을 김억은 "당신은 눈, 눈은 당신"이라고 조금 바꾸어 표현한다.

그러나 김억이 프랑스 상징주의 시인 중에서 가장 큰 영향을 받은 사람이라면 역시 폴 베를렌이다. 김억의 「달과 함씌」는 베를렌의 작품 「싯업는 倦怠의」를 옆에 두고 썼다고 할 만큼 두 작품은 서로 아주 비슷하다. 김억은 시어와 이미지에서 문장 구조와 주제에 이르기까지 베를렌의 작품에서 큰 영향을 받는다.

싯업는 倦怠의
넓은 들 우에는
녹기 쉬운 흰눈이
모래갓치 빗을 노하라.

銅色의 하늘에는
빗이란 조금도 업서라,
아〃 울어르면 달빗은
죽은 듯도 하고 산 듯도 하여라.

갓가운 갈나무 수풀은
쩌도는 엿검은 구름갓치,

어리운 안개의 속에

銀色을 씌여 희미하여라. 49)

「싯업는 倦怠의」라는 작품의 처음 세 연이다. 베를렌이 들판에 쌓인 흰 눈과 구릿빛 하늘 그리고 은빛 떡갈나무 숲 등 온갖 시각적 이미지를 구사하여 겨울 풍경을 묘사한 작품이다. "권태의 넓은 들"이라는 베를렌의 은유가 그야말로 찬란하게 빛을 내뿜는다. 바로 그 넓은 권태의 들판 위에 새하얀 눈이 쌓여 마치 해변의 모래처럼 은은한 빛을 내뿜는다. 이렇게 권태로운 것은 비단 지상만이 아니라 하늘도 마찬가지이다. "죽은 듯도 하고 산 듯도" 한 달빛에서도 권태를 느낄 수 있다. 그런가 하면 지상과 천상의 중간이라고 할 떡갈나무 숲에도 권태가 안개처럼 자욱이 어려 있다. 이렇듯 김억은 「달과 함끠」에서 베를렌의 작품을 거의 그대로 옮겨놓다시피 한다.

조는 듯한 燈불에 덥히운

倦怠의 都市의 밤거리에

고요하게도 눈은 내리며 싸여라.

인적은 끈기고

눈이 멋즐 때,

보라, 이러한 째에, 깁고도 넓은

---

49) 폴 베를렌, 김억 역, 「싯업는 倦怠의」, 『오뇌의 무도』, 31면.

싯도 업는 밤바다에
하얏케도 외롭은 빗을 노흐며,
달은 혼자서 方向업시 아득이면서
하늘길을 것고 잇서라.

고요한 밤거리에는
잃어진 꿈과도 갓게
곱게도 燈불이 졸고 잇서라.⁵⁰⁾

김억은 "권태의 넓은 들"을 "권태의 도시의 밤거리"로 옮겨놓을
뿐 기본적인 뼈대에서는 베를렌의 작품과 아주 비슷하다. 베를렌의
작품에서 흰 눈이 들판이 쌓여 있다면, 김억의 작품에서는 도시의 밤
거리에 쌓여 있다. 또한 베를렌의 "싯업는 倦怠"가 김억의 작품에서
는 "싯도 업는 밤바다"로 바뀐다. 또한 「달과 함끠」에서 김억이 '~
하여라'나 '~있어라' 하는 종결어미를 사용하는 것도 비슷하다.

7. 김억과 김소월

김억의 서양 번역 시는 동시대 시인뿐만 아니라 후배 시인들에게
도 크고 작은 영향을 끼치면서 근대시 형성에 크게 이바지하기도 한
다. 이 중에서도 김억이 김소월(金素月)한테 끼친 영향은 생각보다 무

---

50) 김억, 「달과 함끠」, 『해파리의 노래』, 15면.

척 크다. 김억은 일본 게
이오의숙을 중도에 포기
하고 귀국하여 1916년부
터 모교인 오산고등보통
학교에 이광수의 뒤를
이어 조선어를 가르치는
교사로 부임하였다. 바
로 한 해 전에 이 학교에
입학한 김소월은 사상적

『소년』과 『청춘』에 외국 작품을 번역하여 소개한 춘원 이광수. 『소년』에 첫 소설 작품 「소년의 비애」를 싣는다.

으로는 이 학교의 교장 조만식(曺晩植)·서춘(徐椿)·이돈화(李敦化)의 감화를 받았지만 문학적으로는 김억한테서 큰 영향을 받았다.

물론 김억이 김소월에게 끼친 영향을 지나치게 강조하는 것은 그렇게 바람하지 않을지 모른다. 최근 중국 연변(延邊)과 북한에서 나온 자료에 따르면 김소월은 김억을 만나기 훨씬 전부터 시를 쓰기 시작하였다. 남산보통학교에 다니던 1914년 그는 「긴 숙시(熟視)」라는 작품을 썼고, 뒷날 1916년 이것을 『근대사조(近代思潮)』 창간호에 발표하였다는 것이다.51) 지금까지는 오산학교를 다니던 1920년 『창조』 제2호에 「낭인(浪人)의 봄」을 비롯한 다섯 작품을 발표한 것이 그의 첫 문단 데뷔로 흔히 알려져 왔다. 그러므로 만약 연변이나 북한의 기록이 사실이라면 그는 이보다 무려 몇 해나 앞서 이미 시작 활동을 시작한 셈이다.

그러나 김소월이 문학적 스승 김억한테 진 빚은 무척 크다. 김억

---

51) 리동수, 김재남 해제, 『북한의 비판적 사실주의 문학 연구』, 서울 : 살림터, 1992, 240면.

한테 받은 영향이 한두 가지가 아니지만 그 가운데에서 번역에 대한 관심은 첫손가락에 꼽을 만하다. 김소월 작품의 원천을 민요와 한시에서 찾는 경향에 비추어볼 때 그의 외국 시 번역은 자못 중요하다. 이 점과 관련하여 김학동(金澤東)은 일찍이 김소월의 번역을 김억의 서양 시 번역 활동과 관련지었다.

> 소월의 역시편(譯詩篇)으로는 「한식(寒食)」(白居易 원작), 「춘효(春曉)」(孟浩然 원작) 등 16편이 있지만, 모두가 중국 시이다. 그의 중반기로부터 나타나는데 일부는 『소월시초』에 실리기도 했다. 아마도 이 역시편들은 소월의 시작(詩作) 수업의 일환으로, 한 부산물인지도 모른다. 그의 사장(師匠)인 김안서의 역시(譯詩) 활동과의 연관성을 추정케 하기도 한다. 아무튼 소월은 중국 고전시를 번역하고 있음을 알 수가 있다.[52]

김학동의 지적대로 김소월이 외국 작품을 번역한 것은 김억의 역시 활동과 깊이 관련되어 있다. 비록 정도의 차이는 있을망정 김억이 주로 외국 시를 번역하면서 자신의 시 세계를 정립한 것처럼 김소월도 외국 시 번역을 자신의 '시작 수업의 일환'으로 삼았는지도 모른다. 적어도 이러한 관점에서 보면 김소월의 번역은 어디까지나 그의 시작 활동의 '한 부산물'에 지나지 않을 것이다. 김소월은 배재(培材)고등보통학교에 재학 중 이 학교의 교지 『배재』에 기 드 모파

---

52) 김학동, 『현대시인 연구』 II, 서울: 새문사, 1995, 232면. 김병철은 '소월생'(김소월)이 1921년에 아서 시먼즈의 작품 「올마가는 香氣」와 조지 바이런의 「희랍의 연애가」를 번역하여 『개벽』에 실었다고 기록하고 있지만 실제 사실과 다르다. 바이런의 시는 '소월'이 번역한 것이 아니라 '보월(步月)'이 번역한 것이다. 김병철, 『한국근대번역문학사연구』, 418 · 948 · 949면.

상의 단편소설 「써도라가는 계집」을 번역
하여 싣기도 한다.

번역과 관련하여 김소월이 영어와 일본
어로 시를 썼다는 사실도 흥미롭다. 『문학
사상』이 발굴하여 공개한 자료에 따르면
제목을 붙이지 않은 일본어 시 6편과 영문
시 한 편을 썼다.53) 일제 강점기에 그가 일
본어로 시를 썼다는 것은 그다지 놀랄 만한
일이 아니다. 그러나 그가 영문으로 "Sun
of the Sleepless"라는 시를 썼다는 것은 여
간 예사롭지가 않다. 『문학사상』에서 「잠

김소월이 「진달래꽃」을 처음 발표한 종합잡지
『개벽』. 일제 강점기 지성계의 거봉으로 창작과
번역, 시사 논문 등을 폭넓게 실었다.

못 드는 태양」으로 번역하여 소개한 이 작품에서 김소월은 두음법과
모운법을 사용할 뿐만 아니라 약강의 리듬에 각운(aabbccdd)까지 밟
고 있어 그의 영시 창작 능력이 상당한 수준임을 알 수 있다.

그러나 김소월이 김억한테 받은 영향이라면 번역 작업보다는 아
무래도 작품 창작에서 찾아야 한다. 기미독립운동으로 오산학교가
한때 폐교되자 김소월은 1922년 배재학교 5학년에 편입하여 학업을
계속하였다. 이때부터 그는 본격적으로 작품 활동을 시작하였고, 천
도교의 전신인 동학당의 재정적 지원을 받아 1920년에 창간한 잡지
『개벽』을 주요 무대로 활약하였다. 그 뒤 1924년에는 스승 김억을

---

53) 『문학사상』 통권 제62호, 1977. 11. 이 잡지에 처음 실린 김소월의 유고 일부와 『문예 중앙
    』에 발표되었다가 '중앙신서' 21권으로 간행된 『미발표 김소월 시집』(1978)에 수록된 작품
    들이 과연 김소월의 작품인지 그 진위 여부가 아직 정확히 밝혀지지 않은 상태에 있다. 앞
    으로 좀더 서지학적 연구를 거쳐 진위를 밝혀야 할 과제로 남아 있다.

비롯하여 김동인(金東仁), 전영택(田榮澤), 주요한(朱耀翰), 이광수 등과 함께 『영대(靈臺)』의 동인으로 활동하기도 하였다.

잘 알려진 바와 같이 김소월을 처음 문단에 소개한 사람은 바로 김억이었다. 김소월의 시적 재능을 일찍 깨달은 김억은 그의 제자가 시인으로 탄생하는 데 직접 또는 간접으로 산파 역할을 하였다. 김소월이 김억을 만난 것은 서양 문학사에서 T. S. 엘리엇이 에즈러 파운드를 만난 것과 비슷한 의미가 있다. 파운드의 지도 없이 엘리엇이 시인으로 탄생할 수 없었듯이 김억 없는 김소월도 좀처럼 생각하기 어렵다. 그러나 '후생가외'나 '청출어람'이라는 말도 있듯이 뒷날 김억보다는 김소월이, 파운드보다는 엘리엇이 시인으로 훨씬 더 이름을 떨치게 된다. 그 명성이야 어찌되었든 김소월은 뒷날 1934년 김억한테 진 문학적 빚을 '차안서선생삼수갑산운(次岸曙先生三水甲山韻)'이라는 부제가 붙은 「삼수갑산」이라는 작품을 써서 갚는다. 그런가 하면 김억은 김억대로 1934년 김소월이 요절한 뒤에 그의 작품을 뽑아 『소월시초(素月詩抄)』(1939)를 출간하여 제자의 시적 재능을 기리기도 하였다.

1922년 7월 김소월은 김억의 소개로 『개벽』 제3권 제7호에 「진달래꽃」을 발표함으로써 한국 현대 시사(詩史)를 화려하게 장식하였다. 방금 엘리엇과 파운드를 언급하였지만 김소월의 이 작품은 엘리엇의 「황무지」에 빗댈 수 있다. 그러고 보니 두 작품이 발표된 연도도 서로 일치한다. 적어도 문학사에 굵직한 획을 그었다는 점에서 두 작품은 가히 기념비적인 작품이라고 할 만하다.

나보기가 역겨워

가실째에는 말업시

고히고히 보내들이우리다.

寧邊엔 藥山

그 진달내꼿을

한아름 짜다 가실길에 쑤리우리다.

가시는길 발거름마다

쑤려노흔 그꼿을

고히나 즈려밟고 가시옵소서.

나보기가 역겨워

가실째에는

죽어도 아니, 눈물흘니우리다.

김소월은 1925년 첫 시집 『진달내꼿』을 출간하면서 『개벽』지에 실린 작품을 조금 수정하여 싣는다. 시행을 조금 바꾸는가 하면 '그' 같은 지시 형용사를 생략하거나 조사('영변엔' → '영변에', '그 진달내꼿을' → '진달내꼿')를 바꾼다. "죽어도 아니, 눈물흘니우리다"에서 사용한 쉼표를 빼기도 한다. 또한 '말업시 / 고히고히'를 '말업시 고히'로, '한아름 짜다'를 '아름짜다'로, '가시는길 발거름마다'를 '가시는 거름거름'으로, '발거름마다'를 '거름마다'로, '쑤려노흔'을 '노흔'으로

줄이거나 바꾸어 표현한다. 그런가
하면 '고히나'를 '삽분히'의 경우처
럼 아예 시어 자체를 바꾸기도 한다.

나보기가 역겨워
가실째에는
말업시 고히 보내드리우리다

寧邊에藥山
진달내꼿
아름싸다 가실길에 쑤리우리다

가시는거름거름

1925년 매문사에서 간행한 김소월의 시집 『진달래꽃』. 옷과 밥과 자유가 없던 시절 그리움과 애상의 정서를 한껏 노래하였다.

노힌그꼿츨
삽분히 즈려밟고 가시옵소서

나보기가 역겨워
가실째에는
죽어도 아니 눈물흘니우리다[54]

이 작품에서 김소월은 이별에서 비롯하는 전통적인 한(恨)의 정서를 여성적 정조(情調)로써 민요의 가락에 실어 한껏 표현하였다. 많

---

54) 김용직 편, 『김소월 전집』, 서울 : 서울대 출판부, 1996, 165면.

은 비평가들이 이 작품을 고려가요 「가시리」나 민요 「아리랑」에 자주 빗대는 것은 바로 그 때문이다. 가령 이명재(李明宰)는 "「진달래꽃」의 떠나는 또는 보내는 임의 시적 이미지는 고려의 속요인 「가시리」의 시적 율조와 상황 정서와도 공통점을 지닌다"[55]고 지적하였다. 이별의 소재와 화자의 태도에서 김소월의 작품은 「가시리」나 「아리랑」과 적잖이 닮아 있다. 다만 이 노래들 사이에 차이가 있다면 화자가 이별의 슬픔을 역설적으로 드러내느냐, 직설적으로 드러내느냐, 또는 마치 저주를 하듯 드러내느냐에 달려 있을 뿐이다. 이 작품들은 하나같이 사랑하는 임과의 이별을 노래하되 어디까지나 애틋한 심정을 표현한다.

이렇듯 김소월은 남녀의 이별이라는 작품의 소재는 말할 것도 없고 율격과 시어 또는 반복적 리듬 같은 형식에서도 한민족의 전통적인 정서와 향토적 정감을 설득력 있게 표현한다. 비록 기본적으로는 7 · 5조의 정형시이지만 그렇다고 자수율에 억매이지 않고 자연스러운 호흡률을 통하여 한민족의 정감을 노래 한다. 또한 임을 그리워하는 여성 화자의 목소리를 빌려 향토적 소재와 설화적 내용을 민요적 기법으로 표현하기도 한다. 김소월에 대하여 서정주(徐廷柱)는 "고향이 부르는 소리에 쏜살같이 돌아온 귀향자"[56]라고 찬양한 적이 있다. 그의 작품에 대하여 김용직(金容稷)은 "우리 모두에게 김소월은 고향 동산이며 온돌방 아랫목이요 모국어 그 자체다"[57] 하고

---

55) 이명재, 「'진달래꽃'의 짜임」, 『김소월 연구』(김열규 · 신동욱 편), 서울 : 새문사, 1986, 8
  ~20면.
56) 서정주, 「김소월 시론」, 『해동공론』, 1947.4, 49~53면.
57) 김용직, 「머리말」, 『김소월 전집』(김용직 편), 서울 : 서울대 출판부, 1996, 7면.

밝힌다. 김소월처럼 한민족의 정서를 숭늉처럼 구수하게 노래한 시인도 아마 찾아보기 드물 것이다.

그러나 「진달래꽃」은 바로 이러한 특성에 가려 자칫 외국 번역 시한테서 받은 영향을 그냥 지나쳐 버리기 쉽다. 실제로 김소월은 「진달래꽃」을 쓰면서 서양 번역 시의 영향을 적잖이 받았다. 김소월의 「진달래꽃」은 영국 빅토리아 시대의 시인 로버트 브라우닝의 작품 「사랑의 한 길(One Way of Love)」에서 영향을 받은 흔적을 찾아볼 수도 있다. 이 작품의 첫 연에서 브라우닝은 애뜻한 사랑을 이렇게 노래한다.

> All June I bound the rose in sheaves.
>
> Now, rose by rose, I strip the leaves
>
> And strew them where Pauline may pass.[58]

이 작품의 화자는 장미꽃을 다발로 묶어 잎사귀를 모두 떼어낸 뒤 꽃잎만을 사랑하는 연인 폴린이 밟고 가도록 길 위에 뿌려놓겠다고 말한다. 꽃을 꺾어 사랑하는 임이 가는 길에 뿌린다는 점에서 김소월의 시는 브라우닝의 작품과 서로 닮아 있다. 그러나 두 작품의 유사점은 오직 이것으로 그칠 뿐 운율과 이미지 그리고 주제 등에서는 서로 차이가 난다.

---

58) Robert Browning, "One Way of Love," *Shorter Poems of Robert Browing*, ed. William Clyde Devane (New York: F. S. Crofts, 1934), p.203. 첫 연의 다음 구절은 다음과 같다. "She will not turn aside? Alas! / Let them lie. Suppose they die? / The chance was they might take her eye."

김소월이 「진달래꽃」을 쓰면서 받은 영향이라면 역시 브라우닝의 작품보다는 윌리엄 버틀러 예이츠의 작품에서 찾아야 한다. 김억이 1918년 『태서문예신보』에 「꿈」이라는 제목으로 처음 번역하여 소개한 뒤 『오뇌의 무도』에 실은 이 작품에서 깊은 영향을 받았다. 이 두 시의 영향 관계를 맨 처음 언급한 학자는 이양하(李敭河)이다. 그는 일찍이 「소월의 진달래와 예이츠의 꿈」이라는 글에서 김소월이 이 작품을 쓰면서 아일랜드 시인한테서

박용철·정지용·김영랑 등이 만든 문예동인지 『시문학』. 김억이 뿌린 번역 시의 씨앗은 이 잡지 동인들이 싹을 틔웠다.

영향을 받았을 가능성이 있다고 밝혀 관심을 끌었다.59)

　「진달래꽃」이 「꿈」에서 받은 영향을 밝히기 위해서는 예이츠의 작품을 좀더 자세히 살펴볼 필요가 있다. 이양하가 언급하는 예이츠의 작품의 원래 제목은 「꿈」이 아니라 「그는 하늘나라의 옷감을 갖고 싶었노라」이다. 김억이 『태서문예신보』에 번역하여 소개하면서 「꿈」이라는 제목을 붙였기 때문에 흔히 그렇게 부를 따름이다. 1923년 변영만(卞榮晚)이 다시 번역할 때는 원문의 제목에 충실하게 「천(天)의 직물(織物)」이라고 하였고, 1930년 김영랑(金永郎)이 또 다시 옮겨 『시문학』 제2호에 소개할 때도 한글로 풀어 「하날의 옷감」이라고 하였

---

59) 이양하, 「소월의 진달래와 예이츠의 꿈」, 『이양하 교수 추념문집』(정병조 편), 서울 : 민중서관, 1964, 24~33면.

다. 예이츠는 이 작품을 세 번째 시집 『갈대에 부는 바람』(1899)에 발표하였다. 이 작품은 비단 예이츠의 작품뿐만 아니라 서구 시를 통틀어서도 사랑을 노래한 가장 아름다운 서정시로 꼽힌다.

> Had I the heaven's embroidered cloths,
>
> Enwrought with golden and silver light,
>
> The blue and the dim and the dark cloths
>
> Of night and light and the half-light,
>
> I would spread the cloths under your feet :
>
> But I, being poor, have only my dreams;
>
> I have spread my dreams under your feet;
>
> Tread softly because you tread on my dreams.[60]

김억은 이 영어 원문을 한국어로 번역하면서 그의 번역 철학에 걸맞게 될 수 있는 대로 직역을 피하고 의역을 하려고 애썼다. 원문에는 8행으로 되어 있지만 그는 세 행을 추가하여 모두 11행으로 옮겨 놓았다.

    내가 만일 光明의

---

60) William Butler Yeats, *The Collected Poems of W. B. Yeats*, rev. 2nd ed, ed. Richard J. Finneran (New York: Scribner Paperback Poetry, 1966), p.73. 예이츠는 1920년대에 걸쳐 영국과 미국 시인 중에서 가장 많이 번역된 사람으로 꼽힌다. 그가 이렇게 이 무렵 인기를 끈 것은 두말 할 나위 없이 그의 문학성 때문이다. 그러나 일제 강점기 한국 문인들에게 아일랜드 독립운동에 깊이 개입한 정치적 행보와 1923년 노벨문학상을 받은 것과도 관련이 없지 않다.

黃金, 白金으로 짜아내인

하늘의 繡노흔 옷,

날과 밤, 쏘는 저녁의

프르름, 어스렷함, 그리하고 어두움의

물들인 옷을 가젓슬지면,

그대의 발아레 페노흘려만,

아々 가난하여라, 내 所有란 꿈밧에 업서라.

그대의 발아레 내 꿈을 페노니,

나의 생각 가득한 꿈우를

그대여, 가만히 밟고지내라.[61]

　　김소월이 『태서문예신보』나 『오뇌의 무도』에서 김억이 번역한 예이츠의 작품을 읽었을 것이라는 사실은 쉽게 짐작할 수 있다. 앞에서 이미 언급하였듯이 그가 「시론」에서 아서 시먼즈의 작품을 인용하는 것을 보아도 알 수 있다. 시인을 꿈꾸는 김소월에게 이러한 외국 시는 아마 가뭄에 내리는 단비와 같았을 것이다. 여기에서 장도빈이 중국 시의 영향권에서 벗어나는 ‘국시(國詩)’의 필요성을 역설하면서 한 말을 다시 한 번 떠올리는 것이 좋을 것이다. 그는 한민족에 고유한 시를 쓰는 한 가지 방법으로 "서양 시인의 작품을 만히 참고하야 시의 작법을 알고 겸하야 그네들의 사상 작용을 알아서 우리 조선 시를 지음에 응용함이 매우 필요하니라" 하고 밝힌다. 장도빈의 말대로 김소월은 서양의 시 작품을 읽으며 자신의 창작에 밑거름

---

61) 윌리엄 버틀레 예이츠, 김억 역, 「꿈」, 『오뇌의 무도』, 119면.

으로 삼았다.

　실제로 김소월이 「진달래꽃」을 쓰면서 예이츠의 작품에서 영향을 받았다는 흔적을 여기저기에서 찾아볼 수 있다. 첫째, 이 두 시는 운율을 비롯한 형식에서 서로 비슷하다. 이 작품에서 예이츠는 자칫 진부할 수 있는 소재를 다루되 헬런 벤들러의 지적대로 그 형식과 스타일에서는 새로운 변화를 꾀한다.[62] 가령 초기 시에서 즐겨 사용하던 약강격을 탈피하고 강약약격이나 약약강격을 즐겨 사용하기 시작한다. 또한 내적 각운('night / light', 'spread / tread'), 모운법('being / feet / dreams'), 두운법('had / heaven / half')을 효과적으로 구사한다.

　이러한 형식의 실험성은 시연에서도 쉽게 엿볼 수 있다. 각운(ababcdcd)으로 보면 4행시 둘로 구성되어 있지만 단일한 8행시 형태로 만들어 버린다. 다시 말해서 예이츠는 단순히 각운에 따라 시연을 구성하지 않는 것이다. 그런가 하면 그는 '옷감(cloths)', '빛(light)', '꿈(dreams)'처럼 각운을 이루는 시어들을 두드러지게 강조하면서 그 시어들을 시행 안에서 거듭 반복하여 구사함으로써 독특한 음악적 효과를 자아내기도 한다. 이렇게 단조롭다고 할 만큼 규칙적인 각운과는 달리 이 작품 전체의 통사 구조는 불규칙하다. 그리하여 벤들러는 규칙적인 각운이 연인의 정절을 상징한다면 불규칙적인 통사 구조는 화자의 소망이나 무능력 또는 불안한 마음을 상징한다고 결론짓는다.

　김소월은 「진달래꽃」에서 예이츠처럼 운율을 비롯한 형식을 실험

---

62) Helen Vendler, *Our Secret Discipline : Yeats and Lyric Form* (Cambridge: Belknap Press of Harvard University Press, 2007), pp.92~94.

한다. 그러나 예이츠의 원문 시보다는 김억이 번역한 「꿈」과 음보에서 더욱 비슷하다. 이양하도 지적하였듯이 김억이 번역한 「꿈」은 각 행이 기본적으로 2음보나 그것을 중복한 4음보로 진행하다가 7행에 이르러 3음보로 바뀐다. 『개벽』에 실린 「진달내꼿」도 1행에서 5행까지는 김억의 「꿈」과 비슷한 방식으로 진행하다가 6행에 가서 비로소 3음보로 바뀐다. 그러나 음조에서 아무래도 호흡이 자연스럽지 않다고 생각하였는지 『진달내꼿』에 실린 작품에서는 좀더 유연한 가락으로 고쳐 쓴다.

「진달래꽃」에서 김소월은 기본적으로는 3음보 7·5조의 민요적 율격과 '~오리다'의 각운을 구사한다. 시어를 반복적으로 사용함으로써 리듬과 음악성을 꾀한다는 점에서도 그의 작품은 예이츠의 작품과 비슷하다. 서구 시와 비교하여 음악적 효과는 훨씬 떨어지지만 김소월은 두운법('가시는 / 거름거름')과 모운법('고히 / 보내', '아름짜다 / 가실길에', '노힌 / 꼿츨', '삽분히 / 가시옵소서', '죽어도 / 눈물')을 구사한다. 또한 "영변에 약산"에서는 내적 각운 또는 자운법(子韻法)이라고 할 운율을 사용하기도 한다.

한편 통사적 구조에서 보면 김소월의 작품은 예이츠의 작품과 비교해 볼 때 훨씬 규칙적이다. 또한 수미반복법(首尾反復法)을 구사하여 시적 완결성을 시도하기도 한다. 그러나 김소월의 「진달래꽃」은 가정법 또는 가상법 구문을 사용한다는 점에서 예이츠의 작품과 아주 비슷하다. 예이츠는 "If I had ~, I would ~"라는 가정법 과거를 사용한다. 김억은 그 구절을 "내가 만일 ~을 가젓슬지면, ~페노흘려만" 하고 옮긴다. 본디 『태서문예신보』에 번역할 때는 "내가 만일

~을 가젓다 흐면, ~펼치나”로 옮겼다. 그러나 가정의 뜻이 약하다고 생각하였는지 그는 『오뇌의 무도』에 실릴 때는 조금 고쳐서 수록하였다.

한국어에서는 영어를 비롯한 인도유럽어처럼 가정법이 그렇게 발달되어 있지 않다. 옛날보다는 많이 줄어들기는 하였어도 서구어에서는 아직도 가정법이 자주 쓰인다. 어떤 사물이나 사실을 있는 그대로 서술하는 직설법에 대응되는 가정법은 단순히 어떤 일을 가상하여 말하는 것 말고도 소망·상상·명령·가능성·판단·필요·양보·목적, 그리고 사실에 어긋나는 진술 등을 표현할 때 사용한다.

김소월은 「진달래꽃」에서 첫 연과 둘째 연 그리고 마지막 넷째 연에서 가정법이나 조건법을 사용한다. 그러나 인도유럽어와 비교하여 한국어에서 가정법은 아주 단순하여 ‘만약 ~이라면’이나 ‘만약 ~한다면’이라는 구문으로 되어 있다. “나보기가 역겨워 / 가실째에는”이 가정이나 조건을 언급하는 종속절이다. 이 종속절을 받는 주절이 “말업시 고히 보내드리우리다”, “아름짜다 가실길에 쑤리우리다”, “죽어도 아니 눈물흘니우리다” 등이다. 한국어에서는 가정법보다는 오히려 조건법에 더 가깝다. 물론 이 작품의 시적 자아는 이별의 장면에서 이 노래를 읊는 것이 아니라 사랑하는 ‘임’이 아직 떠나지 않은 상황에서 이별을 가정하여 노래할 따름이다. 다시 말해서 ‘임’의 마음을 미리 짐작하고 앞질러 화자 쪽에서 먼저 이별을 다짐하는 것이다.

더구나 김소월은 시각적 이미지를 구사한다는 점에서도 예이츠의 작품과 비슷하다. 두 번째 행 “영변에약산 / 진달내꼿 / 아름짜다 가

실길에 쑤리우리다”가 바로 그것이다.[63] 김소월은 평안북도 영변과
그곳에서 이름난 약산이라는 특정한 실제 지명을 내세움으로써 구
체적인 현실성을 부여하고 향토적 정서를 불러일으킨다. 약산 제일
봉을 중심으로 약산동대(藥山東臺)라고 하는 반석이 있고, 이 동대는
관서팔경의 하나로 봄에는 대의 돌 사이에 진달래를 비롯한 백화가
피고, 가을에는 단풍이 일품이며, 동대에서 서쪽으로 바라본 구룡강
(九龍江) 모습은 예로부터 빼어난 장관으로 알려져 있다. 한편 화자가
사랑하는 ‘임’과 함께 보냈거나 사랑과 관련한 공간을 넌지시 내비
친다. 또한 연분홍빛이나 붉은 진달래꽃은 자아가 아직도 마음속에
품고 있는 열렬한 사랑을 표현한다. 그러고 보니 북한 학자들이 이
작품의 진달래꽃을 붉은 혁명 정신의 상징으로 보는 것도 그렇게 무
리가 아니다.

　김소월의 「진달래꽃」은 사랑과 이별의 소재와 그와 관련한 주제
를 다룬다는 점에서도 예이츠의 「그는 하늘나라의 옷감을 갖고 싶었
노라」와 비슷하다. 예이츠는 열렬히 짝사랑한 여성 모드 곤을 염두
에 두고 이 작품을 쓴 것으로 알려져 있다. 곤은 아일랜드 독립운동
에 앞장선 미모의 여성일 뿐만 아니라 예이츠에게는 시적 영감을 불
어 넣어준 영원한 무사이 신이었다. 그래서 그런지 이 작품에는 연
인에 대한 화자의 연모의 정과 함께 존경심이 짙게 배어 있다. 마찬

---

63) 김용직은 ‘영변에약산’에서 ‘영변에’는 잘못 표기한 것이고 ‘영변엔’이 맞는다고 주장한
　　다. 그러나 작품의 전체 맥락에서 보면 아무래도 후자보다는 전자가 맞다. ‘영변에’의 ‘에’
　　는 소유격 조사 ‘의’를 사투리나 발음을 쉽게 하기 위하여 그렇게 표기한 것으로 볼 수 있다.
　　실제로 노래 가사에서 ‘의’는 거의 대부분 ‘에’로 발음한다는 사실은 이 점을 뒷받침한다.
　　김용직 편, 『김소월 전집』, 서울 : 서울대 출판부, 1996, 167면.

가지로 김소월도 「진달래꽃」에서 사랑하는 '임'을 노래하지만 그 '임'은 현존하지 않고 흔히 '부재하는' 경우가 많다. 물론 여기에서 '부재하는 임'은 화자가 실제로 사랑하는 연인으로 볼 수도 있고, 일제 강점기 식민주의에 짓밟힌 조국일 수도 있으며, 시인이 상정하고 있는 어떤 예술적 이상일 수도 있다.

그러나 김소월의 작품이 예이츠의 작품에서 가장 분명하게 영향을 받은 흔적이라면 두말할 나위 없이 특정한 표현 방법이다. 예이츠는 구름 낀 하늘나라의 옷감, 별이 총총 떠 있는 밤하늘의 옷감, 금빛 찬란한 한낮 하늘의 옷감, 그리고 은빛 은은한 달밤의 옷감 등 온갖 하늘의 옷감을 소유할 수만 있다면 마치 양탄자를 깔 듯 사랑하는 연인의 발아래에 기꺼이 깔아주겠다고 밝힌다. 그러나 하늘나라의 옷감을 소유한다는 것은 한낱 부질없는 환상에 지나지 않을 뿐이다. 그리하여 가진 것이라고는 꿈밖에 없는 화자는 하늘나라의 옷감을 대신하여 그 꿈을 그녀의 발아래 깔아주겠다고 고백하는 것이다. 그러면서 그 꿈을 부드럽게 밟고 가라고 간곡하게 부탁한다.

한편 김소월 작품에서 화자는 좀더 구체적으로 영변 약산에 활짝 핀 진달래꽃을 한 아름 따다가 펼치겠다고 밝힌다. 월명(月明)이 지었다는 신라 향가 「도솔가(兜率歌)」에서도 엿볼 수 있듯이 불가에서는 산화공덕(散華功德)이라고 하여 부처가 지나가는 길에 꽃을 뿌려 그 발길을 영화롭게 하거나 공덕을 빌고 재앙을 물리치는 전통적인 의식을 행한다. 그런데 김소월은 이 산화의 대상으로 다름아닌 진달래꽃을 택하는 것이다. 두 사람의 사랑을 떠올리게 하는 영변 약산에 핀 진달래꽃을 한 아름 꺾어다 길에 뿌릴 터이니 그 꽃을 살며시

밟고 지나가라고 말한다.

좀더 구체적으로 말해서 예이츠가 "I would spread the cloths under your feet" 하고 말하는 것을 김억은 "그대의 발아레 페노흘려만"으로 번역한다. 김소월은 「진달래꽃」에서 "한아름 짜다 가실길에 쑤리우리다"니 "아름짜다 가실길에 쑤리우리다"니 하는 표현을 사용한다. 또한 예이츠는 마지막 두 행에서 "I have spread my dreams under your feet; / Tread softly because you tread on my dreams" 하고 노래한다. 이 두 행을 김억은 "그대의 발아레 내 꿈을 페노니, / 나의 생각 가득한 꿈우를 / 그대여, 가만히 밟고지내라" 하고 옮긴다. 그러나 『태서문예신보』에 처음 번역할 때는 '내 꿈을 페노니'를 '니 꿈 펴노니'로, '나의 생각'을 '남의 싱각'으로, '밟고지내라'를 '밟고서라'로 옮겨놓았다. 한편 김소월은 이 구절과 비슷하게 "가시는길 발거름마다 / 쑤려노흔 그꽃을 / 고히나 즈러밟고 가시옵소서" 또는 "가시는 거름거름 / 노힌그꽃츨 / 삽분히 즈려밟고 가시옵소서" 하고 노래한다.

여기에서 잠깐 그 동안 학자들 사이에서 해석을 두고 크게 의견이 서로엇갈려 온 "고히나 즈러밟고"와 "삽분히 즈려밟고"라는 구절을 자세히 살펴볼 필요가 있다. 그런데 이 구절은 「진달래꽃」을 해석하는 데 암초처럼 걸림돌이 되었다. 이 구절에 대하여 김소월과 고향이 같은 이기문(李基文)은 평안도 사투리 '지레밟다'나 '지리밟다'의 변형으로 『평북사전』(1981)에 따라 "움직이거나 빠져 나가지 못하도록 짓눌러 밟다"의 뜻으로 풀이한다. 즉 '지레'나 '지리'는 '짓밟고'의 '짓'에 해당하는 말로 발밑에 있는 것을 힘주어 밟을 때 사용한다고 지적한다. 그러므로 이 '내리눌러 밟다'라는 동사는 바로 앞의 부사 '고히나 / 사분히'라는 의미에서 서로 충돌이 일어난다고 주장한다.[64]

한편 권영민(權寧珉)은 '미리'를 뜻한 '지레'의 변형으로 해석한다.[65] 권영민은 이 구절이 원래는 '사뿐히 / 즈려밟고'가 아니라 '삽분히 / 즈려 / 밟고'였으며 '즈려'라는 부사는 '지레'라는 표준어의 평안도 방언이라고 지적한다. 실제로 어떤 일을 미리 예상하거나 추측한다는 뜻으로 '지레 짐작한다'는 표현을 자주 쓴다. 이렇게 되면 "남이 밟고 가기 전에 사뿐히 먼저 밟고 가시옵소서"라는 자연스러운 의미가 된다는 것이다. 그러면서 아무도 밟지 않은 진달래꽃은 순결한 사랑을 뜻한다는 주장한다.

이등룡(李登龍)은 권영민의 주장을 비판하면서도 '지레'를 시간적 개념으로 풀이한다는 점에서는 크게 다르지 않다. 다만 이등룡은 '지레밟고'의 부분을 '지레 걸음으로 (밟고) 가시옵소서'로 해석한다.[66] 그러나 '즈러'나 '즈려'를 이렇게 시간의 개념으로 풀이해서는 바로 앞의 부사 '사뿐히'와는 잘 맞아떨어지지 않는다. 최근 임홍빈(任洪彬)은 '즈려'를 '조금' 밟은 동작을 나타내는 부사로 해석한다. 발의 앞부분이나 앞축으로 가볍게 밟는 동작을 가리킨다는 것이다.[67]

이 세 가지 해석 중에서 임홍빈의 주장이 가장 설득력이 있다. '고

---

64) 이기문, 「소월 시의 언어에 대하여」, 『심상』 통권 제112호, 1983.1, 16면.

65) 권영민, 「시적 언어의 해석 문제 1 : 김소월의 경우」, 『문학사와 문학비평』, 서울 : 문학동네, 2009, 11~30면.

66) 이등룡, 「김소월의 시어 '즈려밟고'의 의미」, 『인문과학』 제29호, 성균관대학교 인문과학연구소, 105~114면.

67) 임홍빈, 「'진달래꽃'에서 "즈려밟고"의 의미」, 『한국어 의미학』 제25권, 2008.4, 157~186면.

히나 / 사분히'라는 부사와 관련시켜 보거나 작품 전체 맥락에서 보더라도 '즈러밟고'나 '즈려밟고'는 정도를 가리키는 부사로 '살짝'이나 '가볍게' 또는 '조심스럽게'의 뜻으로 풀이하여야 한다. 다시 말해서 앞의 부사를 받아 다시 한 번 그 뜻을 강조하여 말하는 것이다. 여기에서 예이츠가 'tread softly'라는 표현을 사용한다는 점을 다시 한 번 떠올리는 것이 좋을 것이다. 이렇게 화자가 사랑하는 사람에게 부드럽게 밟으라는 권하는 까닭은 화자의 꿈을 밟는 것이기 때문이다. 비록 화자의 사랑을 받아들이지는 못할망정 애틋한 꿈을 마구 짓밟을 수는 없을 것이다.

김억이 이 구절을 번역하면서 "나의 생각 가득한 꿈우를 / 그대여, 가만히 밟고지내라"로 옮기는 것도 바로 그 때문이다. 예이츠의 'softly'나 김억의 '가만히'를 염두에 둘 때 김소월의 '즈러'나 '즈려'는 '짓밟다'는 뜻과는 전혀 걸맞지 않고 오히려 그 반대의 의미로 받아들이지 않으면 안 된다. 또한 김소월이 오해를 불러일으키면서까지 굳이 이 표현을 사용하는 것은 음악성을 높이기 위해서이다. 그는 '즈러'나 '즈려'라는 토속어를 시어로 구사함으로써 어휘의 사전적 의미보다는 그 어휘가 불러일으키는 음악적 효과와 시각적 이미지를 얻으려고 하였다. 또한 작품의 기본 율격인 5·7조의 운율을 밟는 데 도움이 될 뿐만 아니라, 더 나아가 '즈러밟고'나 '즈려밟고'는 자칫 단조로운 수 있는 모운법('삽분히 / 가시옵소서')에 변화를 줄 수도 있다. 마지막 행 "죽어도 아니 눈물 흘니우리다"에서도 '아니'는 '죽어도'와 '눈물' 사이에서 '즈러밟고'와 똑같이 기계적으로 반복하는 운율에 변화를 주는 역할을 한다.

이 '즈러밟다'나 '즈려밟다'라는 동사는 김소월의 「진달래꽃」뿐만 아니라 산문에서도 그 예를 찾아볼 수 있다. 가령 김성동(金聖東)은 『만다라』(1980)에서 한 여성 작중인물의 동작과 관련하여 이 표현을 사용한다.

그리고 눈부시게 아름다워서 차라리 서러운 꼭두서니빛 달린 옷자락과 방치께를 두어 번 쓰다듬어 내린 다음, 자박 자박 자박 (…중략…) 백모래 밭의 금자라 걸음으로 대명전 대들보의 명매기걸음으로 걸어오고 있다. 눈 진 밤 지새우며 비밀주(秘密呪) 저쏩던 청신녀(淸信女)가 자신의 속살 보다 더 희고 티 없는 법당 앞 토방의 자욱 눈 밟기 차마 두려워 망설이고 또 망설이던 일념삼천(一念三千) 끝에 숨죽여 즈려밟는 것처럼 일보삼배 (一步三拜)로 걸어오고 있다.[68]

'숨죽여 즈려밟는'이라는 구절은 의미에서 볼 때 '사뿐이 즈려밟 고'와 이렇다 할 차이가 없다. 다만 「진달래꽃」에서는 꽃을 '즈려밟 는' 반면, 김성동의 소설에서는 법당 앞에 소복이 쌓인 흰 눈을 '즐려 밟는' 것이 다를 뿐이다. 그러나 진달래꽃이건 흰 눈이건 한 인간이 그 위를 밟는다는 동작에서는 동일하다. 김소월의 작품에서도, 김성 동의 작품에서도 '즈려밟다'는 조심스럽게 가만히 밟고 지나가는 동 작을 의미한다. 최근 시인이요 여행가인 박도(朴道)도 『삼천리 금수 강산 사뿐히 즈려밟고』(2007)라는 제목의 기행 수필집을 펴냈다. 여기 에서도 '즈려밟고'는 짓눌러 밟는다는 뜻보다는 가볍게 밟고 지나간

---

68) 김성동, 『만다라』, 서울 : 깊은강, 1997, 109~115면.

다는 것을 뜻한다. 마치 금실로 수(繡)를 놓은 듯 아름다운 조국 산천을 군화 발처럼 짓밟고 지나간다는 것은 도무지 상식에 맞지 않는다.

그런데 여기에서 한 가지 찬찬히 눈여겨볼 것은 김소월이 예이츠의 작품을 주인을 따르는 노예처럼 그렇게 충실히 따르지는 않는다는 점이다. 바로 여기에서 김소월이 시인으로서 탁월한 재능과 능력을 갖추고 있음을 알 수 있다. 무엇보다도 그는 시적 화자에서 예이츠와 갈라선다. 예이츠가 남성을 화자로 삼는 반면, 김소월은 어디까지나 여성을 화자로 삼는다. 다시 말해서 김소월은 여성이 사랑하는 남성을 떠나보내는 마음을 노래한다. 첫 구절 "나보기가 역겨워 / 가실째에는"에서 일인칭 화자 '나'는 다름아닌 여성이다.

더구나 김소월은 예이츠의 작품에는 없는 한 연을 덧붙인다. 마지막 연 "나보기가 역겨워 / 가실 때에는 / 죽어도 아니 눈물 흘니우리다"라는 구절이 바로 그것이다. 이 마지막 연에 이르러 김소월은 마침내 예이츠와 결별하고 자신만의 독특한 시 세계를 구축한다. 바꾸어 말해서 바로 이 한 연 때문에 김소월은 모방이나 표절이나 혐의를 벗고 창조의 반열에 우뚝 설 수 있다. 요즈음 포스트모더니즘에서 자주 사용하는 용어를 빌려 말한다면 「진달래꽃」은 예이츠의 「그는 하늘나라의 옷감을 갖고 싶었노라」와 어디까지나 상호텍스트적 관계를 맺고 있을 뿐 그 작품을 표절하거나 도용하지 않는다. 말하자면 김소월의 작품은 예이츠의 작품을 발판으로 삼아 창조의 세계로 도약하는 셈이다.

마지막 행 "죽어도 아니 눈물 흘니우리다"에서는 아일랜드인의 정서와는 다른 한민족의 독특한 정서를 읽을 수 있다. 더구나 방금 앞에

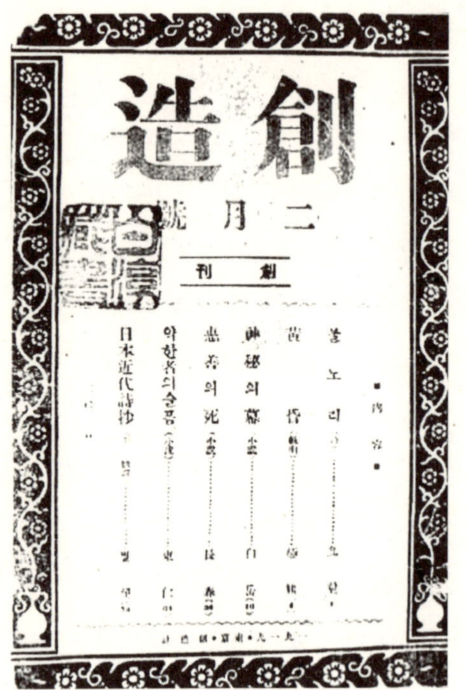

김동인이 창간한 한국 최초의 순문예동인지 『창조』. 김동인을 비롯하여 주요한 · 이광수 · 김억 등이 동인으로 참여하였다.

밝혔듯이 「진달래꽃」에서 시적 화자는 어디까지나 여성이다. 수천 년 동안 남존여비의 유교 질서에 길들여진 여성 화자는 자신도 모르게 인종(忍從)을 여성의 미덕으로 내면화하였다. 아무리 어려운 일이 있어도 참고 견디는 것이야말로 여성의 미덕으로 존중을 받아 왔던 것이다. 원망을 초극한 고귀한 사랑이나 희생으로 볼 수 없을지는 몰라도 적어도 사랑하는 '임'과 헤어지는 이별의 정한(情恨)을 내면으로 받아들여 승화시키는 것만은 틀림없다. 다시 말해서 화자는 몹시 슬프고 마음이 아프지만 그 슬픔과 아픔을 겉으로 드러내지 않는 애이불비(哀而不悲)의 감정을 표현한다. 무슨 일이 있어도 눈물을 흘리지 않겠다는 뜻이 아니라 자신을 떠나는 '임'에게 눈물을 보이지 않겠다는 뜻으로 해석하여야 한다. 겉으로는 표현하지 않지만 마음속으로는 너무 슬퍼 피눈물을 흘릴 것이라는 아이러니의 표현인 것이다.

김소월이 김억의 번역을 통하여 예이츠한테서 간접 또는 직접으로 영향을 받은 것은 분명하다. 이 아일랜드 시인한테서 받은 영향은 비단 「진달래꽃」 한 편에 그치지 않는다. 이영걸(李永傑)은 다른 작품에서도 그 영향을 밝혀내어 관심을 끌었다. 그는 "안서의 선별적인 역시 중에는 헐거운 의역과 함께 오역도 눈에 띄지만『오뇌의 무도』에 실린 예이츠의 시편들은 전체적으로 소월의 시작(詩作)에 큰 영향을 끼쳤다"고 지적한다. 「깊피밋든 심성(心誠)」, 「님과 벗」, 「황촉불」, 「꽃촉(燭)불 켜는 밤」 같은 작품에 예이츠의 시상 등이 반영되었다는 것이다.[69] 이영걸이 예로 드는 작품 중에서도 김소월의 「가을」은 여러모로 예이츠의 작품 「낙엽」에서 영향을 받은 흔적을 엿볼 수 있다. 1920년 7월 김억은 「낙엽」을 번역하여『창조』제2권에 실었고, 김소월은 그로부터 2년 뒤『개벽』에 처음 이 작품을 발표하였다.

　김소월이 외국 시에서 받은 영향은 비단 예이츠 한 사람한테만 그치지 않는다. 앞에서 이미 지적하였듯이 로버트 브라우닝을 비롯하여 영국 세기말 시인들의 영향을 받은 흔적도 곳곳에서 엿보인다. 그런데 외국 시에 대한 그의 경험은 원문 시를 직접 읽고 얻은 것도 있지만 대개의 경우 김억의 번역을 통해서 얻은 것이 훨씬 많다. 1910년대 말에서 1920년대를 거쳐 1930년대에 이르기까지 한국문단에서 근대시의 형성에 김억의 영향이 얼마나 컸는지 짐작할 수 있다.

　김억이 번역을 통하여 한국 근대문학에 이바지한 공헌은 무척 크다. 그는 무엇보다도 먼저 문학을 공리성의 굴레에서 해방시켰다. 김억보다 몇 년 앞서 번역자로 활약한 최남선만 같아도 문학의 예술적·심미적 기능보다는 공리적·효용적 기능에 깊은 관심을 기울였다. 최남선이 문학 장르 중에서도 산문이나 소설 쪽에 더 큰 관심을 보인 것은 바로 그 때문이다. 다같이 문학에 속한 장르라고 하여도

---

69) 이영걸, 「소월과 예이츠」, 『영미시와 한국시』II, 서울 : 한신문화사, 1999, 177면.

소설은 시와 비교해 볼 때 심미적 기능보다는 공리적 기능이 훨씬 강하다. 1910년 최남선은 빅토르 위고의 『레미제라블』(1862)의 일부를 번역하여 「ABC契」라는 제목으로 『소년』에 싣는다. 그로부터 4년 뒤 『청춘』에 「너 참 불상타」라는 제목으로 다시 실으면서 그는 이 작품에 대하여 "小說로 그 情趣가 卓越함은 毋論이어니와 醒世의 警鐸으로 그 敎訓이 偉大함을 뉘 否認하리오"[70] 하고 수사적 질문을 던짐으로써 문학적 성과보다는 오히려 도덕적 의미에 힘을 싣는다.

　　따지고 보면 최남선이 흔히 러시아 문학의 최고봉으로 일컫는 레프 톨스토이를 무척 좋아한 것도 이와 같은 맥락에서 이해할 수 있다. 특히 그는 톨스토이가 『안나 카레니나』(1877)를 출간한 뒤 "문학적 麗裝을 벗고 法敎的 자각으로" 돌아간 점을 높이 평가한다. 두말할 나위 없이 여기에서 최남선은 톨스토이가 종래의 문학관을 버리고 사해동포주의와 인류애에 기초한 기독교적 휴머니즘을 받아들인 사상적 전향을 언급하고 있다. 최남선이 톨스토이에 대해서는 그토록 깊은 관심을 기울이면서도 그와 같은 시대에 활약한 표도르 도스토예프스키에 대해서는 좀처럼 언급하지 않는 것이 무척 흥미롭다. 최남선에게 톨스토이가 기독교적 휴머니스트라면 도스토예프스키는 악마주의자에 가깝기 때문일 것이다. 이 점에 대하여 김병철은 김억이 문학의 공리성을 중시한 최남선과는 달리 문학의 순수성을 지킨 점을 높이 평가한다.

---

70) 최남선, 「'너 참 불상타' 머리말」, 『청춘』 제1권 제1호, 1914.10.1, 1면.

『소년』의 경우에는 잡지 발간자의 발간 취지에 부응하는 의미에서의 수입, 즉 청년에게 진보와 발전 사상을 고취시킬 목적에서 (…중략…) 번역 등 그 모두가 문학의 효용성 위주에서 수입되었던 것이지만, 안서의 경우엔 해외 시가 이러한 의식에서 수입된 일은 전혀 없고 어디까지나 문학 작품으로서의 순수한 입장에서 수입되어 해외 시를 하나의 예술품으로 감상할 수 있게끔 문학의 순수성을 고수한 것이다.71)

물론 문학의 공리성과 심미성, 실용성과 쾌락성을 가르기란 김병철이 지적하는 것처럼 그렇게 쉽지 않다. 이 두 기능은 상호배타적인 관계가 아니라 질적인 차이라기보다는 양적이 차이요, 절대적 차이라기보다는 상대적 차이에 지나지 않기 때문이다. 엄밀히 말해서 공리적·실용적 기능을 떠난 문학 작품은 존재하지 않는다. 마찬가지로 심미성과 쾌락성에서 완전히 벗어난 문학 작품도 찾아보기 어렵다. 이 두 기능은 어디까지나 상호보완적인 관계를 맺고 있다. 그러므로 "안서의 경우엔 해외 시가 이러한 의식에서 수입된 일은 전혀 없고"라는 진술은 조금 과장되어 있다.

그러나 최남선과 비교하여 김억이 문학의 심미성과 쾌락성에 좀더 무게를 실은 것만은 부정할 수 없는 사실이다. 김병철의 지적대로 김억은 최남선과는 달리 공리주의적 성격이 짙은 소설 쪽보다는 오히려 심미적 기능이 강한 시 쪽에 좀더 무게를 싣기 시작하였다. 시는 아무래도 소설과 비교해 볼 때 공리적 기능이 떨어지지만 심미적 기능이나 쾌락적 기능은 훨씬 강하게 드러난다. 영국 태생의 미국 시인

---

71) 김병철, 『한국근대번역문학사연구』, 536면.

일본에서 외국문학을 전공하던 유학생들이 설립한 외국문학연구회의 기관지 『해외문학』 창간호. 이 무렵 문학 번역의 수준을 한 단계 올려놓았다.

W. H. 오든이 「W. B. 예이츠를 추모하며」에서 "시로써는 아무 것도 일어나게 할 수 없다"[72]고 절망감을 드러낸다. 적어도 가시적이고 즉각적인 효과라는 관점에서 보자면 시는 소설보다 공리성이나 효용성에서 훨씬 떨어진다고 할 수밖에 없다. 소설 장르보다 오히려 시 장르에 깊은 관심을 기울인 김억은 신문학 태동기에 한국 공리성보다 문단에 예술성에 주목한 대표적인 시인이요 번역가라고 할 수 있다.

더구나 김억은 번역을 통하여 한국 근대시에 끼친 영향이 무척 크다. 『오뇌의 무도』를 "우리 문단이 브르짓는 처음 소리요 우리 문단이 것는 처음 발자욱"이라는 변영로의 지적은 그렇게 과장이 아니다. 엄밀한 의미에서 한국 현대시는 1930년 3월 『시문학』 동인들이 화려한 첫 장을 장식한다. 그 이전만 하더라도 시인들은 여전히 신시나 신체시의 굴레에서 크게 벗어나지 못하였거나 민요풍의 작품에 의존하고 있었다. 한편 전통적인 중국 한시의 치맛자락을 붙잡고 있었거나 번역한 서양 번역 시의 영향권에서 크게 벗어나지 못하였다. 이러한 상황에서 김영랑을 비롯한 정지용(鄭芝溶)과 박용철(朴龍喆)은 처음으로 자신의 감정과 생각을 자신의 언어와 율격으로 표현하려고 하였다. 그렇다면 세례 요한이 예수 그리스도가 오는 길을 닦아놓은 것처럼 김억은

---

72) W. H. Auden, *Collected Poems*, ed. *Edward Mendelson* (New York: Modern Library, 2007), p. 246.

『시문학』 동인들이 오는 길을 미리 닦아놓았다고 할 수 있다. 바로 이 점에서 김억의 번역 활동이 근대문학사에서 차지하는 몫은 무척 크다.

그러나 김억이 근대 한국문학에 끼친 공헌은 뭐니 뭐니 하여도 직역의 전통을 수립하였다는 점에서 찾아야 한다. 20세기 초엽 최남선을 비롯한 많은 번역자들은 원문에서 직접 번역하기보다는 일본어 번역에서 다시 한국어로 옮기는 중역의 형식을 취하기 일쑤였다. 그러나 김억은 처음으로 원문에서 직접 번역하기 시작하였다. 한국 번역사에서 이러한 시도는 코페르니쿠스적 전환처럼 가히 혁명적인 변화라고 할 만하다. 빗대어 말하자면 김억에 이르러 비로소 번역은 일본 식민주의 굴레에서 해방을 맞이하였다고 할 수 있을 것이다.

김억이 본격적으로 씨앗을 뿌린 번역 활동은 1926년 일본에서 창립한 외국문학연구회에 이르러 활짝 꽃을 피운다. 그들은 김억에 이어 한국 번역사에 새로운 획을 그었다는 평가를 받는다. 처음에는 동호인 그룹으로 시작한 이 단체는 1927년 1월 『해외문학』을 창간함으로써 본격적인 활동에 들어갔다. 이 잡지를 통하여 그들은 외국문학에 관한 비평과 함께 외국에서 나온 소설, 시, 희곡 등을 본격적으로 번역하여 소개하기 시작하였다. 외국문학연구회 회원들은 김억의 바통을 이어받아 번역 수준을 한 단계 높이는 데 크게 이바지하였다.

이 잡지의 창간호 권두언에서 외국문학연구회 회원들은 "무릇 신문학의 건설은 외국문학 수입으로 그 기록을 비롯한다. 우리가 외국문학을 한국문단에 연구하는 것은 결코 외국문학 연구 그것만이 목

적이 아니오 첫째에 우리 문학의 건설, 둘째로 세계 문학의 호상범위
를 넓히는 데 있다"[73]고 부르짖는다. 그들은 단순히 외국문학을 '수
입'하는 것에 그치지 않고 한국문학을 '건설'하는 데 온힘을 쏟았다.
김억은 바로 외국문학의 '수입'에서 한국문학의 '건설'로 이행하는
데 징검다리 역할을 하였던 것이다.

---

73) 「창간 권두언」, 『해외문학』 제1호, 1927. 1.

참고문헌

I. 한국어 단행본 문헌

강윤호,『개화기의 교과용 도서』, 서울 : 교육출판사, 1973.

강주헌 외,『번역은 내 운명』, 서울 : 즐거운 상상, 2006.

고려대 민족문화연구소 편,『한국문화사대계 5』, 서울 : 고려대 민족문화연구소, 1967.

고원섭,『반민자 죄상기』, 서울 : 백엽출판사, 1949.

고정일,『애국작법』, 서울 : 동서문화사, 2007.

국사편찬위원회 편,『통감부문서』, 서울 : 국사편찬위원회, 1998.

권영민,『문학사와 문학비평』, 서울 : 문학동네, 2009.

김근수,『한국 잡지사 연구』, 서울 : 한국학연구소, 1992.

김도태,『서재필 박사 자서전』, 서울 : 을유문화사, 1972.

김병철,『한국근대번역문학사연구』, 서울 : 을유문화사, 1975.

______,『한국근대서양문학이입사연구』상권, 서울 : 을유문화사, 1980.

______,『한국근대서양문학이입사연구』하권, 서울 : 을유문화사, 1982.

______,『한국근대서양문학 번역논저 연표』, 서울 : 을유문화사, 1978.

김소월,『진달내꽃』, 경성 : 1925.

______, 김억 편,『소월시초(素月詩抄)』, 경성 : 박문출판사, 1939.

김　억,『해파리의 노래』, 경성 : 조선도서주식회사, 1923.

______, 박경수 편,『안서 김억 전집』, 서울 : 한국문화사, 1987.

______ 역,『오뇌의 무도』, 경성 : 광익서관, 1921.

______ 역,『잃어진 진주』, 경성 : 평문관, 1924.

김열규 · 신동욱 편,『김소월 연구』, 서울 : 새문사, 1986.

김용직 편,『김소월 전집』, 서울 : 서울대 출판부, 1996.

김진섭,『교양의 문학』, 서울 : 진문사, 1955.

김태준,『조선소설사』, 경성 : 청진서관, 1933.

김학동,『현대시인 연구』제2권, 새문사, 1995.

김효중,『번역학』(대우학술총서), 서울 : 민음사, 2001

리동수, 김재남 해제,『북한의 비판적 사실주의 문학 연구』, 서울 : 살림터, 1992.

마루야마 마사오[丸山眞男]·가토 슈이치[加藤周一], 임성모 역, 『번역과 일본의 근대』, 서울 : 이산, 2000.

박노자, 『우승열패의 신화』, 서울 : 한겨레신문사, 2005.

______, 『우리가 몰랐던 동아시아』, 서울 : 한겨레, 2007.

박종화, 『흑방비곡』, 경성 : 조선도서주식회사, 1924.

백　철, 『신문학사조사』, 서울 : 신구문화사, 1980 (개정판).

서재필, 서동성 역, 『한수의 여행』, 서울 : 보진재, 1979.

서재필기념회 편, 『서재필과 그 시대』, 서울 : 서재필기념회, 2003.

신용하, 『독립협회 연구』, 서울 : 서울대 출판부, 1976.

신채호, 『단재 신채호 전집』, 서울 : 형설출판사, 1995.

조윤제, 『한국문학사』, 서울 : 동국문화사, 1963.

안　확, 『조선문학사』, 경성 : 한일서점, 1922.

야나부 아키라[柳父章], 서혜영 역, 『번역어 성립 사정』, 서울 : 일빛, 2003.

양주동, 『양주동 전집』, 서울 : 동국대 출판부, 1998.

윤치호, 『윤치호 일기』, 서울 : 국사편찬위원회, 1974.

유길준, 『서유견문』, 도쿄 : 교순사, 1895.

______, 허경진 역, 『서유견문 : 유길준 서양 문화를 번역하다』, 서울 : 서해문집, 2004.

유영렬, 『개화기의 윤치호 연구』, 서울 : 한길사, 1985.

후쿠자와 유키치[福澤諭吉], 남상영·사사가와 고이치 역, 『학문의 권장』, 서울 : 소화, 2003.

이광린, 『한국 개화사상 연구』, 서울 : 일조각, 1979.

______, 『한국개화사연구』, 서울 : 일조각, 1980 (개정증보판).

이형기·조남현 편, 『한국문학개관』, 서울 : 어문각, 1986.

송건호, 『송재 서재필』, 서울 : 태극출판사, 1970.

이광수, 『이광수 전집』, 서울 : 삼중당, 1962~1964.

이병기·백철, 『국문학전사』, 서울 : 신구문화사, 1957.

이영걸, 『영미시와 한국시』 II, 서울 : 한신문화사, 1999.

이재선, 『개화기 소설 연구』, 서울 : 일조각, 1975.

이정식, 『구한말의 개혁·독립투사 서재필』, 서울 : 서울대 출판부, 2003.

전광용, 『신소설 연구』, 서울 : 새문사, 1986.

정병조 편, 『이양하 교수 추념문집』, 서울 : 민중서관, 1964.

정인섭, 『한국문단논고』, 서울 : 신홍출판사, 1959.

정진석 편, 『독립신문 · 서재필 문헌 해제』, 서울 : 나남, 1996.

최경옥, 『번역과 일본의 근대』, 서울 : 살림, 2005.

최남선, 『육당 최남선 전집』, 서울 : 현암사, 1973.

최현배, 『외솔 최현배 박사 고희기념논문집』, 서울 : 정음사, 1968.

테레사현, 김혜동 역, 『번역과 창작』, 서울 : 이화여대 출판부, 2004.

한기형 외, 『근대어 · 근대매체 · 근대문학』, 서울 : 성균관대 대동문화연구소, 2006.

현종민 편, 『서재필과 한국 민주주의』, 서울 : 대한교과서주식회사, 1990.

현채 역술, 『만국사기』, 경성 : 학부 편집국, 1906.

황정현, 『신소설연구』, 서울 : 집문당, 1997.

II. 외국어 단행본 문헌

Auden, W. H., *Collected Poems of W. H. Auden*, Ed., Edward Mendelson, New York: Modern Library, 2007.

Baker, Mona, *Routedge Encyclopedia of Translation Studies*, New York: Routledge, 1998.

Banting, Pamela, *Body, Inc. : A Theory of Translation Poetics*, Winnipeg: Turnstone, 1995.

Biguenet, John, and Shulte, Rainer, eds., *The Craft of Translation*, Chicago: University of Chicago Press, 1989.

Browning, Robert, *Shorter Poems of Robert Browning*, Ed., William Clyde DeVane, New York: F. S. Crofts, 1934.

Byron, George Gordon, *Byron's Poetry*, Ed., Frank D. MacConnell, New York: Norton Critical Edition, 1978.

Delisle, Jean, and Judith Woodsworth, eds., *Translators thorough History*, Amsterdam: John Benjamins, 1995.

Dryden, John, "Metaphrase, Paraphrase, and Imitation," *Theories of Translation*, Eds., R. Schulte and J. Biguenet, Chicago: University of Chicago Press, 1992.

Eisenhauer, Robert, *The Fate of Translation*, Washington, D.C.: Peter Lang, 2005.

Gale, James S., *Korea in Transition*, New York: Young People's Missionary Movement of the United States and Canada, 1909.

Hirsch, E. D. Jr., *Cultural Literacy: What Every American Needs to Know*, New York: Vintage Books, 1988.

Humboldt, Wilhelm von, *On Language : On the Diversity of Human Language Construction and its Influence on the Mental Development of the Human Species*, 2nd ed. Ed., Michael Losonsky, Trans., Peter Heath, New York: Cambridge University Press, 1999.

Jakobson, Roman, "On Linguistic Aspects of Translation," *The Translation Studies Reader*, Ed., Lawrence Venuri, London: Routledge, 2000.

Jaisohn, Philip, *My Days in Korea and Other Essays*, Ed., Sun-pyo Hong, Seoul: Yonsei University Press, 1999.

Kang, Younghill, *The Grass Roof*, New York: Charles Scribner's Sons, 1931.

Lefevere, Andre, ed., *Translation/History/Culture : A Sourcebook*, London: Routledge, 1992.

Liu, Lydia H., *Translingual Practice : Literature, National Culture, and Translated Modernity —China, 1900-1937*, Stanford: Stanford University Press, 1995.

McCune, George M., and John A. Harrison, eds., *Korean-American Relations: Documents Pertaining to the Far Eastern Diplomacy of the United States*, Vol. I, The Initial Period, 1883-1886, Berkeley: University of California Press, 1951.

Munday, Jeremy, *Introducing Translation Studies*, London: Routledge, 2001.

Nida, Eugene, *Towards the Science of Translating*, Leiden: E. J. Brill, 1964.

Noble, W. Arthur, *Ewa : A Tale of Korea*, New York: Eaton & Mains, 1906.

Poe, Edgar Allan, *The Complete Tales and Poems*, New York: Vintage Books, 1975.

Pound, Ezra, *Early Writings : Poems and Prose*, New York: Penguin, 2005.

Shulte, Rainer, and John Biguenet, eds., *The Theories of Translation*, Chicago: University of Chicago Press, 1992.

Snell-Hornby, Mary, *Translation Studies: An Integrated Approach*, Rev. ed., Amsterdam: John Benjamins, 1995.

Steiner, George, *After Babel : Aspects of Language and Translation*, London: Oxford University Press, 1975.

Tennyson, Alfred, *Tennyson's Poetry*, Ed., Robert W. Hill, Jr., New York: Norton Critical Edition, 1999.

Underwood, Lillian H., *Underwood of Korea*, New York: Fleming H. Revell, 1918.

Vendler, Helen, *Our Secret Discipline: Yeats and Lyric Form*, Cambridge: Belknap Press of Harvard University Press, 2007.

Venturi, Lawrence, *The Translator's Invisibility: A History of Translation*, New York: Routledge, 1994.

Warren, Rosanna, *The Art of Translation: Voices from the Field*, Boston: Northeastern University Press, 1989.

Woolf, Virginia, *Collected Essays of Virginia Woolf*, New York: Harcourt Brace & World, 1967.

Yeats, William Butler, *The Collected Poems of W. B. Yeats*, Rev. 2nd ed., Ed., Richard J. Finnera, New York: Scribner Paperback Poetry, 1966.

丸山眞男, 『「文明論の概略」を讀む』, 東京: 岩波書店, 1986.

柳田泉, 『明治初期の翻訳文学』, 東京: 松柏館書店, 1935.